ROYAUME DE SANG ET DE SEL

 LIVRE UN 

TABLE DES MATIÈRES

DROITS D'AUTEUR

Il s'agit d'une œuvre de fiction. Tous les noms, personnages, lieux et incidents sont le fruit de l'imagination de l'auteur ou ont été utilisés de manière fictive. Toute ressemblance avec des personnes réelles, vivantes ou décédées, des lieux ou des événements serait purement fortuite.

Aucune partie de ce livre ne peut être reproduite ou partagée par quelque moyen électronique ou mécanique que ce soit, y compris, mais sans s'y limiter, l'impression, le partage de fichiers et le courrier électronique, sans l'autorisation écrite préalable des auteurs.

Édité par Faywriter & Court of Spice
Relectrice: BAH
Traduire: Christelle Livoury for Literary Queens

Conception de la couverture par Fay Lane. Tous droits réservés.
Aménagement et conception d'intérieur par Stephany Wallace
S.W. Creative Publishing co. Tous droits réservés.

Publié Peut 1st, 2025

ÉCRIT PAR ALEXIS CALDER

Shadow Wolves Series
Shadow Mate

Royal Blood Series
Obsession
Hunger

Rejected Fate Series
Darkest Mate
Forbidden Sin
Feral Queen

Moon Cursed Series
Wolf Marked
Wolf Untamed
Wolf Chosen

Royal Mates Series
Shifter Claimed
Shifter Fated
Shifter Rising

Academy of Elites Series
Academy of Elites: Untamed Magic

Academy of Elites: Broken Magic
Academy of Elites: Fated Magic
Academy of Elites: Unbound Magic

<u>Brimstone Academy Series</u>
Brimstone Academy: Semester One
Brimstone Academy: Semester Two

<u>Kingdom of Blood & Salt</u>
Kingdom of Blood & Salt

ÉCRIT PAR LEXI CALDER:

In Hate With My Boss
Love to Hate You

DESCRIPTION

Une romance fantastique épique d'ennemis à amants, parfaite pour les fans de Jennifer L. Armentrout, Raven Kennedy et Sarah J. Maas.

Après avoir passé des années à m'entraîner pour défendre mon peuple contre nos ennemis, je ne m'attendais pas à ce que ce soit mon ennemi qui me garde en vie.

Athos est la dernière ville humaine. Un traité conclu avec les faës permet de tenir à distance les vampires, les faës et les loups métamorphes tandis que nous combattons les dragons à notre frontière. Dans ce monde, être humain est dangereux et nous devons tous faire des sacrifices pour survivre.

Lorsque la délégation envoyée par le roi des faës arrive en ville pour réclamer les tributs humains exigés par notre traité, je ne m'attendais pas à forger un lien avec leur chef.

Ryvin est aussi dangereux que beau. Je sais qu'il est mon ennemi, et je sais que je suis censée le détester, mais chaque jour qui passe, il devient plus difficile de lui résister.

Mais les choses changent à Athos. Les humains ne veulent plus se plier au roi des faës.

Les alliances se brouillent et le voile commence à se lever sur des siècles de mensonges.

Et je suis confrontée à un choix.

Peu importe à quel point je le déteste, Ryvin pourrait bien être la clé pour empêcher la guerre.

Mais cela voudrait dire tout sacrifier…

Royaume de sang et de sel est le premier livre d'une trilogie de romance fantastique avec des faës, des vampires et des métamorphes. Cette série d'ennemis à amants contient de la violence, un langage qui pourrait ne pas convenir aux plus jeunes et des scènes torrides. Il s'agit d'une romance fantastique jeune adulte/adulte et la température augmentera au fur et à mesure que la série progressera. Préparez-vous à être tenus en haleine.

DÉVOUEMENT

Pour ceux d'entre nous qui sont déçus lorsque le méchant
n'obtient pas la fille.

CHAPITRE 1

Chaque muscle me faisait mal et une couche de boue séchée me tiraillait la peau. Je n'avais qu'une envie : prendre un bain et me cacher loin de la cour jusqu'à ce que les tributs soient sélectionnés. Mais ce n'était pas possible. Mon père insistait pour que j'assiste à tous les événements des deux prochaines semaines pendant que nous divertissions l'agent de liaison du roi des faës, même si la reine ne voulait pas me voir.

Le sol en marbre était frais sous mes pieds endoloris et je m'attardais dans le couloir à ciel ouvert pour contempler les bâtiments blanchis à la chaux de la ville en contrebas. Tout était baigné dans la lumière dorée du soleil couchant, ce qui donnait l'impression d'une ville encore plus ancienne et usée qu'elle ne l'était. Depuis mon emplacement dans le palais, je pouvais voir presque tout ce sur quoi mon père régnait.

Les structures exiguës et délabrées de la ville d'Athos cédaient la place à des falaises rocheuses qui tombaient sur les eaux turquoise de la mer de Mera. Je fermai les yeux, inspirai l'air et perçus un soupçon de saumure. J'étais chez moi, du moins pour un petit moment encore. Même si c'était moi qui avais demandé à partir, cet endroit me manquerait. Et mes sœurs me manqueraient.

Mes yeux s'ouvrirent et ma gorge se serra lorsque je laissai mon regard se diriger vers l'horizon. Même d'ici, je pouvais apercevoir les perpétuels nuages gris au-dessus de l'île de Konos. Cette vision me ramena à ma situation actuelle et je fronçai les sourcils. Je détestais l'idée de m'habiller pour rencontrer le contingent de Konos ce soir.

Je détachai mes yeux du linceul de ténèbres au milieu de la mer et continuai à avancer. Au moins, j'aurais mes sœurs à mes côtés tout au long de cette mascarade.

Mes pieds nus laissèrent une traînée de boue sur les sols en marbre. Je grimaçai en pensant à la saleté que je laissais derrière moi. Ce n'était pas entièrement ma faute. J'avais perdu mes sandales au début de la séance d'entraînement d'aujourd'hui et David, mon partenaire, insistait pour que je m'entraîne toujours comme si nos batailles étaient réelles. Ce qui signifiait ne pas s'arrêter pour récupérer ses sandales.

Je tournai au coin et faillis entrer en collision avec une flopée de robes turquoise. Le prêtre s'arrêta en pressant ses mains sur son cœur.

— Ma chère Ara, vous avez failli me faire faire une crise cardiaque.

Istvan, le grand prêtre de mon père, observa mon corps boueux et se renfrogna. Ses sourcils épais et sombres se rapprochèrent tandis qu'il plissait ses yeux de fouine. C'était un petit homme au nez crochu, plus petit que moi, qui essayait de compenser en regardant de haut tous ceux qu'il croisait.

— Je vous cherchais, jeune fille.

— Vous m'avez trouvée, répondis-je platement.

— La reine exige votre présence sur-le-champ. La délégation de Konos a été repérée, et elle sera là d'ici une heure.

Istvan se redressa, comme s'il était fier de lui pour avoir joué les messagers de sa reine bien-aimée.

— Vous n'avez rien de mieux à faire que de délivrer des messages pour la reine ? demandai-je.

— C'est un honneur d'être à son service, comme vous feriez bien de vous en souvenir.

Son ton était condescendant.

Je n'étais pas d'humeur à discuter avec lui aujourd'hui. Istvan faisait partie de ceux qui ne me manqueraient pas. La reine ne me manquerait pas non plus.

— Dites à *Son Altesse* que je serai bientôt là.

Ses yeux se baladèrent de haut en bas pour m'observer à nouveau. Son nez se fronça.

— Allez-vous prendre un bain avant ?

Je haussai les épaules.

— Peut-être.

Je soulevai un pied boueux.

— Je vais au moins trouver de nouvelles sandales.

Il leva les yeux au ciel.

— Il fera bon vivre dans ce palais après votre départ.

— Ne manquez pas de faire part de ces réflexions à mon père, dis-je.

Il se redressa. La mention de mon père sembla lui rappeler la place qu'il occupait. Et la mienne. J'étais peut-être illégitime, mais j'étais toujours la fille du roi. Compte tenu de l'histoire de notre royaume, il était possible que je finisse sur le trône si le destin était cruel. Beaucoup de nos ancêtres avaient perdu leurs enfants ou n'avaient engendré que des bâtards, ce qui avait donné lieu à des lignées très mélangées au fil des siècles. Mon existence n'était même pas si scandaleuse que ça. Il était moins probable pour un membre de la famille royale de rester fidèle à son époux. Et qui les blâmerait avec l'exemple que les dieux nous avaient donné ?

— Mes excuses, Votre Altesse.

Il s'inclina. Le mouvement était exagéré et dégoulinait de mépris.

Je levai le menton et m'éloignai d'Istvan sans un regard en arrière. Il était l'un des nombreux ici à être dans les petits papiers de la reine. Peu importait que ma sœur aînée se prépare à monter sur le trône ou que j'aie demandé à partir dès la fin du Choix. J'étais un rappel de la seule chose que la reine n'aurait jamais : l'amour de mon père.

La rumeur disait que ma mère avait attiré mon père loin du palais et qu'il était tombé follement amoureux d'elle. Il avait passé des mois hors du palais en laissant Ophelia et ma sœur aînée seules. Peu de temps après son retour, j'avais été livrée aux gardes du palais. Apparemment, ma mère n'avait pas survécu à l'accouchement.

Ophelia s'était toujours demandé si j'étais vraiment la progéniture de mon père. Mais à mesure que je grandissais, il était impossible de nier les similitudes de notre apparence. Si je n'étais pas de son sang, celui qui m'avait engendrée devait être le jumeau de mon père. Même Istvan avait déclaré que j'étais de sang royal, même s'il le regrettait peut-être maintenant.

Peu importait que la couronne ne m'intéresse pas. Si cela n'avait tenu qu'à elle, la reine Ophelia m'aurait jetée à la mer et abandonnée aux sirènes. En toute honnêteté, le sentiment était réciproque.

La porte de ma chambre était entrouverte, ce qui ne masquait en rien les halètements et les gémissements qui s'en échappaient. Je poussai la porte en silence avec un soupir et m'attardai dans l'espace sombre, le temps que mes yeux s'adaptent.

Un uniforme de garde gisait froissé sur le sol, le premier d'une série de vêtements abandonnés qui menaient à mon lit. Un homme était étendu sur le matelas et agrippait les draps blancs immaculés avec ses poings tandis qu'une tête blonde allait et venait entre ses jambes.

Je croisai les bras sur ma poitrine et poussai un soupir agacé.

— Sur mon lit ? Encore ?

— Oh, mon Dieu !

Le garde repoussa la femme, puis se leva d'un bond.

— Votre Altesse, je suis…

Je levai une main.

— Ne finissez pas cette phrase, s'il vous plaît.

Mes yeux se baissèrent pour contempler son impressionnante longueur, toujours au garde-à-vous. Les joues en feu, je me raclai la gorge et me retournai pour découvrir ma sœur cadette, Cora, qui s'avançait en se pavanant. Elle se tenait droite et fière, pas du tout gênée par ses actes. Pour elle, le sexe était un jeu, un moyen de trouver un certain contrôle dans son existence très structurée.

Le garde était jeune et beau. Il était probablement arrivé récemment au palais, car mon père avait ajouté de nouvelles recrues tous les jours au cours des deux derniers mois. Je me demandai s'il savait qu'il était un moyen de combler le vide pour Cora.

La seule fois où je l'avais vue se poser, c'était lorsqu'elle avait passé tout un été avec le fils d'un noble. Mais il était parti l'hiver dernier dans une quête insensée pour explorer de nouvelles routes commerciales à travers la mer de Thanatos. Je n'étais pas sûre qu'il soit encore en vie et j'étais persuadée que Cora essayait d'oublier qu'il avait existé.

— Tu veux que je te l'envoie une fois que j'aurai terminé ? Ou je peux trouver un de ses amis, proposa-t-elle en s'arrêtant à côté du garde.

Elle fit glisser ses doigts le long de sa poitrine. Les sourcils du garde se levèrent et un côté de ses lèvres se retroussa en un sourire plein d'espoir.

— Ce ne sera pas nécessaire. Va dans ta chambre, Cora.

Je ramassai son péplos au sol et le lui lançai. Elle attrapa le paquet de tissu, puis fit une moue exagérément dramatique.

— Papa a posté des gardes à l'extérieur de ma chambre.

Elle jeta un coup d'œil à son partenaire.

— Et pas du genre jeune et beau.

Alors que j'avais le droit de faire ce que je voulais, Cora n'avait pas le même luxe. Elle ne s'entraînait pas pour devenir la prochaine reine, alors ses leçons n'étaient pas aussi intenses que celles de Lagina, mais il était attendu d'elle qu'elle en apprenne suffisamment pour pouvoir prendre la relève si quelque chose arrivait à Lagina.

— Dehors, dis-je en montrant la porte du doigt.

Cora souffla.

— T'es vraiment pas drôle. Tu vas bientôt partir pour le mur. Tu ferais mieux de profiter de ta vie avant d'y aller. Prends un amant. Bois à t'en rendre saoule. Fais-toi plaisir. Vis un peu.

— Je vis très bien, rétorquai-je.

— En te roulant dans la boue avec ces soldats ?

Elle fronça le nez.

— Au moins, roule-toi dans un endroit plus propre. Ou fais autre chose que de t'entraîner à te battre tout le temps. Je suis sûre que tu pourrais trouver des volontaires si David n'est plus à la hauteur de tes exigences.

— J'aime m'entraîner, répondis-je. Et la façon dont je passe mon temps avec David ou tout autre homme ne te regarde pas.

— Je suis disponible, dit le garde avec un sourire.

— Vous êtes dangereusement proche du moment où je vais appeler à l'aide pour faire sortir Cora d'ici, dis-je.

Ses yeux s'écarquillèrent et il s'empressa de récupérer ses vêtements.

— Tu gâches tout mon plaisir, dit Cora en tapant du pied comme l'enfant gâtée que je voyais encore en elle.

Elle avait dix-huit ans, seulement deux ans de moins que moi, mais elle en aurait toujours dix dans ma mémoire.

— Il est temps d'y aller, répétai-je. J'ai vraiment besoin d'un bain.

Je dévisageai Cora, puis le garde.

— Seule.

Dès que la porte se referma derrière ma sœur et le garde, j'entendis leurs ricanements. Sa vie était si différente de la mienne. Il y avait des jours où j'aurais aimé connaître ce sentiment de facilité, mais ce n'était pas possible pour moi. J'étais une cible depuis ma naissance et si j'avais montré le moindre intérêt pour la vie de cour, la politique ou même la recherche d'un bon mari, j'aurais été considérée comme une menace pour mes sœurs. La reine me l'avait bien fait comprendre quand j'étais petite. Elle s'était un peu calmée que lorsque j'avais demandé si je pouvais rejoindre l'armée au lieu de me marier, mais elle profitait de toutes les occasions possibles pour me rappeler que je n'étais pas à ma place.

Ce que la reine ne semblait pas comprendre, c'était que je ne me mettrais jamais en travers du chemin de mes sœurs et que je ne ferais jamais rien pour leur nuire. C'était en grande partie à cause d'elles que j'avais décidé de suivre les traces de ma tante Katerina et de me porter volontaire pour garder le mur.

Tant que nos soldats empêchaient les dragons de franchir nos frontières, mes sœurs étaient en sécurité. Je donnerais volontiers ma vie pour qu'elles puissent être plus heureuses.

Et puis je n'avais aucune envie de jouer au jeu de la politique, de toute façon.

On frappa doucement à la porte et je me retournai juste au moment où Mila, ma servante, entrait. Son visage était crispé, comme si elle venait de sucer un citron.

— La reine a changé l'heure.

— Je sais, dis-je.

Elle soupira en observant mon apparence, mais ne fit aucun commentaire. Elle m'avait été affectée cinq ans plus tôt, après qu'un grand nombre d'autres servantes eurent demandé à être réaffectées. Mes sœurs avaient chacune trois servantes. J'aurais préféré n'en avoir aucune, mais ce n'était pas possible. Mila s'avérait être une bénédiction. Nous nous entendions bien et elle ne rapportait pas tout ce que je faisais à la reine. J'avais le sentiment qu'elle voyait clair dans la façade publique qu'était ma belle-mère.

— Je vais préparer le bain, dit-elle. Je suppose que vous voulez choisir vos propres vêtements ?

— Le violet et or, je pense, dis-je en faisant référence à l'un de mes péplos les plus féminins.

Il serait attendu de moi que je sois à la hauteur ce soir, lorsque nous accueillerions la délégation de Konos, et si je m'en sortais bien, je pourrais peut-être échapper aux autres événements formels. J'étais tentée de porter une tunique et un pantalon, juste pour énerver la reine, mais je ne voulais pas contrarier mon père. Il serait déjà assez énervé comme ça. Personne n'aimait le Choix.

L'eau chaude était apaisante sur mes muscles endoloris et le doux parfum d'agrumes et de menthe des huiles ajoutées par Mila me permit d'oublier pendant un bref instant la sélection de tributs à venir.

— On dirait que vous avez eu une bonne séance d'entraînement avec David, dit Mila.

— On a dû aller dans les jardins aujourd'hui. Trop de gardes se promenaient sur le terrain d'entraînement. Je crois que mon père a dû embaucher au moins une douzaine de nouveaux gardes.

— Ce n'est pas une surprise avec le Choix, dit-elle.

Je me déplaçai dans la baignoire et éclaboussai de l'eau un peu partout. Mila couina en faisant un bond pour essayer de rester au sec.

— Désolée, dis-je. C'est ce fichu Choix. Ça me met tellement en colère.

— Je sais.

Mila me guida jusqu'à l'arrière de la baignoire.

— Mais on ne peut rien faire pour changer les choses.

— J'en ai tellement marre d'entendre ça. Toutes ces années, et personne n'a pu trouver de solution ?

Je fermai les yeux tandis qu'elle versait de l'eau sur ma tête et commençait à savonner mes cheveux boueux.

— Vous vous souvenez de la dernière sélection de tributs ? demanda Mila.

— Oui, je m'en souviens. C'était la première à laquelle j'ai été autorisée à assister.

Ma mâchoire se crispa. Je détestais tout ce qui concernait cet événement. Surtout le fait qu'il soit traité comme une célébration alors qu'il ne s'agissait de rien d'autre que de choisir des agneaux pour l'abattage.

— J'avais huit ans quand ils ont emmené ma sœur aînée, dit-elle.

Je me tournai pour lui faire face.

— Je ne le savais pas.

Elle sourit, puis me força à me tourner.

— Je ne l'ai jamais dit à personne ici.

— Je suis vraiment désolée.

Je ne pouvais pas imaginer perdre l'une de mes sœurs.

Cela avait dû lui briser le cœur de faire ses adieux lors de la Cérémonie des Tributs en sachant que sa sœur était condamnée à mort.

— C'est le prix à payer pour être en sécurité, n'est-ce pas ? déclara-t-elle.

— Ça ne veut pas dire que c'est bien.

— On n'a pas vraiment le choix, rétorqua-t-elle.

— Je veux changer de robe, déclarai-je. Elle devrait être noire. Cette journée n'a rien de festif.

CHAPITRE 2

Mes cheveux étaient encore humides, mais Mila les avait entortillés en une série élaborée de nœuds sur le sommet de ma tête. Malgré mes protestations, elle avait tressé une subtile couronne de perles pour indiquer mon statut de membre de la famille royale. Je refusais toujours les tiares que mon père m'envoyait, mais Mila ajoutait de temps en temps un peu d'éclat à mes cheveux.

Pour être honnête, je n'avais pas protesté autant que d'habitude. Pas après avoir appris qu'elle avait perdu sa sœur à cause du Choix quand elle était jeune. Je ne pouvais pas m'imaginer devoir faire face à un tel chagrin. Perdre l'une de mes sœurs me briserait probablement. Bien que ce soit injuste, le fait d'être de la famille royale nous permettait d'échapper au processus de sélection. Nous n'étions pas envisagées comme des tributs alors que tous les autres membres de notre royaume âgés de dix-huit à vingt-cinq ans étaient considérés comme des cibles légitimes.

Tout cela me retournait l'estomac et me donnait la nausée. Je regrettais de ne pas pouvoir rester dans ma chambre et éviter toute cette histoire.

Lorsque j'étais plus jeune, j'avais passé d'innombrables heures à supplier mon père de mettre fin à cet événement. Je l'avais supplié d'envoyer des navires à Konos, de combattre leur roi et de libérer notre peuple de l'ancien traité. Chaque fois, il m'avait souri et tapoté la tête en me disant à quel point il aimait ma passion. Chaque fois, il m'avait expliqué à quel point Konos était dangereux et que notre sacrifice de quatorze âmes tous les neuf ans n'était rien comparé à l'anéantissement auquel nous serions confrontés si nous essayions de résister.

Cela ne justifiait pas par pour autant la situation. Quatorze des nôtres, des humains de la dernière ville humaine du monde, allaient être embarqués dans un bateau et envoyés dans la capitale des faës où ils deviendraient du bétail pour les monstres qui servaient le roi. Nous ne savions pas avec certitude ce qui se passait une fois qu'ils étaient arrivés, mais les rumeurs étaient terrifiantes.

La pire était l'histoire du labyrinthe que le roi faë possédait dans les profondeurs souterraines. On racontait qu'il était impénétrable, noir comme de la pierre, et qu'il abritait un monstre en son centre même. Personne n'y avait jamais survécu.

Les humains n'étaient rien pour ces créatures. Notre vie était courte comparée à la leur et nous étions si fragiles. Je détestais le sentiment d'impuissance que j'éprouvais en sachant que je devais rester là, à sourire, sans rien pouvoir faire pour empêcher le déroulement des événements.

La cour à ciel ouvert grouillait de gens vêtus de leurs plus beaux péplos, de longues tuniques et de manteaux richement brodés aux couleurs vives. Des nuances de turquoise, de violet, de rouge et de jaune m'entouraient. Un arc-en-ciel de couleurs qui créait une ambiance de fête en prévision d'une tradition aussi horrible.

Des centaines de lanternes pendaient à des ficelles au-dessus de nous et scintillaient sur toutes les surfaces, ce qui donnait l'impression de marcher à travers des étoiles. L'odeur de la viande rôtie se mêlait à celle du pin, et la brise apportait un soupçon de parfum marin. Cela ressemblait en tous points à la célébration que nous prétendions tous que cet événement était, mais je ne pouvais pas me débarrasser du poids de ceux qui vogueraient vers leur perte à la fin de ces deux semaines.

J'avançai et entrai dans la mêlée à la recherche de mon père. Chaque pas me donnait l'impression de patauger dans de la boue jusqu'aux genoux alors que les invités se séparaient pour moi et observaient ma robe noire d'un air désapprobateur.

— Quelqu'un cherche à attirer l'attention.

La voix froide et aiguë me fit frissonner.

Je forçai mon visage à adopter une expression d'indifférence avant de me tourner pour faire face à la reine Ophelia.

— Bonsoir, Votre Altesse.

— Tu es en retard, dit-elle.

— La fête devait commencer au coucher du soleil, répondis-je.

— J'ai envoyé Istvan pour te dire qu'il y avait eu un changement. Tu as raté l'accueil de nos invités dans la salle du trône.

Sans ciller, elle fixa sur moi son regard bleu glacial dépourvu d'émotion. Comme toutes ses filles, elle était magnifique. De longs cheveux dorés, des yeux de la couleur de la mer par temps calme et des courbes qui mettraient n'importe quel homme à genoux. Le contraste était flagrant avec mes cheveux sombres, et lorsque je me trouvais à côté de mes sœurs, je ressemblais à une étrangère.

— Je me suis dit que tu préférerais que j'arrive en retard plutôt que couverte de boue, dis-je en maintenant le contact visuel.

Ophelia plissa légèrement les yeux et m'envoya ainsi un

message clair. Elle était la championne pour faire sentir aux gens qu'ils étaient petits avec une simple expression. Elle avait l'habitude de briser mon amour-propre lorsque j'étais enfant, mais cela faisait des années que cela n'avait plus d'effet sur moi.

Elle poussa un soupir exagéré.

— Ne fais pas de scène, mon enfant. Ton mauvais choix vestimentaire attire déjà trop l'attention.

Je serrai les dents, trop consciente du fait que des dizaines d'yeux étaient braqués sur nous, tous dans l'espoir de voir quelque chose qui alimenterait les moulins à ragots. Je me mordis la langue et choisis de ne rien dire cette fois-ci.

Ophelia me tourna le dos, puis marqua une pause et me fit à nouveau lentement face.

— Rappelle-moi de punir ta servante. Elle ne fait clairement pas son travail si elle t'habille de la sorte pour une célébration.

Je la dévisageai. Nous savions toutes les deux que c'était moi qui avais choisi ma robe, et nous savions toutes les deux pourquoi.

— Tu ne la toucheras pas. Tu sais que ma servante est sous ma responsabilité. Je n'aimerais pas avoir à demander à mon père de te le rappeler.

Elle se crispa, puis sourit. Ses lèvres minces disparurent presque.

— Eh bien, peut-être que je t'offrirai simplement une meilleure servante. Une qui connaît sa place.

Je savais que son allusion m'était en réalité destinée.

— Je pense qu'elle sait très bien où est sa place.

— Va dire bonjour à ton père. Il n'aura pas de temps à te consacrer lorsque la délégation arrivera, m'ordonna-t-elle avant de s'éloigner en laissant dans son sillage une traînée de flagorneurs.

Si cela ne tenait qu'à elle, la reine m'aurait envoyée dans un temple d'où il me serait interdit de revenir. Mais je n'étais pas faite pour une vie de servitude envers qui que ce soit. Pas même envers un dieu.

J'ignorai les regards et les chuchotements et me dirigeai vers l'estrade au fond de la cour où je savais que mon père serait assis sur un grand trône savamment sculpté. Au moins, j'étais arrivée avant la délégation de Konos. Une fois que le roi les aurait officiellement présentés à la cour, je pourrais m'éclipser et ne manquerais à personne.

Quelque chose accrocha le bas de ma robe, et je trébuchai alors que le vêtement glissait dangereusement bas sur ma poitrine. J'agrippai le tissu au niveau de mes seins et tirai sur le reste de ma robe pour l'extraire de sous une sandale.

— Regardez où vous allez, m'emportai-je en levant les yeux pour dévisager le coupable.

Des yeux gris éblouissants qui semblaient scintiller et briller comme les flammes des lanternes qui nous entouraient me fixaient. Ils me happèrent comme le clapotis de la mer avant une tempête.

— Mille excuses, madame.

Je faillis gémir au son de sa voix. Riche et profonde, avec un peu de raucité masculine. Le genre de voix que l'on aimerait entendre chuchoter à son oreille pendant que l'on fait des choses coquines.

Mon cœur s'emballa et ma poitrine se serra tandis que je contemplais chaque centimètre carré de l'inconnu. Vêtu d'une tunique de soie noire et d'un pantalon d'un tissu fin et chatoyant, il se démarquait comme un prince sombre par rapport à la multitude de teintes portées par les autres invités.

Ce n'était pas seulement que ses vêtements reflétaient les miens ; il ne ressemblait à personne que j'avais déjà vu dans le palais. Il était grand et svelte, avec des cheveux noirs et une barbe noire bien taillée. Sa peau bronzée avait une lueur dorée qui me rappelait l'éclat du soleil à l'horizon. Tout en lui semblait avoir été conçu à partir de mes rêves.

— J'ai l'impression de vous connaître, dit-il. On s'est déjà rencontrés ?

Mes lèvres s'entrouvrirent, mais aucun son n'en sortit. Depuis quand étais-je sans voix ?

Il sourit.

— Je ne pense pas que ce soit le cas. Je sais que je me souviendrais de vous.

Retrouvant ma voix, je me raclai la gorge.

— Je sais que je ne vous ai encore jamais vu ici.

Ce genre d'événements était généralement rempli de visages familiers. Des généraux, des nobles fortunés et d'autres personnes dans les bonnes grâces de la famille royale. Une poignée de nouveaux visages apparaissaient à l'occasion, lorsque de nouvelles familles gravissaient l'échelle sociale ou que de nouveaux soldats étaient promus ou récompensés pour divers efforts.

— Ça fait un moment que je ne suis pas venu à Athos. Je viens d'arriver de Drakous.

— Vous étiez sur le territoire des dragons ?

Je clignai des yeux et le fixai comme s'il était un fantôme. Nous protégions notre frontière par un mur entre Athos et Teras, qui était une terre sauvage non revendiquée qui nous séparait du royaume des dragons. Je ne connaissais personne qui était allé à Drakous et qui avait survécu.

— Les dragons peuvent être persuadés si on a assez d'or, dit-il en haussant les épaules.

J'avais un million de questions à lui poser. Depuis cinq ans, je m'entraînais au combat dans l'intention de servir au mur de Theodora pour protéger mon peuple des dragons. À part ma tante Katerina, je n'avais jamais parlé à quelqu'un qui avait rencontré un dragon. Et ma tante n'avait que des histoires sur la façon dont elle les avait tués sous leur forme de dragon, jamais sur ce qu'ils étaient lorsqu'ils prenaient des formes humaines.

— À quoi ils ressemblaient ? Les dragons ? demandai-je. On peut reconnaître que ce sont des dragons quand ils sont sous leur autre forme ? Ou bien ils pourraient passer inaperçus parmi nous ?

C'était une préoccupation que j'avais depuis longtemps et que tout le monde balayait d'un revers de main. Les gens semblaient penser qu'il n'y avait aucun moyen pour un dragon métamorphe de cacher sa véritable identité parmi nous, les humains.

— Tant de questions, dit-il en souriant.

De la musique retentit et des invités passèrent à côté de nous pour se précipiter sur la piste de danse. Nous étions entourés de silhouettes qui se balançaient, de jupes qui virevoltaient et de bavardages polis tandis que les danseurs se déplaçaient autour de nous.

— On se joint à eux ? demanda l'inconnu en tendant la main.

Je jetai un coup d'œil autour de moi et remarquai que nous étions au centre de ce qui était devenu la piste de danse. Je cherchai une excuse et me raidis lorsque j'aperçus mon père sur son trône. Il me sourit, puis hocha la tête avant de lever la main dans un geste d'encouragement. Je n'allais pas pouvoir me défiler.

Hésitante, je mis ma main dans celle de l'inconnu. Des picotements dansèrent sur ma paume au point de contact, mais avant que je ne puisse réfléchir à l'étrangeté de ma réaction, je fus entraînée dans la danse.

CHAPITRE 3

— C'est un royaume magnifique, dit-il. Mais je dois avouer que je ne m'attendais pas à trouver quelqu'un comme vous.

Ses paroles, bien que flatteuses, me mirent un peu mal à l'aise.

— Qu'est-ce que vous voulez dire par *quelqu'un comme moi* ?

— Quelqu'un qui n'a pas peur d'aller à l'encontre des traditions.

Il jeta un coup d'œil à ma robe.

— Je suppose que vous défiez la tradition de bien d'autres façons que par la couleur de votre robe.

— Vous ne croyez pas si bien dire, répondis-je. Parlez-moi un peu plus de vos voyages. Qu'est-ce que vous avez vu d'autre ?

— Ne parlons pas affaires ce soir, *Astéri*[1].

Il fit glisser sa main le long de mon dos, ce qui provoqua un filet de petites étincelles le long de ma colonne vertébrale.

— Profitons simplement de l'instant présent.

La bienséance me fit fermer la bouche. Il était impoli de

---

1. dérivé du mot grec ἀστήρ (astér) qui signifie « étoile ».

parler d'affaires ou de politique lors d'une fête. Et même si je ne considérais pas l'accueil d'un groupe qui choisirait lequel des miens mourrait comme une célébration, il était attendu de moi que je suive des protocoles spécifiques.

Frustrée, je fis un petit signe de tête, puis essayai de me concentrer sur la danse. Je me demandais s'il resterait en ville pendant un certain temps. Je pourrais apprendre beaucoup de choses de quelqu'un qui avait vu le royaume des dragons. Même nos propres soldats n'avaient pas voyagé aussi loin, car tout navire arborant notre drapeau serait immédiatement la cible des tirs des dragons.

Quel que fût le travail de cet homme, il devait être très doué. Et il avait dû procurer des choses de grande valeur pour que mon père ou la reine l'invitent à un tel événement. L'inconvénient, c'était qu'avec une position aussi risquée, il était déjà pratiquement mort. Très peu de marchands vivaient jusqu'à un âge avancé.

Certes, ses paroles n'étaient que des flatteries superficielles et le surnom qu'il m'avait donné aurait dû me faire avoir un haut-le-cœur, mais cet homme avait quelque chose de si profondément intrigant que je le laissai m'entraîner danse après danse.

Nous ne parlâmes pas pendant que nous effectuions les mouvements familiers. C'était un danseur irréprochable, léger sur ses pieds et plus gracieux qu'il n'y paraissait. Lorsqu'il me serra plus près, je sentis ses muscles bombés sous sa tunique. Bien qu'il paraisse svelte, il était évident qu'il était fort. La plupart des hommes de notre royaume s'entraînaient pour se battre. Servir au mur était obligatoire pour occuper certains postes, et la plupart des hommes choisissaient d'effectuer une période de deux ans avant de se marier. Je me demandais s'il avait déjà fait ce temps. Il était impossible de déterminer son âge. Il semblait ne pas être beaucoup plus vieux que moi, mais ses yeux étaient anciens.

La musique changea et la mélodie entraînante ralentit pour laisser place au rythme tranquille de Tragic Lovers. C'était une danse pour couples, avec une chorégraphie intime et une histoire déchirante. Ses doigts glissèrent le long de la peau dénudée de mon bras et provoquèrent une vague de picotements. Il posa sa main sur ma nuque et mon souffle se coupa lorsque je le regardai dans les yeux. Plusieurs nuances de gris semblaient s'y agiter, comme de lourds nuages avant l'orage.

Son autre main saisit ma hanche et ses doigts s'enfoncèrent dans ma peau, durs, possessifs et revendicateurs. Presque assez fort pour laisser un bleu. La douleur fit naître quelque chose au fond de mon ventre.

— Cette danse me semble toujours si familière, dit-il.

— Je pense que beaucoup peuvent s'identifier à l'histoire.

Ses sourcils se froncèrent.

— Il y a une histoire ?

— Je pensais que tout le monde connaissait l'origine, répondis-je.

— Éclairez-moi, s'il vous plaît, demanda-t-il doucement.

La sensation dans mon ventre s'accentua à la façon dont il prononça « s'il vous plaît ». Je déglutis et la repoussai. Cela faisait peut-être trop longtemps que je n'avais pas été soulagée. Ses yeux semblaient clignoter et je jurerais avoir surpris le soupçon d'un sourire en coin. C'était comme s'il savait exactement ce qu'il me faisait ressentir.

— La chanson est un hommage à l'histoire des amants tragiques, dis-je, comme si cela mettait tout au clair.

Je détournai le regard et observai les danseurs autour de nous. Des couples en profitaient pour se presser l'un contre l'autre et les mains des hommes glissaient scandaleusement vers les fentes des robes de leurs partenaires.

Son visage se rapprocha du mien et je sentis son souffle chaud dans mon oreille.

— Racontez-moi l'histoire.

Une chaleur intense s'installa entre mes cuisses et je résistai à l'envie de gémir en sentant ses lèvres frôler le lobe de mon oreille.

— C'est une vieille histoire, commençai-je d'une voix haletante. L'histoire de deux amants de clans différents qui n'avaient pas le droit d'être ensemble. Ils étaient pourtant destinés à l'être. Leur amour était déjà écrit dans les étoiles à leur naissance. Mais leurs familles se moquaient de ce que voulaient les dieux ou de ce que déclaraient les oracles. Ils étaient tenus à l'écart et ignoraient l'existence l'un de l'autre. Jusqu'au jour où l'homme et son armée ont pris d'assaut la ville où vivait la femme. Elle a été capturée et emmenée avec les autres prisonniers. Lorsqu'ils ont posé les yeux l'un sur l'autre, ils n'ont pas pu résister. Ça a été le coup de foudre, comme les étoiles l'avaient prédit. Alors il l'a libérée.

— Et qu'est-ce qui s'est passé ensuite ?

Son souffle était chaud sur mon épaule nue. Je m'éloignai, car j'avais soudain l'impression d'être en surchauffe.

— Ils se sont fait attraper ensemble alors qu'il était en elle. Un grand prêtre les a surpris et les a tués tous les deux.

— Ça semble extrême.

— Leurs parents savaient que s'ils s'unissaient, ça forcerait les clans à s'unir et ils ne pourraient plus se battre, répondis-je.

— Ils ne voulaient pas être unis ? demanda-t-il.

Je haussai les épaules.

— Ce n'est qu'une histoire.

— La plupart des histoires ont un fond de vérité, dit-il.

— Oh ? Vous croyez qu'il y avait deux clans humains prêts à se battre l'un contre l'autre au lieu de s'unir pour combattre les monstres qui nous entourent ?

J'étais sceptique.

— Peut-être que les amants n'étaient pas tous les deux humains, suggéra-t-il.

Je me mis à rire.

— Impossible. Tout le monde sait que les monstres à l'extérieur de nos frontières préféreraient nous manger ou nous réduire en esclavage plutôt que de nous considérer comme des égaux.

— Peut-être, dit-il.

Mes sourcils se froncèrent.

— Qu'est-ce que vous avez vu exactement quand vous étiez à Drakous ?

— J'ai vu un royaume plein de vie. Des familles, des enfants… pas si différent d'Athos.

— Alors pourquoi est-ce qu'ils nous attaquent ? demandai-je.

— Vous devriez peut-être poser cette question à votre père.

Je me crispai.

La musique s'arrêta et des applaudissements nous entourèrent. Mon partenaire relâcha son emprise sur moi et s'éloigna. Il baissa la tête en guise de révérence.

— Merci pour la danse, Votre Altesse.

Mes yeux s'écarquillèrent. Il savait qui j'étais depuis le début.

Il se redressa avec un sourire malicieux sur les lèvres.

— J'espère qu'on pourra passer plus de temps ensemble pendant mon séjour au palais.

Mon corps sembla réagir physiquement à la possibilité de le revoir, et je sentis un rougissement remonter le long de mon cou jusqu'à mes joues. Je hochai la tête en espérant qu'il ne puisse pas voir ma réaction à la lueur des lanternes, puis me retournai pour m'éloigner.

Quelque chose chez cet homme me donnait l'impression d'être hors de contrôle. Lorsque j'étais avec un homme, c'était à mes conditions. Je ne laissais pas mes émotions intervenir. C'était comme ça qu'on se retrouvait piégé ici. J'avais des projets, un chemin pour ma vie. Et pour mener à bien mes plans, je devais éviter toute relation.

Je prenais assidûment mon tonique, comme la plupart des femmes, pour éviter une grossesse. Je n'avais eu qu'un seul partenaire, mais j'étais prudente. Je laissais mon cœur en dehors de tout cela et ne cédais que rarement à mes désirs. Je suivais des règles pour protéger mon cœur, et cela m'avait réussi jusqu'à présent. Mais cet homme me semblait différent. Il y avait quelque chose de bizarre chez lui.

Et cela le rendait dangereux.

Je ne pouvais pas me permettre de ressentir une connexion avec quelqu'un. Surtout pas avec quelqu'un qui serait mort dès que sa chance tournerait. Les marchands qui s'aventuraient au-delà du mur vivaient rarement plus de quarante ans.

Je pris un verre de vin à une servante qui passait par là et le bus en trois grandes gorgées, à la grande horreur de la servante.

— Vous en voulez un autre, Princesse ?

Elle me tendit un nouveau verre de vin. Je l'acceptai et posai mon verre vide sur son plateau.

— Merci.

Il était temps d'aller saluer mon père. Et bien sûr, il

n'était plus seul. La reine était maintenant assise à côté de lui. Je gémis intérieurement. J'espérais en avoir fini avec elle pour la soirée.

Je fis une petite révérence en arrivant à l'estrade.

— Bonsoir, papa.

Je me tournai vers la reine.

— Votre Altesse.

Elle fronça le nez. Je savais qu'elle détestait que j'abandonne le titre de mon père et que j'utilise le sien pour lui rappeler ma place dans cette maison.

— Ara, mon amour, tu es resplendissante.

Mon père se leva et sa tunique blanche et dorée scintilla à la lumière de la lanterne. Il descendit les marches jusqu'à ce qu'il se tienne devant moi.

— Tu avais l'air de bien t'amuser sur la piste de danse.

— J'ai trouvé quelqu'un qui savait vraiment danser, répondis-je.

— C'est vrai, acquiesça-t-il. Je dois dire que je suis heureux de constater que tu prends ta place au sein de cette famille.

J'attendis en me demandant ce qu'il allait bien pouvoir me reprocher. Depuis que j'avais annoncé mes intentions, il essayait de me dissuader de m'engager dans l'armée et d'aller au front. Il ne s'attendait sûrement pas à ce que j'épouse un marchand.

— Divertir l'ambassadeur de Konos nous aidera à gagner ses faveurs. J'ai demandé à ce que le nombre de tributs soit réduit afin que nous puissions envoyer plus de soldats au mur. Si tu parviens à le satisfaire, on aura peut-être une chance de voir notre requête satisfaite, dit-il.

C'était comme si on m'avait jeté un seau d'eau froide sur la tête. J'aspirai une bouffée d'air en assimilant rapidement ses propos.

— L'ambassadeur de Konos ?

Je jetai un coup d'œil à Ophelia, puis reportai mon regard sur mon père.

— Mais tu ne les as jamais annoncés. Je ne savais pas qu'ils étaient là.

— L'ambassadeur a demandé à ce qu'on ne fasse pas l'annonce traditionnelle et à ce qu'on profite de la fête. Tu verras ses hommes se mêler à la foule. Je pense que ça les aidera à se sentir mieux accueillis, expliqua mon père.

Je regardai la salle et remarquai que des tuniques cramoisies traditionnellement portées par les habitants de Konos se mêlaient au mélange de tissus colorés portés par les habitants d'Athos.

L'ambassadeur était en noir. Je n'avais jamais envisagé qu'il puisse s'agir d'un homme de Konos.

— Je ne savais pas que c'était lui.

Mon père pencha la tête sur le côté.

— Je croyais que c'était pour ça que tu avais accepté de danser avec lui. Tu ne danses jamais à ce genre d'événements.

— Je croyais que c'était un marchand, marmonnai-je.

— Eh bien, il semble s'être pris d'affection pour toi, fit remarquer mon père.

— Ne t'inquiète pas, je ne referai pas cette erreur.

Mes entrailles se tordaient de dégoût. J'avais été attirée par l'homme qui avait été envoyé ici pour sélectionner les sacrifices humains de mon peuple. Qu'est-ce qui n'allait pas chez moi ?

— Non, j'ai besoin que tu le contentes, déclara-t-il.

— Quoi ?

Je secouai la tête.

— Impossible.

— Tu veux qu'on doive commencer à envoyer une

centaine de tributs ? demanda-t-il. Plus d'Athoniens innocents ?

— Je croyais que c'était quatorze, dis-je.

— On a bénéficié d'un sursis lors des cinq derniers Choix. Une pause due à la guerre au mur. Mais le temps est écoulé. À l'origine, le nombre était de cent.

Le visage de mon père était sinistre.

— On ne peut pas se permettre de perdre une centaine de jeunes gens valides. Notre ville est en difficulté. Il n'y a pas assez de bébés et les dragons franchissent le mur de plus en plus souvent. On a besoin de nos jeunes en bonne santé au mur, pas qu'ils soient envoyés à Konos.

— Tu ne m'as jamais rien dit de tout ça, répondis-je. Tu m'as dit que le mur était sûr. Et tu ne m'as jamais dit que c'était censé être une centaine de tributs.

— Il y a beaucoup de choses que je ne te dis pas.

Je serrai les poings.

— Ne me demande pas de faire ça.

— J'ai bien peur de devoir le faire. Fais en sorte qu'il soit content, Ara.

Son ton était sévère.

— Papa…

Il leva une main.

— Ne discute pas avec moi. Ophelia a raison. Je t'ai laissé trop de liberté. Si tu ne fais pas ça pour moi, tu n'iras pas au mur. J'offrirai ta main en mariage à l'un des seigneurs.

— Tu ne ferais pas ça, murmurai-je.

Qu'est-ce qui lui prenait soudainement ? Mon père m'avait toujours traitée avec gentillesse. Il m'avait toujours permis de poursuivre mes rêves, et la seule chose qu'il me demandait était de protéger mes sœurs.

— Je ferai tout ce qui est en mon pouvoir pour empêcher ce royaume de s'effondrer, dit-il.

— C'est si terrible que ça à la frontière ? demandai-je.

Sa mâchoire se crispa.

— Je ne veux plus discuter de ce sujet avec toi. Tu feras ton devoir envers ce royaume.

Je levai le menton.

— Je comprends.

J'aperçus la reine tandis qu'il regagnait son trône. Elle me souriait comme un chat qui venait de manger l'oiseau préféré de son maître.

Je plissai les yeux et la dévisageai. Elle avait gagné cette manche, mais je n'allais pas l'oublier.

Agacée, je saisis un autre verre de vin avant de scruter la piste de danse à la recherche de l'ambassadeur. Comment mon père pouvait-il penser que je serais d'accord pour être gentille avec cet homme ? Et comment se faisait-il qu'il ne m'avait jamais dit la vérité sur les tributs ? Envoyer quatorze personnes à la mort était déjà assez grave. Cent personnes était un chiffre impossible à atteindre. Il restait déjà si peu d'humains. Et il avait raison, nous n'étions pas nombreux à avoir des enfants. Il était risqué d'élever un enfant ici. Même si nous avions réussi à éviter toute attaque majeure depuis que nous avions signé l'alliance avec le roi faë, la menace des dragons était constante. Un jour ou l'autre, ils franchiraient notre mur et nous serions tous condamnés.

Je sirotai mon vin tandis qu'un million de pensées indésirables envahissaient mon esprit. Je n'étais pas au courant de la plupart des rouages du royaume et je trouvais cela très bien, mais maintenant, j'en venais à me demander ce que j'ignorais.

Une silhouette noire attira mon attention et je me retournai pour voir l'ambassadeur danser avec Lady Marlette, la fille d'un seigneur de haut rang. Je serrai le verre que j'avais dans la main et ma mâchoire se crispa en les regardant tourner sur la piste de danse.

Lady Marlette rejeta la tête en arrière et ses boucles auburn rebondirent tandis qu'elle riait d'une remarque de l'ambassadeur. Il se pencha plus près d'elle pour lui chuchoter quelque chose à l'oreille, et je pus voir ses joues rougir depuis l'endroit où je me trouvais.

Apparemment, il chuchotait des mots doux à toutes les femmes avec lesquelles il dansait. Évidemment. C'était son travail, après tout. Jouer les gentils, faire en sorte que les gens l'apprécient, puis choisir quatorze personnes à livrer à son roi.

L'avertissement de mon père résonna dans mes oreilles lorsque la chanson se termina et je poussai un soupir, me résignant à demander une autre danse avant de me retirer pour la soirée.

Je ne fis que deux pas avant que Lady Marlette n'entraîne l'ambassadeur hors de la piste de danse, vers le jardin privé plongé dans l'obscurité.

De la jalousie jaillit comme des flammes dans ma poitrine. Il n'y avait qu'une seule chose pour laquelle les couples se rendaient dans le jardin, et ce n'était pas une conversation amicale. Je chassai ce sentiment indésirable de mes pensées et me rappelai que je n'étais pas intéressée par les personnes qui travaillaient pour le roi de Konos. Peu importait à quel point il était séduisant ou ce qu'il m'avait fait ressentir. Il était mieux avec Lady Marlette. Au moins, il n'était plus mon problème.

— Encore du vin, Votre Altesse ? me demanda une servante qui passait par là avec un plateau.

— Non merci, je crois que j'ai assez bu.

Je bus la dernière goutte de vin dans mon verre, puis le lui tendis.

Mon premier Choix avait été un flou de fêtes élégantes et de festins somptueux. J'avais su que c'était mal, j'avais redouté la dernière partie des deux semaines de célébration, lorsque les tributs étaient annoncés, mais je n'étais pas encore assez mature pour assumer mes sentiments. À présent, je savais à quel point c'était terrible. Et je détestais qu'il n'y ait rien que je puisse faire pour l'arrêter.

CHAPITRE 4

— Ara, t'étais où hier soir ? demanda Sophia, ma plus jeune sœur, alors que j'entrais dans la salle du petit-déjeuner.

Cora grogna en levant la tête de la table.

— Où qu'elle était, elle a eu raison.

— Et si tu prenais ton petit-déjeuner, Cora ?

Je m'assis en face d'elle et poussai le panier de pâtisseries enrobées de miel devant elle.

Son visage devint vert et elle secoua la tête.

— Excusez-moi.

Elle se leva et sortit précipitamment de la pièce.

— T'aurais dû la voir hier soir, dit Sophia. Elle a bu plus que Tomas.

Je levai un sourcil surpris.

— Tomas est de retour ?

— C'est ça que t'as retenu de ce que je viens de dire ?

Cora avait toujours été rebelle, mais Tomas semblait la pousser encore plus loin dans ses retranchements. Quand il était là, elle ignorait la raison. Elle devenait quelqu'un d'autre. Je ne savais pas si c'était une bonne chose qu'il soit revenu.

— Mais t'aurais dû rester dans les parages, dit Sophia. Quelque chose aurait pu lui arriver.

Un sentiment de culpabilité me prit aux tripes. Je m'en voulais surtout d'avoir laissé Sophia seule. C'était la première fois qu'elle participait aux événements du Choix. J'aurais dû m'assurer qu'elle était en sécurité avant de retourner dans ma chambre.

— Je suis désolée. J'aurais dû vérifier que Cora et toi alliez bien avant de partir.

— Même Lagina te cherchait, ajouta Sophia.

— Oh ?

Lagina et moi étions inséparables lorsque nous étions enfants. Nous étions souvent fourrées là où il ne fallait pas, à faire les quatre cents coups. Depuis qu'elle avait commencé à s'entraîner pour devenir la prochaine souveraine d'Athos, c'était comme si elle était devenue quelqu'un d'autre. Je ne la reconnaissais même plus.

— Elle m'a parlé d'une mission spéciale que papa t'a demandé de faire…

Sophia laissa les mots en suspens.

Je fronçai les sourcils. Évidemment qu'il l'avait chargée de me garder dans le droit chemin.

— De quoi est-ce qu'elle parlait exactement ?

Je fourrai un gâteau au miel entier dans ma bouche.

Sophia fronça le nez.

— D'accord. Si tu ne veux pas me le dire, je lui tirerai les vers du nez.

Je secouai la tête et mâchai rapidement en regrettant d'avoir mis tout le gâteau dans ma bouche. Si Sophia parlait à Lagina, notre sœur aînée lui ordonnerait de l'aider. Lagina et moi étions très proches quand nous étions petites, mais Sophia était celle à qui je ne pouvais pas dire non. Elle était la joie personnifiée et je ne pouvais m'empêcher de céder à tout ce qu'elle me demandait.

— Je dois divertir l'ambassadeur.

— Vraiment ?

Son front se plissa.

— Tu n'étais même pas à la cérémonie d'accueil. Pas étonnant que Gina te cherche.

— Papa me l'a demandé hier soir à la fête, dis-je.

— Alors, naturellement, au lieu de rester pour être gentille, t'es partie, répondit-elle.

Je haussai les épaules.

— Qu'est-ce que tu veux que je te dise ? Je n'aime pas qu'on me dise ce que je dois faire.

— C'est un miracle que j'aie le moindre instinct de survie avec Cora et toi comme modèles.

Je ris.

— Lagina compense largement ce qui nous manque, à Cora et moi.

— Et comment je fais ça, au juste ? demanda Lagina en entrant dans la pièce.

Ses cheveux blonds comme le miel pendaient jusqu'à sa taille et elle était l'incarnation parfaite de ce qu'une princesse devrait être. Vêtue d'une robe lilas qui réussissait à être à la fois discrète et séduisante, elle se dirigea vers la table avec grâce. Elle était impeccable. Comme d'habitude. Si elle n'était pas ma sœur, j'aurais pu l'envier. Au lieu de cela, j'étais extrêmement fière de sa façon de se tenir. Elle allait faire une reine extraordinaire. Même si elle avait abandonné son côté enjoué pour ce rôle.

— T'es responsable, dit Sophia. T'es le seul bon modèle que j'ai.

Lagina rit en s'asseyant à côté de moi.

— Heureusement que t'es trop jeune pour te souvenir des

ennuis dans lesquels on s'est fourrées, Ara et moi, quand on était plus jeunes.

— On a dépassé ça le jour de tes dix-sept ans, lui fis-je remarquer.

Le matin suivant sa fête d'anniversaire, notre père avait annoncé qu'elle allait commencer à le suivre dans tous les aspects de son règne. Elle était à ses côtés depuis lors.

Lagina prit une part de tarte aux pistaches et la posa sur son assiette avant d'y ajouter des fruits et un gâteau au miel. Elle attrapa le pichet d'eau et remplit son verre.

— C'est ce qui me donne de l'espoir pour Cora et toi. J'ai dû arrêter toutes ces bêtises quand j'y ai été forcée.

— Je ne pense pas que ce soit possible pour Cora, dit Sophia.

— Tu serais surprise, répondit Lagina. Parfois, on doit faire des choses qu'on ne veut pas par devoir envers notre royaume.

Je gémis, car je savais où cela allait nous mener.

— Je sais, je sais.

— T'as quitté la fête, dit Lagina. Il a demandé de tes nouvelles. Plusieurs fois.

Une chaleur inattendue s'empara de mon ventre et je serrai les cuisses en signe de protestation. Je n'allais *pas* être attirée par l'homme qui choisissait qui de mon peuple allait mourir.

— Je crois que tu lui plais, dit Lagina d'un ton chantant.

— Vous croyez qu'il est l'un d'entre eux ? Un faë comme le roi ? demanda Sophia. Ou peut-être que c'est un de ces monstres qui ont besoin de sang humain pour survivre ?

— Je n'ai pas vu de crocs, dit Lagina en haussant les épaules.

— Je doute qu'il soit faë.

Je ne pouvais pas imaginer qu'ils enverraient l'un des faës

supérieurs pour cette tâche. D'après ce que nous avions entendu, il en restait peu, même s'ils étaient presque aussi puissants que les dieux. Pour autant que nous le sachions, la délégation était généralement composée de vampires.

Nous devions faire monter des donneurs de sang dans leur chambre s'ils en faisaient la demande, mais la dernière fois, ils s'étaient nourris du taureau le plus prisé de notre père. Il avait brûlé la pauvre créature vivante après leur départ en disant qu'elle n'était plus digne d'être sacrifiée aux dieux après que les monstres l'eurent violée avec leurs crocs.

— C'est peut-être un humain. On est assez nombreux à être dispersés dans les autres royaumes. Peut-être que les faës lui ont accordé une faveur et qu'il est à leur service, suggéra Lagina.

— Ça le rend encore pire, répondis-je. Un humain qui aide à envoyer ses semblables à l'abattoir.

— On ne sait pas ce qui arrive aux tributs sur l'île, fit remarquer Sophia. Personne n'est jamais revenu pour nous dire la vérité. Et s'ils les traitent avec gentillesse ? S'ils les utilisent pour nourrir les vampires ?

— Même s'ils ne les lâchent pas dans le labyrinthe pour nourrir leur bête pour s'amuser, qui voudrait vivre sa vie en tant que nourriture ? Où est la dignité là-dedans ? demandai-je.

— Papa dit que les tributs y mènent une bonne vie. Ils peuvent se nourrir d'animaux, mais ils sont stimulés par le sang humain. On est important pour eux. Ils doivent en garder le plus possible en vie pour pouvoir survivre, expliqua Lagina.

— C'est peut-être pour ça qu'ils veulent plus de nous cette fois-ci, dis-je d'un ton sombre.

Lagina se pinça les lèvres. Sa réaction me dit tout.

— Comment ça ? demanda Sophia.

— Tu le savais, dis-je en dévisageant ma sœur avec incrédulité. Tu le savais et tu ne nous l'as pas dit ?

— Elle savait quoi ? demanda Sophia.

Je me tournai vers elle.

— Ils veulent cent humains. Les quatorze, c'était pour une durée limitée. On est censés envoyer cent sacrifices humains cette année.

— On m'a assuré que chaque tribut humain était bien traité et ne manquait de rien. Je pense que les histoires sur le labyrinthe sont des mythes. La plupart des tributs qu'on envoie vivront mieux là-bas que dans les taudis d'ici, déclara Lagina.

— Alors on devrait améliorer nos taudis, m'emportai-je. Personne ne devrait avoir à espérer vivre une vie de donneur de sang pour échapper à une vie pire ici.

— Ce n'est pas si simple que ça, Ara, répliqua Lagina.

— Peut-être que certaines personnes veulent devenir des tributs, proposa Sophia avec espoir. Vous avez entendu les histoires. Ils disent que c'est agréable quand ils mordent.

— Peut-être qu'Ara peut le découvrir pour nous, suggéra Lagina.

Je me levai si vite que ma chaise s'écrasa sur le sol.

— S'il essaie quoi que ce soit avec moi, je lui coupe les couilles et papa pourra nettoyer les dégâts lui-même.

— Ara…

Le ton de Lagina était suppliant. Je voyais bien qu'elle savait qu'elle était allée trop loin, mais j'avais déjà franchi la porte. C'était déjà suffisamment pénible de l'entendre défendre Konos. C'était pire de l'entendre dire qu'elle s'attendait à ce que je divertisse leur chef avec autant d'effronterie. Ses paroles montraient clairement ce qu'elle attendait de moi. Ce que mon père attendait de moi.

Ils n'attendaient pas de moi que je batte des cils. Ils

voulaient que je lui donne tout ce que j'avais tant qu'il était heureux. Était-ce mon rôle ici ?

Contrairement à mes sœurs, je n'allais pas être mariée pour servir de monnaie d'échange. C'était donc mon destin, apparemment. Une liaison qui permettrait à mon père de se soustraire au marché que les anciens rois avaient conclu. C'était une chose de coucher avec un garde. Tout le monde s'en moquait. Si je faisais cela, si j'accueillais quelqu'un de Konos dans mon lit, j'étais fichue.

Les couloirs étaient silencieux et une légère brise faisait voltiger mes cheveux noirs autour de mon visage. Je marquai une pause, comme à mon habitude, pour admirer la vue sur la mer. Mon expression s'assombrit dès que j'aperçus cette île tant redoutée. Mon père avait eu l'audace d'attendre de moi que j'occupe l'ambassadeur. Je supposais que si je devais me rendre au mur dès que le Choix serait terminé, cela n'aurait pas d'importance. Aucun des soldats du mur n'était autorisé à se marier, et la plupart d'entre eux ne revenaient plus jamais à Athos. Les pertes étaient élevées, et beaucoup choisissaient de rester au mur. C'était un honneur de servir Athos à cet endroit. L'une des meilleures façons d'aider notre peuple.

Je fermai les yeux et inspirai profondément pour laisser l'air salé calmer mes nerfs. Quelle importance si je salissais ma réputation ? À part mon père et mes sœurs, je me moquais bien de ce que l'on pouvait penser de moi.

De plus, je voulais aider Athos. Je ferais mon devoir comme on me le demandait, mais ce serait à mes conditions. Il y avait de nombreuses façons de divertir un homme sans se mettre à poil. Je me retournai et faillis entrer en collision avec la personne que je n'étais pas prête à voir.

— Putain.

L'ambassadeur sourit.

— Un mot très intéressant à entendre de la part d'une princesse.

Je me renfrognai.

— Si vous demandez à la reine, elle vous dira que je ne porte même pas ce titre légitimement et qu'il ne devrait être accordé qu'à mes sœurs.

— J'ai le sentiment que la reine me dirait à peu près tout ce que je veux savoir sur vous, dit-il.

— Peut-être, mais ce serait sans doute des mensonges, répondis-je.

— Oh ?

Il avait l'air intrigué.

— Mettons les choses au clair tout de suite, dis-je. Je ne vais pas vous baiser.

Il rit. Un rire franc et massif qui fit trembler ses épaules. Je me crispai et ma poitrine se serra tandis que l'embarras m'échauffait les joues. Peut-être avais-je mal interprété la situation ? Peut-être n'étais-je même pas son genre. Je connaissais beaucoup d'hommes qui préféraient la compagnie charnelle d'autres hommes à celle des femmes. Si c'était le cas, je connaissais plusieurs gardes que je pourrais lui présenter. De plus, il avait trouvé une partenaire sans trop d'efforts la nuit dernière. Il n'avait pas besoin de moi pour s'envoyer en l'air.

Alors qu'il se pliait en deux et que le rire s'éternisait, mon embarras se transforma en colère. Je croisai les bras sur ma poitrine.

— Vous avez bientôt fini ?

— Oh, Princesse, dit-il entre deux halètements. Vous avez mal compris mes avances.

J'ouvris la bouche pour m'excuser, mais il réduisit la distance entre nous si rapidement que je n'eus pas le temps de prononcer les mots. Sa voix était grave et m'enveloppait comme des ombres soyeuses.

— Je ne vous toucherai pas tant que vous ne me supplierez pas de le faire. Et quand ce moment arrivera, je vous briserai complètement avant de vous remettre sur pied.

J'eus le souffle coupé et le fixai sans sourciller. Son épaule frôla la mienne alors qu'il passait à côté de moi.

— À bientôt, Princesse.

Je me retournai lentement et le regardai s'éloigner en luttant contre le désir grondant qui me rongeait de l'intérieur. Que venait-il de se passer ?

Je le chassai de mes pensées et continuai à avancer. Il essayait d'entrer dans ma tête. Il était clair qu'il savait que mon père m'avait demandé de le divertir. Ou peut-être était-ce l'œuvre de la reine. Je l'imaginais bien lui dire que j'étais disponible. Et facile.

Eh bien, cela allait se retourner contre eux, car ça n'arriverait jamais. Si je devais jouer les gentilles en public, je le ferais. Mais il était hors de question que je divertisse cet homme à huis clos.

CHAPITRE 5

e la sueur piquait mes yeux et mes muscles brûlaient tandis que j'esquivais mon agresseur. Le son de l'acier contre l'acier résonnait dans le calme de la matinée comme une musique dans mon âme. Je serrai les dents contre les vibrations qui me donnaient des frissons le long des bras. Je m'élançai, frappai, mais nos lames se rencontrèrent à nouveau. L'impact de l'acier s'accompagna d'un grognement tandis que je résistais au coup.

J'étais en train de faiblir et peinai à continuer le combat. Déterminée à aller jusqu'au bout, je fonçai en avant et chargeai en hurlant. Il me bloqua ; son épée percuta la mienne avec une puissance que je ne pouvais pas égaler. Ma lame s'échappa de ma prise et s'écrasa sur le sol.

Mes yeux se portèrent sur le côté, puis je plongeai et mon épaule heurta violemment le sol tandis que j'attrapais mon arme tombée à terre. Lorsque je me relevai, je fus accueillie par de l'acier froid contre ma joue.

— Vous vous êtes déconcentrée.

Je relevai le menton en haletant et fixai mon adversaire.

— Vous avez triché.

— Je ne ferais jamais ça.

David abaissa son épée, puis essuya la sueur de son front

en repoussant ses cheveux noirs de son visage. Il sourit. La fossette sur sa joue gauche m'indiqua que le sourire était sincère.

David s'entraînait avec moi depuis des années. Il avait été l'un des rares gardes à accepter de m'aider à m'entraîner lorsque j'avais commencé, et il avait continué à m'aider, même après sa promotion au poste de chef de la garde l'année précédente.

Lorsque Lagina avait endossé son rôle de future reine, j'avais réfléchi à mon avenir. Elle avait été ma compagne de tous les instants pendant mon enfance, mais après son départ, je m'étais sentie vide. Mes options se limitaient à rejoindre un temple ou à trouver un mari.

Je préférerais sauter du haut de la falaise dans la mer plutôt que d'emprunter l'une ou l'autre de ces voies. Alors que je me complaisais dans les sombres perspectives de mon avenir, la sœur de mon père, Katerina, m'avait rendu l'une de ses rares visites. Écouter ses récits de combats au mur et toucher son armure d'écailles de dragon avait été toute l'inspiration dont j'avais eu besoin.

Le lendemain, mon père avait accepté que j'essaie de me faire une place au mur. Ce qui signifiait que j'avais besoin d'au moins quelques compétences de base. Ce que je n'avais pas prévu, c'était à quel point j'allais aimer les séances d'entraînement. Il n'y avait pas de meilleur moyen d'évacuer le stress que de transpirer avec une épée à la main.

OK, il y avait peut-être une autre façon de transpirer qui permettait également de soulager le stress. Mais je ne m'y adonnais pas souvent. Et David était devenu mon partenaire pour ces deux exploits.

Heureusement, lorsque je l'avais retrouvé après ma rencontre avec l'ambassadeur, il avait été heureux de répondre à mon besoin d'évacuer mon stress.

J'expirai et m'essuyai le front.

— Chaque fois que je pense avoir rattrapé mon retard, vous me surpassez.

— Je fais ça depuis longtemps, me rappela-t-il. Et puis, moi, je suis là, dit-il en se tapotant le front. Mentalement. Je ne sais pas où vous êtes aujourd'hui.

— Je suis là, répondis-je sur la défensive.

Il fredonna.

— Vous êtes distraite. On devrait peut-être trouver un autre moyen pour que vous puissiez vous défouler ?

Son offre était tentante, mais mon esprit me ramenait à l'ambassadeur chaque fois que j'envisageais de faire l'amour.

— Merci, mais je ne suis pas d'humeur.

Le pire, c'était que j'étais *tout à fait* d'humeur. Le problème, c'était que je ne pensais pas à David.

Mon ami saisit mon sabre d'entraînement et tint le sien et le mien d'une seule et même main. Cela me rappela ce qu'il pouvait faire avec ses doigts et, pendant un instant, je me laissai aller à envisager de me retrouver nue avec lui. C'était peut-être ce dont j'avais besoin pour me libérer de l'attirance malvenue que j'éprouvais pour l'ambassadeur.

— Vous voulez en parler ? demanda-t-il en revenant vers moi.

— Il n'y a pas grand-chose à dire. Je suis juste distraite, répondis-je.

— Qu'est-ce qu'il y a ?

— C'est ce stupide Choix. Mon père veut que je m'implique davantage cette année et je ne veux rien avoir à faire avec ça, admis-je.

— Vous n'avez pas à vous inquiéter. Ce n'est pas comme s'ils allaient vous emmener sur l'île, déclara-t-il.

— Je veux que personne n'y aille, répondis-je. Tout ça est

archaïque et insensé. Pourquoi est-ce qu'on doit envoyer des humains pour qu'ils s'en nourrissent ?

— On serait tous morts sans la protection du roi des faës, fit-il remarquer.

— Je sais.

Le traité nous mettait à l'abri des vampires et des faës, et qui savait quelles autres créatures rôdaient à Telos. Nous étions déjà trop dispersés en combattant les dragons. Nous serions anéantis si les autres monstres s'en prenaient à nous.

— Il doit y avoir un autre moyen, me plaignis-je.

— J'ai entendu une rumeur, dit David en haussant les épaules.

— Quel genre de rumeur ? demandai-je.

— Que la clé pour éliminer les créatures de Konos est le roi des faës lui-même. C'est pour ça que personne ne le voit jamais. C'est pour ça qu'il ne vient pas ici pour parler en son nom.

— Qu'est-ce que vous voulez dire ? insistai-je.

— Il paraît que si on le tue, tous les autres faës meurent avec lui. Et sans les faës, les vampires sont faibles. C'est une ouverture pour les détruire tous.

L'expression de David était sérieuse. Il y croyait vraiment.

— Si c'est vrai, pourquoi est-ce que personne ne l'a tué ?

Je posai ma main sur ma hanche et penchai la tête sur le côté.

— Je veux dire, ce n'est qu'un homme.

— Une créature immortelle, puissante et dotée d'on ne sait quelle magie, dit-il.

— Chaque créature a forcément une faiblesse. Magie ou pas, il doit y avoir un moyen.

Même en disant cela, je savais que ce n'était pas si facile. Le roi des faës était en vie depuis des centaines d'années.

Pour autant qu'on le sache, c'était le même roi que celui qui avait conclu le marché initial.

— Je ne sais pas Ara, comment est-ce qu'on tue quelqu'un qui vit éternellement ? demanda David.

— Il y a une différence entre vivre éternellement et ne pas pouvoir mourir, dis-je.

— Peut-être qu'ils ont essayé, répondit-il. Si les rumeurs sont vraies, vous ne pensez pas que quelqu'un aurait essayé ?

— Eh bien, si c'est impossible de le tuer, alors il n'y a aucun moyen de vaincre les monstres.

C'était trop définitif. N'y avait-il rien à faire ?

Nous restâmes tous deux silencieux pendant un long moment alors que cette pensée déprimante planait au-dessus de nous comme un épais nuage.

— Je sais qu'on n'est pas très proches, dit David.

Je haussai un sourcil et me tournai vers lui.

— Vous m'avez vue toute nue.

Il sourit.

— C'est vrai, mais je connais ma place. Je sais que je ne suis pas spécial.

Je fronçai les sourcils. Il me faisait sentir superficielle. C'était probablement le cas. Depuis que j'avais décidé de partir, j'avais décidé deux choses : premièrement, je ne partirais pas vivre au mur en tant que vierge, et deuxièmement, je ne m'attacherais émotionnellement à personne. Mais je n'avais connu personne d'autre que David. J'avais d'autres options, mais je ne me sentais en sécurité qu'avec lui. Comment pouvait-il ne pas savoir à quel point il était spécial ?

— David, vous savez que je vous aime bien. On est amis.

— S'il vous plaît, ne gaspillez pas vos belles paroles avec moi. Je cherchais exactement la même chose que vous chaque fois qu'on a couché ensemble.

Il me donna un petit coup de coude.

Nous étions plus que cela, mais comment étais-je censée partir d'ici si je me laissais aller à envisager les possibilités ?

Il serait un mari respectable pour une personne de mon statut. Il était beau, fort, courageux… tout ce qu'une femme était censée vouloir chez un homme. Ajoutez à cela qu'il était le plus jeune garde en chef depuis un siècle, et il était le partenaire rêvé de la plupart des femmes.

Mais je ne rêvais pas de me poser. J'avais besoin de plus. Quelque chose que je savais ne pas pouvoir obtenir d'une vie ici, dans les limites d'Athos. J'avais toujours été attirée par l'ailleurs. Par quelque chose d'autre.

Il y avait aussi le fait que si je baissais ma garde et ouvrais un peu la porte, il s'attacherait. Je l'empêcherais de trouver quelqu'un d'autre, et je ne pouvais pas lui faire ça.

— Vous savez pourquoi je ne peux pas me rapprocher de vous.

— Je sais, acquiesça-t-il. Je comprends. Et je ne demande rien de plus profond entre nous, mais je dois demander s'il y a quoi que ce soit que vous puissiez faire pour que mes sœurs restent ici…

J'aspirai une bouffée d'air, et mon cœur se mit à battre la chamade. David avait des sœurs jumelles dont il aidait à s'occuper. Son père était mort quand elles étaient jeunes et David envoyait la majeure partie de son salaire à sa mère.

— J'avais oublié que vos sœurs étaient majeures.

— Elles ont eu dix-huit ans la semaine dernière. Mauvais timing. Vous pourriez peut-être dire à l'ambassadeur que leur anniversaire est le mois prochain ? demanda-t-il avec espoir. Je sais que c'est beaucoup demander, et je ne sais même pas si vous pouvez les aider, mais ma mère aurait le cœur brisé si elle devait remettre l'une ou l'autre d'entre elles.

— Je verrai ce que je peux faire, lui assurai-je.

Il me serra dans ses bras et mes yeux s'écarquillèrent de surprise. Je lui donnai une tape dans le dos alors que la culpabilité me tenaillait de l'intérieur. Je n'étais pas sûre de pouvoir faire quoi que ce soit et, pire encore, j'étais censée rendre heureux l'homme qui prenait ces décisions.

Lorsque David me relâcha, je luttai contre la nausée qui montait. Entre la demande de mon père et celle de David, j'allais devoir me montrer plus gentille avec l'ambassadeur. Je voulais faire quelque chose pour aider, et même si je n'étais pas sûre de pouvoir aider tout notre royaume, je pouvais peut-être au moins aider David.

— Attendez, et vous ? demandai-je lorsque je réalisai soudain que je n'avais aucune idée de son âge.

J'étais vraiment une mauvaise amie.

— Vingt-six ans depuis hier.

Il sourit, mais c'était une expression superficielle et triste. Il était sauvé du Choix, mais avec ses deux sœurs dans la course, son soulagement manquait de joie.

— Hier ? J'étais avec vous hier et vous ne m'avez rien dit.

Il haussa les épaules.

— On n'a jamais fêté nos anniversaires respectifs.

Je lui saisis la main et l'aidai à se lever.

— On va changer ça. Tout de suite. On va sortir.

— Vous n'avez pas d'autres choses à faire ? demanda-t-il.

— L'ambassadeur peut attendre. Pour l'instant, je suis toute à vous.

Il me prit par la taille et me rapprocha de lui. Je poussai un cri de surprise, mais m'appuyai contre lui. Peut-être qu'un peu de temps avec David était exactement ce dont j'avais besoin.

Quelqu'un se racla la gorge et je m'éloignai de David, surprise. Nous étions seuls depuis mon arrivée, mais les autres gardes devaient être en train de rentrer du travail. Ce ne serait pas la première fois que quelqu'un nous verrait être proches, mais je n'étais tout de même pas à l'aise avec ça.

Les joues en feu, je me retournai pour trouver la source de l'interruption. Mes yeux se plissèrent lorsque j'aperçus Istvan, debout à l'extérieur du ring d'entraînement. Il avait l'air agacé. Nous étions donc deux.

— Qu'est-ce que vous faites ici, Istvan ? demandai-je.

— Vous voulez apprendre à manier une arme aussi bien que vous maniez les mots ? demanda David.

Le prêtre ricana.

— Comme si j'avais besoin de telles choses.

— Alors qu'est-ce que vous faites ici ? répétai-je.

— Votre présence est requise au dîner de ce soir, annonça Istvan. Votre servante attend votre retour pour vous aider à vous préparer.

J'ouvris la bouche pour protester, mais David prit la parole en premier.

— Demain. On reprendra là où on s'est arrêtés.

Les yeux globuleux d'Istvan s'écarquillèrent légèrement et il toussa. Je ne pus m'empêcher de m'amuser de l'expression de gêne qui se lisait sur son visage. C'était lui qui n'était pas à sa place ici.

— Je n'ai pas besoin de cinq heures pour me préparer.

— C'est bon, insista David. Je devrais aller voir les nouvelles recrues, de toute façon.

— Il y en a beaucoup ces derniers temps, commentai-je.

— Ne m'en parlez pas ! Et ils sont novices. Aucun ne sait ce qu'il fait.

— Votre Altesse, la reine a insisté pour que vous vous prépariez immédiatement pour ce soir, interrompit Istvan.

Je soupirai. C'était donc ainsi que mes deux prochaines semaines allaient se dérouler : m'habiller et parader.

— Demain ? confirmai-je à David en espérant qu'il ne voyait pas le désespoir dans mon expression.

La seule façon de surmonter cette soirée était de me rappeler que j'avais quelque chose à attendre avec impatience.

— Je suis de repos après le dîner, dit-il. Vous pouvez m'avoir toute la nuit si vous voulez.

— Je vais vous prendre au mot sur cette offre, dis-je en le taquinant.

— Princesse… siffla Istvan.

David me donna un petit coup espiègle, et je me tournai à contrecœur vers le prêtre.

— Je peux aller jusqu'à ma chambre toute seule.

— On m'a demandé de vous y conduire, dit-il. Votre père fait peut-être confiance à ces étrangers, mais certainement pas moi.

— Vous pensez que quelqu'un de Konos va m'attaquer pendant que je suis au palais ?

J'étais sceptique. Outre le fait que cela violerait notre traité, s'ils voulaient faire du mal à l'un d'entre nous, il y avait de fortes chances qu'ils y parviennent. S'ils étaient ne serait-ce qu'à moitié aussi forts que les rumeurs le prétendaient, aucun d'entre nous n'aurait la moindre chance de s'en sortir.

— On vit une époque étrange. Les visions de l'Oracle sont floues et mes propres compétences ont diminué. L'avenir est au bord du précipice ; une seule action pourrait le faire basculer vers une version qu'on n'a jamais prédite, dit-il.

Je ne répondis pas. Istvan était généralement considéré comme l'un des meilleurs devins de l'époque, mais j'avais des doutes. Ses prédictions étaient souvent tellement vagues que n'importe quel résultat pouvait être considéré comme une preuve de ce qu'il avançait. La seule exception était qu'il avait correctement prédit le sexe de chacun des enfants du roi. Quatre filles. À chaque fois, il avait vu juste.

Une fois de retour à l'intérieur du palais, je me tournai vers le prêtre.

— Je pense que je peux gérer à partir d'ici.

— Je dois suivre les ordres, dit-il.

— Vous semblez recevoir beaucoup d'ordres de la reine ces derniers temps, lui fis-je remarquer.

— Je suis au service de la reine et du roi, comme vous le savez, répondit-il.

Je me remis à marcher en me disant que plus vite j'arriverais à ma chambre, plus vite je me débarrasserais de lui. Nous tournâmes au coin et il se retourna vers moi pour m'empêcher d'avancer. Agacée, je fis un pas de côté, mais il me bloqua à nouveau le passage.

Il était plus petit que moi et je pouvais facilement le pousser, mais je savais que je n'arrêterais pas d'en entendre parler si je le faisais. Je croisai les bras sur ma poitrine en soupirant.

— Qu'est-ce qu'il y a ?

— Je n'aime pas que vous ayez dansé avec l'ambassadeur, dit-il.

— Eh bien, c'est un point sur lequel on est d'accord, répondis-je.

Il leva un sourcil.

— Vous croyez que je voulais danser avec lui ? demandai-je.

— Vous allez souvent à l'encontre des conventions, répondit-il en haussant les épaules. Et vous semblez trouver du plaisir à embarrasser votre reine.

— Si j'essayais d'embarrasser la reine, vous le sauriez.

Je fis un pas sur le côté et il me bloqua à nouveau.

— Bougez, Istvan.

— Vous devez savoir que tous les membres de cette délégation sont nouveaux. Nous n'avons aucune donnée sur eux. On ne sait pas ce qu'ils sont ni ce dont ils sont capables.

— On dirait presque que vous vous inquiétez pour moi, dis-je. Mais ce n'est pas possible parce que je sais pertinemment que la reine et vous ferez la fête quand je serai partie.

— Il y a quelque chose dans mes visions que vous devriez savoir, me prévint-il.

— Les visions que vous avez prétendu avoir n'étaient pas exactes ?

— J'ai vu des voiles de bateau cramoisies et beaucoup de sang. Et vous vous teniez en plein milieu de tout ça.

Il secoua la tête.

— C'était un rêve, Istvan. On en fait tous. Je suis sûre que ce n'était rien, dis-je.

— C'était une vision.

Il se rapprocha de moi. Je déglutis et tentai de repousser le lourd sentiment d'inquiétude qui m'envahissait. Istvan m'avait déjà fait des remarques désagréables au fil des ans, mais ce n'était pas la même chose. Il avait l'air préoccupé.

Non, il avait l'air terrifié.

Je n'étais pas sûre de l'avoir déjà vu arborer ce genre d'expression.

— Qu'est-ce que vous voulez que je fasse exactement ? demandai-je.

— Soyez prudente avec eux, répondit-il.

— Je ferai attention, lui assurai-je.

Il hocha la tête.

— C'est tout ce que je demande.

Nous restâmes silencieux pendant le reste du trajet et je retins mon souffle jusqu'à ce que je referme la porte de ma chambre derrière moi.

CHAPITRE 6

Je n'avais pas mis les pieds dans la salle à manger officielle depuis des mois. La pièce était spacieuse, avec une longue table qui pouvait accueillir cinquante personnes. Elle était réservée aux dignitaires en visite ou aux occasions où mon père voulait paraître intimidant. Je ne savais pas si ce soir était destiné à sauver les apparences ou s'il espérait paraître assez puissant pour exiger une réduction du nombre de tributs.

C'était un bel espace ouvert sur trois côtés. De gracieuses colonnes soutenaient des arcs de pierre qui faisaient office de fenêtres et offraient une vue panoramique sur la mer. Lorsque l'on pénétrait dans l'espace, on était frappé par le contraste saisissant entre l'eau turquoise et les colonnes d'un blanc éclatant. Le spectacle était époustouflant et je devais m'arrêter pour le contempler chaque fois que je pénétrais dans la pièce. Peu importait le nombre de fois où je m'étais trouvée ici, je me sentais toujours petite.

Il n'était pas étonnant que mon père aimât y organiser des événements importants.

Des serviteurs s'affairaient à dresser la table pour que tout ait l'air parfait. Je m'écartai en veillant à ne pas les gêner pendant qu'ils vaquaient à leurs occupations.

Un mouvement attira mon attention et je me retournai au moment où Ophelia et mon père entraient dans la pièce. La reine plissa les yeux et me lança un regard plein de dédain avant de prendre la même expression que celle qu'elle utilisait pour s'adresser à la plupart des membres de la cour.

— Tu te joins vraiment à nous ce soir, Ara ? demanda mon père d'un air amusé.

— Oui.

Je me demandais si Ophelia avait demandé à ce que je me joigne à eux ou si Istvan avait pris les choses en main à cause de sa vision étrange. Ni l'un ni l'autre ne m'aurait surprise, mais je fus prise au dépourvu par le fait que mon père n'était pas au courant.

Mon père traversa la pièce, s'arrêta devant moi et m'embrassa sur le dessus de la tête.

— Tu es magnifique ce soir.

— Merci.

Je lissai le tissu de mon péplos rose pâle. Mila avait choisi une couleur qui me donnerait l'air innocente. Le tissu était ample et ne comportait pas la fente spectaculaire sur le côté que ma robe avait la veille au soir. Elle n'avait pas insisté, mais j'avais l'impression qu'elle savait ce que j'avais à faire. Elle avait toujours l'air de tout savoir.

Même mes cheveux envoyaient un message. Mila avait tressé des nattes traditionnelles autour de ma tête, comme une couronne, puis avait ajouté de petites fleurs blanches. J'avais l'air plus innocente que je ne l'avais été depuis des années.

— C'est dommage que tu ne te montres pas aux autres événements qu'on organise. Tu aurais pu avoir une chance de te trouver un mari respectable, lança Ophelia.

— Laisse-la tranquille, l'avertit mon père. Elle nous a annoncé quelle voie elle souhaitait prendre.

Je souris à mon père. La reine se renfrogna.

— C'est magnifique ici, dit Sophia en entrant. La décoration que t'as choisie est superbe, maman.

Je fronçai le nez. La pièce serait magnifique avec ou sans les fougères et les fleurs en pot disposées à intervalles réguliers le long de la longue table, et je savais qu'elles étaient les seules contributions d'Ophelia. Non pas qu'elle les ait mises là elle-même. Elle avait dû ordonner à quelqu'un d'autre de mettre en place ce qu'elle avait demandé.

— Merci, ma chérie.

Ophelia s'éloigna de moi pour aller saluer ses filles.

Lagina et Cora entrèrent derrière Sophia, toutes vêtues de péplos blancs traditionnels, à l'instar de la reine. Mon choix de porter du rose me faisait maintenant remarquer.

— Comment s'est passée la séance d'entraînement aujourd'hui ? me demanda Cora. Est-ce que David a enlevé sa chemise pendant que vous vous battiez ?

— Cora, grogna Ophelia.

Je réprimai un gloussement et les joues de Cora rougirent. Dès qu'Ophelia détourna le regard, les yeux de Cora s'écarquillèrent comme pour dire « Alors, il l'a fait ? »

Je secouai la tête et Cora fronça les sourcils.

— Il y a toujours demain, pas vrai ?

Ophelia lança un regard d'avertissement à sa fille.

— Ma reine, et si nous nous occupions de nos invités ? demanda mon père, toujours aussi diplomate.

À sa décharge, Ophelia était une excellente hôtesse. Elle avait beau détester presque tout le monde, elle pouvait vous donner l'impression que vous étiez son meilleur ami le temps d'une fête. Le lendemain, elle pouvait exiger que votre tête soit plantée au bout d'une pique, mais pendant ce moment où elle devait jouer le rôle, vous pouviez croire qu'elle était de votre côté. C'était un don. Quelque chose contre lequel j'avais lutté toute ma vie. J'étais beaucoup plus authentique, ce qui n'était pas une compétence très prisée pour quiconque se lançait dans la politique.

— Je déteste ça, dit Cora en se plaçant à côté de moi.

— Chut, dit Lagina. Ils arrivent.

— J'ai parlé à certains d'entre eux aujourd'hui. Ils ont l'air gentils, ajouta Sophia.

— Ils choisissent certains des nôtres pour les manger, lui rappelai-je.

— Peut-être qu'ils n'ont pas le choix, dit Sophia.

— On a toujours le choix, déclarai-je d'un ton sombre.

La reine s'avança dans la pièce avec un large sourire aux lèvres.

— Bienvenue dans notre humble salle à manger.

Elle écarta un bras pour désigner la vue.

Derrière elle, une douzaine d'hommes vêtus de la traditionnelle tunique cramoisie de Konos entrèrent en file indienne. Mon cœur s'emballa tandis que je scrutais leurs visages, à *sa* recherche. L'ambassadeur n'était pas avec le reste du groupe. Mon estomac se noua de déception, et je me rendis compte qu'une partie de moi voulait le voir.

Qu'est-ce qui n'allait pas chez moi ? C'était mon ennemi. Son roi nous protégeait peut-être, mais son prix était trop élevé. Et si nous ne le payions pas, ils nous tueraient tous. Je ne pouvais pas me permettre d'avoir des sentiments pour lui. C'était une faveur pour mon père, et une faveur pour un vieil ami. Je ferais ce qu'il fallait, mais je ne pouvais pas me rapprocher de lui ou m'impliquer émotionnellement.

Il était préférable qu'il ne soit pas là.

Les délégués s'écartèrent et une femme entra. Ce fut comme si tout l'air de la pièce avait été aspiré et que tout le monde retenait son souffle. Elle franchit pratiquement le seuil en flottant. Son étrange robe grise se déplaçait et glissait au gré d'une brise fantôme. Elle avait de longs cheveux bruns de la couleur de la terre humide et une peau pâle, presque fantomatique. Elle était mince et petite, presque enfantine, mais ses traits et son attitude la faisaient paraître ancienne.

Mais ce n'étaient pas ses vêtements ou ses mouvements gracieux et éthérés qui la rendaient si troublante. C'étaient ses yeux. Ils étaient d'un blanc laiteux, vides et morts. Le problème n'était pas qu'elle était aveugle. Non, le problème, c'était qu'elle semblait voir à travers moi. C'était comme si elle pouvait voir jusqu'à mon âme, et je pouvais sentir la portée de ce regard.

Ses lèvres esquissèrent un sourire et laissèrent apparaître des dents blanches bien alignées.

— J'espérais que nous rencontrerions l'autre princesse ce soir.

Ophelia poussa un soupir agacé, puis m'attrapa pour me pousser devant la femme aveugle.

— Oui, nous étions tellement tristes qu'elle n'ait pas pu vous accueillir comme il se doit. Voici Ara, la fille illégitime du roi.

Je détestais qu'Ophelia me présente, mais quelque chose m'avertissait de ne pas contrarier cette femme et de ne pas me permettre de montrer la moindre faiblesse.

— Bienvenue dans notre royaume.

La femme aveugle se rapprocha en flottant avec une élégance aérienne. Je réprimai des palpitations nerveuses et tins bon. Elle s'arrêta à quelques centimètres de moi.

— Tout le plaisir est pour nous, Ara d'Athos.

Sa voix avait un écho, presque comme si elle était émise en chœur, comme si plusieurs femmes parlaient à l'unisson.

Je n'avais jamais rencontré une femme comme elle. Elle

me faisait penser à une prêtresse, mais elle dégageait une grande puissance. Je n'avais jamais ressenti de magie auparavant, mais j'en ressentais en elle. Il était clair qu'elle n'était pas humaine. Je me demandai si elle n'était pas faë. Elle était clairement plus puissante que n'importe lequel de ses compagnons masculins.

— Je n'ai pas saisi votre nom, dis-je en essayant d'être accueillante.

— Je m'appelle Morta, répondit-elle de son étrange voix aux sonorités plurielles.

Elle me sourit tout en gardant ses yeux morts rivés sur moi.

J'avais l'impression d'être prise au piège, enfermée dans le regard vide de Morta. Mes paumes devinrent moites et mon pouls s'accéléra. De la panique commença à fleurir dans ma poitrine.

— Et si nous mangions, maintenant que les présentations sont faites ? proposa Ophelia.

Morta cligna des yeux, puis se détourna de moi et laissa Ophelia la conduire jusqu'à la table. J'expirai un souffle tremblant, plus reconnaissante que jamais de la présence de la reine à mes côtés.

Les délégués s'installèrent autour de la table et mes sœurs prirent place entre eux. Morta était assise à l'extrémité, près de mon père. La reine était à l'autre bout, face à lui. Dès que tout le monde fut assis, je pris place à côté d'un délégué, le plus loin possible de l'étrange femme. Il y avait quelques chaises vides à côté de moi, ce qui me donnait un tampon entre la reine et moi.

Au moins, je n'aurais qu'à faire la causette avec l'un des délégués et je pourrais éviter d'être trop proche d'Ophelia. Istvan prit place près de la reine et laissa une chaise vide entre nous. Je lui fus reconnaissante d'avoir choisi d'être plus proche d'elle que de moi.

Des serviteurs apportèrent des boissons, puis des plateaux de poisson et d'agneau, des bols de riz et de légumes, et de magnifiques tours de figues ruisselantes de miel. Mon estomac gargouilla à cette vue et j'inspirai les parfums qui se mêlaient.

— Votre royaume est magnifique, dit l'homme assis à côté de moi.

Je le regardai en faisant de mon mieux pour me forcer à sourire.

— Merci.

L'homme fit un grand sourire et j'aperçus deux crocs blancs étincelants.

— Ce n'est pas si différent de chez moi.

Je ravalai ma peur initiale et forçai mon regard à se poser sur ses yeux. Ils étaient d'un bleu aqueux. Une couleur délavée peu impressionnante. Après tout ce qu'on m'avait dit sur ces créatures, je m'attendais à plus. On les disait beaux et experts en séduction, mais cet homme n'avait rien d'exceptionnel. Il y avait beaucoup de gardes dans nos armées qui étaient plus beaux.

— Vous ne semblez pas avoir peur de moi, dit-il.

— Je devrais ? demandai-je.

— C'est le cas de la plupart des humains, répondit-il.

— Et vous aimez qu'on ait peur de vous ?

Il fit un sourire en coin.

— La peur, c'est le pouvoir, Princesse.

— Le respect, c'est le pouvoir, rétorquai-je.

— Vous êtes jeune, mais vous apprendrez.

— Orion, t'essaies de faire peur à notre nouvelle amie ? retentit une voix grave familière.

Je me crispai, car je savais que ma chance était en train de s'envoler. Je regardai à ma droite, juste au moment où l'ambassadeur tira la chaise et s'assit à côté de moi.

— J'ai cru que vous étiez tombé à la mer, dis-je.

— Hélas, je suis un excellent nageur. J'étais… occupé, dit-il, les yeux tournés vers l'une des servantes dans le coin.

Celle-ci croisa son regard, puis gloussa tandis que son visage s'illuminait d'un cramoisi profond.

Mon estomac se serra sous l'effet de ce qui ressemblait fort à de la jalousie. Je chassai cette pensée en serrant les dents. D'abord Lady Marlette à la fête, et maintenant les domestiques ? Avec un peu de chance, il serait trop occupé à trouver des femmes à séduire pour avoir besoin de moi.

Une idée sinistre me vint à l'esprit. C'était peut-être ainsi qu'il choisissait ses tributs. Ou peut-être promettait-il un sursis à ses maîtresses.

— Vous prenez déjà des notes pour votre sélection ?

— Ce n'était pas mon intention, dit-il. Je cherchais simplement à connaître votre maison.

— Avec une servante, Ryvin ? demanda Orion en fronçant le nez.

— Aucune des princesses n'était disponible, répondit Ryvin en haussant les épaules.

— Et elles ne le seront jamais, lançai-je. Vous ne me toucherez pas, ni aucune de mes sœurs. Ça s'applique à chacun d'entre vous.

Je jetai un coup d'œil à chacun des hommes à côté de moi avant de me retourner vers Ryvin. Je savais qu'il était le plus haut gradé de leur délégation.

— Vous me comprenez ?

Une main saisit ma cuisse et la serra.

— J'aime votre fougue, chuchota Orion à mon oreille.

Avant que je puisse le repousser, Ryvin se leva de son siège et sa chaise s'écrasa sur le sol. Il arracha Orion de son siège. En un éclair de tissu noir, Orion était à terre et le genou de Ryvin était posé sur la poitrine de l'homme. L'ambassadeur tenait une dague sous la gorge de l'autre homme.

— Elle t'a donné un ordre.

Des halètements et des crissements de chaises sur le sol en pierre nous entouraient, mais je ne pouvais détacher mon regard des hommes à terre.

— Tu prends le parti d'une femme plutôt que le mien ? s'offusqua Orion.

— On est leurs invités, déclara Ryvin. Si tu la touches encore une fois, je te décapiterai moi-même.

Mon cœur tonna dans ma poitrine, et je dus serrer mes cuisses l'une contre l'autre pour étouffer le besoin qui montait. J'avais grandi auprès des guerriers les plus féroces de notre royaume, mais jamais aucun d'entre eux ne m'avait défendue. Apparemment, cela m'excitait beaucoup.

Je poussai un souffle et m'accordai un instant pour savourer le frisson de voir un homme prendre ma défense, avant de me rappeler qui il était. C'était toujours un monstre. Le fait qu'il tienne tête à un autre monstre n'y changeait rien.

— Tout va bien, ambassadeur ? demanda mon père.

Ryvin retira son genou, puis rangea sa dague dans sa botte. Il se leva et lissa sa tunique.

— Je m'excuse, Votre Altesse. On n'est pas habitués aux protocoles humains. Parfois, je m'oublie et la bête qui sommeille en moi se libère un peu.

Il me jeta un coup d'œil avant de se retourner vers mon père.

— Pardonnez-moi.

Une boule se forma dans ma gorge. Ses mots me rappelaient ce qui couvait sous ce bel extérieur. Je m'étais demandé s'il était humain, et il semblait me donner un indice. Ou un avertissement.

— Je m'excuse pour mon comportement, Votre Altesse, dit doucement Orion.

Il se tenait à côté de moi, les yeux baissés.

Tout le monde dans la pièce me regardait en attendant ma réaction. Je me léchai les lèvres par réflexe.

— Si vous voulez que je le punisse davantage, je le ferai volontiers, dit Ryvin si doucement que j'étais certaine d'être la seule à l'avoir entendu.

— Ce n'est pas nécessaire.

J'avais le pressentiment que si je le demandais, la tête d'Orion serait arrachée de son corps. Je jetai un coup d'œil à l'homme qui se tenait à ma gauche.

— Un malentendu

Orion s'inclina.

— Ça ne se reproduira plus, je peux vous l'assurer.

— Bien, si c'est réglé, dit la reine, retournons à notre repas, d'accord ?

Orion se cala dans son siège, et après quelques instants de silence tendus, la table éclata en bavardages.

Sophia croisa mon regard, puis prononça silencieusement les mots « Ça va ? ». Je hochai la tête, puis me remis à manger en gardant mon attention sur ma nourriture.

— Je garderai mes hommes sous contrôle, dit Ryvin.

— Vous pouvez renvoyer vos hommes chez eux ? rétorquai-je.

— Dès qu'on aura terminé notre travail ici, répondit-il.

— Vous voulez dire après avoir kidnappé des humains pour les emmener à leur mort ?

Je n'avais pas l'intention de dire cela, mais les mots sortirent tout seuls.

— Je peux vous assurer que tous les tributs sont bien traités et mènent une vie bien plus luxueuse que celle qu'ils auraient ici, ajouta-t-il.

— Si vous le dites, marmonnai-je.

— Je peux vous offrir mes…

Je me levai sans attendre qu'il termine sa phrase. La table se tut et Ophelia me dévisagea. Je l'ignorai et reportai mon attention sur mon père.

— Je crains que toute cette agitation ne m'ait fatiguée. Si vous voulez bien m'excuser, je vais prendre congé.

— Bien sûr, ma chérie, dit mon père.

Ryvin se leva.

— Permettez-moi de vous accompagner en toute sécurité jusqu'à votre chambre.

— Oh, ce n'est pas nécessaire, dis-je.

— J'insiste, dit-il en souriant avec des dents blanches bien alignées.

Aucun signe de crocs.

Mes sourcils se froncèrent légèrement. Qu'était-il exactement, si ce n'était pas un vampire ? Il ne pouvait pas être humain, si ?

Peu importait ce qu'il était. C'était une menace.

— C'est très gentil, ambassadeur, dit mon père. Bien sûr, Ara accepte avec plaisir.

— Je ne devrais pas avoir un chaperon ? demandai-je en affichant mon sourire le plus pudique.

Ophelia rit. Non, elle ne rit pas. Elle gloussa.

— Je crois que c'est trop tard pour ça, Ara.

Je plissai les yeux vers elle et lui lançai mon regard le plus mauvais.

— Je promets de ne pas mordre, dit Ryvin.

Ophelia cessa de rire. La pièce entière devint si silencieuse que j'aurais pu entendre les vagues s'écraser contre les falaises au loin. Si je n'avais pas été aussi tendue, j'aurais pu apprécier la façon dont le visage d'Ophelia perdait toute couleur.

— On y va, Princesse ?

Ryvin me tendit son coude et, comme poussée par quelque chose d'extérieur à moi, j'obtempérai en glissant mon bras dans le sien. Je sentis les yeux de tous les convives braqués sur nous alors que nous sortions de la salle à manger.

CHAPITRE 7

J'arrachai mon bras du sien dès que nous eûmes tourné au coin.

— Vous pouvez retourner dîner. Je n'ai pas besoin de votre aide.

— J'aurais pu croire le contraire, dit-il. Comment appelez-vous ce qui s'est passé là-bas ?

— Vous réagissez de façon excessive. Un connard a posé sa main sur ma jambe et je n'ai pas eu l'occasion de le gifler comme j'aurais dû le faire avant que vous ne vous comportiez comme un loup et que vous l'attaquiez, répondis-je.

— Je ne me suis pas comporté comme un loup, dit-il. Un métamorphe lui aurait arraché le bras pour avoir touché quelque chose qui lui appartenait.

Je fronçai les sourcils. Il parlait comme s'il avait été personnellement témoin de ce genre d'agression. Je repoussai cette pensée et me concentrai sur la deuxième partie de sa déclaration.

— Je ne vous appartiens pas.

Il se rapprocha, et je reculai jusqu'à ce que je touche le mur. Ses yeux gris me fixaient comme s'ils essayaient de voir au plus profond de mon âme. Son regard était intense, affamé, avide. Je sentais l'odeur de l'eau salée et du bois, une odeur propre et accueillante dans laquelle j'avais envie de m'envelopper. Mais quelque chose d'autre flottait dans l'air entre nous. Quelque chose de chargé et d'électrique. Quelque chose de dangereux.

Il passa sa langue sur sa lèvre inférieure.

— Je m'incline. C'est vrai. Et vous n'avez clairement pas besoin de moi.

— Exactement. Je n'ai pas besoin de vous.

Mes mots sortirent faibles et essoufflés, et je n'étais pas sûre d'y croire.

Le coin de sa bouche se retroussa pour laisser apparaître un léger sourire en coin.

— Pourtant, vous avez envie de moi. Votre corps vous trahit, Princesse.

— Vous vous trompez.

— Je peux sentir votre désir.

— J'étais avec quelqu'un d'autre aujourd'hui, mentis-je.

Son expression s'assombrit, et je sus qu'il était en train de ressentir le même sentiment conflictuel de jalousie qu'il faisait naître en moi. Je souris.

— Vous pensiez être le seul à vous envoyer en l'air ici ?

Il saisit ma mâchoire et je haletai lorsqu'il me fit lever le menton pour que je le regarde en face.

— Attention, Princesse, ou vous pourriez me pousser à bout.

— Allez trouver une servante à baiser, connard, crachai-je.

Ryvin s'approcha si près que son corps se pressa contre le mien et que je sentis son érection. Le désir me traversa. Je détestais cet homme. Je détestais son royaume et tout ce qu'il représentait. Mais mon corps ne semblait pas se soucier de qui il était.

— Relâchez-moi.

— Dites-moi que vous n'avez pas envie de moi.

— Je n'ai pas envie de vous.

Ma respiration était superficielle et une chaleur désagréable s'installait entre mes cuisses.

— Menteuse.

— Allez vous faire foutre.

Je tournai la tête et son pouce effleura ma lèvre inférieure lorsque je me dégageai de son emprise. Il le passa sur ma lèvre, puis en enfonça le bout dans ma bouche. Je le laissai faire en me haïssant d'avoir envie de mettre tout son pouce dans ma bouche pour le sucer comme s'il s'agissait de quelque chose d'autre.

Mes yeux se dirigèrent instinctivement vers le renflement de son pantalon.

Il retira sa main de mon visage, puis la fit glisser jusqu'à mon cou avant d'enfoncer ses doigts dans mes cheveux.

— Je savais que vous me supplieriez.

— Je ne vous supplie pas.

— Pas encore.

Il me relâcha et recula si rapidement que son absence me donna une sensation de froid et de confusion. Je vis alors un mouvement du coin de l'œil et une paire de gardes tourna au coin.

Ryvin ajusta sa tunique et j'aspirai une bouffée d'air, le cœur battant la chamade. Nous avions été à deux doigts d'être vus ensemble.

Qu'est-ce qui n'allait pas chez moi ? Pourquoi l'avais-je laissé me faire ça ? J'aurais pu le repousser, et il le savait. Il n'avait pas utilisé la force, il ne m'avait pas fait mal. Je l'avais laissé faire.

— Votre Altesse ? Tout va bien ? demanda l'un des gardes en s'arrêtant devant moi.

— Très bien, merci.

Je fis quelques pas pour passer devant l'ambassadeur.

— Je suis sûre que vous leur manquez au dîner. Vous devriez y retourner.

— Comme vous voulez, A*stéri*.

— Non. Vous n'avez pas le droit de m'appeler par un surnom mignon, dis-je sans m'arrêter de marcher.

— Ara, alors ? demanda-t-il.

— Que diriez-vous de *Votre Altesse* ?

Il inclina la tête.

— Très bien, *Votre Altesse*. J'ai besoin d'une escorte pour visiter la ville demain, lança-t-il.

Je soupirai et finis par me retourner.

— Parlez à mon père. Je suis sûre qu'il se fera un plaisir d'arranger ça pour vous.

— Je l'ai déjà fait, répondit-il en souriant. Je vous verrai après le petit-déjeuner.

Je savais maintenant pourquoi mon père m'avait si facilement laissée quitter le dîner. Je savais que je devais essayer de m'attirer les bonnes grâces de cet homme, mais cette idée me donnait la nausée.

— Pourquoi ne pas choisir quelqu'un qui veut vous impressionner ?

— Qu'est-ce qu'il y a d'amusant là-dedans ?

Je levai les yeux au ciel. Cet homme était exaspérant.

— Je ferai ce que mon père exige, mais ne vous attendez pas à ce que je sois aimable.

— Je serais déçu si vous l'étiez, répondit-il.

— Votre Altesse, dit une autre voix masculine.

Je serrai les dents en entendant la voix d'Istvan.

Je ne savais pas lequel des deux était le pire, l'ambassadeur ou le grand prêtre. Profitant de cette distraction pour mettre fin à ma conversation avec Ryvin, je me tournai vers Istvan.

— La reine avait un autre message pour moi ?

— Non, je suis venu de mon propre chef.

Les yeux du prêtre se tournèrent vers l'ambassadeur, puis revinrent vers moi.

— Je me suis dit que vous auriez peut-être besoin d'une escorte jusqu'à votre chambre.

— J'escortais la princesse, dit Ryvin.

J'avais l'habitude de me promener dans le palais sans me faire remarquer. Le protocole habituel ne m'avait pas été imposé et j'en avais pleinement profité. Il était hors de question que je commence à exiger un traitement spécial maintenant. Je n'étais pas la princesse héritière, ni même en lice pour le trône. Il n'était pas nécessaire d'élever mon statut.

— Je suis sûre que vous leur manquez tous les deux au dîner, dis-je. Et si vous retourniez à la salle à manger et que ce garde m'escortait ?

Je n'attendis pas de réponse avant de me diriger vers le garde déconcerté.

— On y va ?

Il se mit au pas à côté de moi et j'accélérai la cadence, sans me retourner pour voir si les autres hommes me suivaient.

C'était un nouveau garde, plus jeune que moi, mais il me semblait familier. Je me demandais si je l'avais déjà vu s'entraîner ou travailler au palais. Je ne connaissais pas tous les gardes, car ils étaient nombreux à travailler ici, mais il me paraissait une meilleure option que de laisser l'un ou l'autre des autres hommes continuer vers ma chambre.

Une fois que nous eûmes tourné au fond du couloir et commencé à monter les escaliers vers ma chambre, je jetai un coup d'œil en arrière. Heureusement, personne ne nous suivait. Mes épaules se détendirent et une partie de la tension que j'avais accumulée se dissipa.

— Merci de lui avoir tenu tête, dit le garde.

— Istvan ?

— L'ambassadeur, répondit-il. Beaucoup semblent oublier qu'il représente toujours un ennemi.

Un sentiment de culpabilité s'empara de moi. Je lui avais tenu tête, mais jusqu'où aurais-je laissé les choses aller si les gardes ne s'étaient pas montrés ? Je restai silencieuse pendant le reste du trajet jusqu'à ma chambre en me maudissant intérieurement d'avoir ressenti quoi que ce soit pour lui.

Je remerciai le garde lorsque nous arrivâmes à la porte.

Il opina de la tête, puis jeta un coup d'œil dans le couloir, comme pour s'assurer que nous étions seuls.

Je me crispai en me demandant si je n'avais pas mal interprété ses propos. Mes doigts se crispèrent et je m'apprêtai à saisir la dague attachée à ma cuisse.

— S'ils m'emmènent, je me battrai, dit-il. J'essaierai de m'en prendre au roi faë et de mettre fin à tout ça. Au diable la protection !

Mes doigts se détendirent.

— Je vous soutiendrai totalement.

— Je sais, dit-il. Je le vois à la façon dont vous vous battez. Vous n'utilisez jamais de coups bas, mais vous trouvez les faiblesses de votre adversaire. Vous accordez de l'importance à l'honneur. Et obtenir de la protection en sacrifiant les nôtres n'est pas honorable. C'est une solution de lâche.

Il secoua la tête.

— Je suis désolé, c'est déplacé de ma part.

— Je n'avais pas réalisé que vous m'observiez si attentivement, dis-je.

Il écarquilla les yeux.

— Je vous jure que ce n'est rien d'autre que du respect.

Je levai une main.

— Ce n'est rien. Mais je me demande ce que vous avez remarqué d'autre.

Ses joues devinrent roses.

— C'est bon, dites-moi. La plupart des gardes refusent de me donner des détails. Juste de la flatterie. Du moins en face de moi, dis-je.

— Eh bien, votre besoin de respecter les règles d'engagement va vous faire tuer dans une vraie bataille, répondit-il.

— Vous avez vu de vraies batailles ?

— Pas encore, mais j'ai vu suffisamment de bagarres dans les rues pour savoir que les règles ne s'appliquent pas quand les émotions sont fortes.

— Qu'est-ce que vous me suggérez que je fasse ?

— Utilisez vos faiblesses à votre avantage, suggéra-t-il.

Je levai un sourcil.

— Je ne veux pas vous offenser, Votre Altesse, dit-il.

— Continuez, l'encourageai-je.

— Votre taille et le fait que vous soyez une femme. Ça veut dire que vos adversaires vont vous sous-estimer, ajouta-t-il. Vous devez vous en servir. Faites-vous petite, déjouez-les, utilisez vos charmes s'il le faut. Si vous devez vous battre à mort, personne ne critiquera vos méthodes lorsque vous serez la dernière à rester debout.

Je souris.

— Vous allez vous entraîner avec moi demain.

— Oh, non, je ne pourrais pas faire ça, dit-il.

— Bien sûr que si, répondis-je. J'ai rendez-vous avec David dans l'après-midi, quand les autres gardes rentrent de l'entraînement. Personne ne vous verra.

— Je ne suis pas inquiet à ce sujet-là, dit-il.

— Qu'est-ce qui vous inquiète ?

— Que vous m'arrachiez la tête.

— Pourquoi est-ce que je ferais ça ?

Mes yeux s'écarquillèrent et je compris soudain pourquoi il était si nerveux en ma présence. Et où je l'avais déjà vu auparavant. J'éclatai de rire sans le vouloir.

— Je suis désolée, vous avez l'air différent avec vos vêtements.

Son visage devint encore plus rouge.

— Je ne voulais pas vous manquer de respect. J'aime beaucoup votre sœur.

— Vous n'êtes pas obligé de faire ça. Elle n'attend pas de demande en mariage et je me fiche de savoir avec qui elle couche. Tant que ce n'est pas dans ma chambre.

— Je vous jure que je ne savais pas que c'était votre chambre.

— Eh bien, maintenant vous savez, répondis-je en faisant un pas vers ma porte. Comment vous vous appelez ?

— Belan, répondit-il.

— Eh bien, Belan, j'espère vous voir demain.

Il hocha la tête.

— Je serai là.

— Merci pour vos remarques, dis-je. Dormez bien.

Il s'inclina et garda la tête baissée jusqu'à ce que je sois entrée dans ma chambre.

Mila était assise sur une chaise près de la fenêtre et se leva en me voyant.

— Déjà de retour ?

— Tu sais ce que je pense de ce genre d'événements, dis-je.

— Je pensais que vous tiendriez un peu plus longtemps après la demande de votre père.

Elle s'approcha de moi et me guida vers un tabouret pour qu'elle puisse commencer à défaire mes cheveux.

— Je dois lui montrer la ville demain.

— Pour qu'il puisse commencer à choisir, répondit-elle d'un ton sombre.

Mon estomac se noua. La délégation n'avait jamais partagé la façon exacte dont elle sélectionnait les tributs. Toute personne majeure devait se présenter au palais le jour du Choix, mais la sélection se faisait si rapidement que je me demandais s'ils ne savaient pas déjà qui ils allaient prendre.

— Je suppose.

— Il faut que quelqu'un fasse quelque chose, dit-elle. On ne peut pas vivre ça tous les neuf ans.

Je ne répondis pas. Je détestais le Choix, mais avec les dragons à nos frontières, comment nous défendrions-nous aussi contre les vampires et les faës ? Nous ne pouvions pas nous permettre une guerre de tous les côtés. Je voulais y mettre fin, mais je n'étais pas sûre de savoir comment y parvenir.

Mila passa ses doigts dans mes longues mèches sombres pour défaire les dernières tresses.

— Vous aimeriez prendre un bain ce soir ?

— Je crois que je préférerais aller me coucher tout de suite.

Elle retira quelques fleurs restantes de mes cheveux.

— Votre chemise de nuit est sur le lit.

Je hochai la tête.

— Merci, Mila.

— De rien. Est-ce que je peux vous apporter autre chose ce soir ?

— Non, à demain matin.

Elle me fit une révérence et me laissa seule dans ma chambre. Je me dirigeai vers la fenêtre et regardai le paysage sombre. Je fermai les yeux, sentis la brise sur mon visage et écoutai le bruit des vagues au loin. Un sentiment de tristesse s'installa dans mes tripes. J'avais toujours ressenti un lien profond avec la mer, mais j'allais la laisser derrière moi en me rendant au mur. Si j'étais honnête avec moi-même, cela me manquerait plus que tout. Même plus que mes sœurs.

Je fermai les rideaux de la fenêtre, puis enlevai mes sandales et ma robe en la laissant tomber sur le sol en tas autour de mes pieds. Tandis que je me préparais à aller me coucher, les événements de la soirée tourbillonnaient dans ma mémoire. Les propos de Belan sur le fait d'éliminer le roi faë semblaient s'accorder avec l'histoire de David, qui avait dit que le roi était la clé de la destruction des monstres. S'il avait raison, cela suffirait-il ? Éliminer le roi mettrait-il fin au Choix ? Était-il possible de le tuer ?

Une fois dans mon lit, mes pensées se tournèrent vers l'ambassadeur lui-même. Lorsque je fermais les yeux, je revoyais son sourire arrogant et les profondeurs grises et tour-billonnantes de ses yeux.

Comment allais-je pouvoir le regarder demain en sachant ce qu'il comptait faire ? Que se passerait-il si ses hommes et lui disparaissaient ? S'ils ne revenaient tout simplement pas à Konos ? Le roi enverrait-il une autre délégation ? Attaquerait-il notre royaume ? Ou bien lui et les autres monstres mour-raient-ils de faim avant de pouvoir agir ?

Alors que je sombrais dans le sommeil, je m'imaginais en train d'enfoncer ma lame dans la poitrine de l'ambassadeur et de regarder son sang dégouliner et ses yeux gris pâlir à mesure que la mort l'emportait.

CHAPITRE 8

Le carrosse était entouré de gardes vêtus de noir que je ne reconnaissais pas. Les tuniques d'apparat de la nuit dernière avaient disparu. Au lieu de cela, l'entourage de l'ambassadeur était vêtu de tenues de combat.

Leurs armures de cuir noir cloutées d'argent accrochaient la lumière du soleil et faisaient penser à un ciel d'encre parsemé d'étoiles. Leurs casques couvraient la majeure partie de leur visage et dissimulaient leur identité bien plus que nos propres gardes.

Ma poitrine se serra lorsque je réalisai qu'il n'y avait aucun de nos hommes autour du carrosse. Les seuls hommes vêtus du bleu et or familier étaient postés le long des escaliers et à la porte d'entrée du palais. C'étaient leurs places habituelles et aucun d'entre eux ne semblait vouloir abandonner son poste pour m'accompagner.

Mon père n'allait certainement pas me laisser aller en ville avec la seule protection des gardes de Konos. Malgré mes années d'entraînement, il ne m'avait jamais permis de m'aventurer en ville avec moins de deux gardes. En temps normal, je n'aurais pas été inquiète. Notre peuple ne m'avait jamais donné de raison d'avoir peur pour ma sécurité. Mais ces hommes n'étaient pas des nôtres.

Combien d'entre eux étaient des monstres suceurs de sang ? Sans examiner leurs dents, je ne pouvais pas le savoir avec certitude. Les légendes disaient qu'autrefois, leur espèce ne supportait pas la lumière du soleil. C'était la raison pour laquelle leur île était enveloppée de nuages éternels. Mais après avoir bu du sang humain pendant des siècles, ils avaient surmonté ce handicap. C'était peut-être pour cela qu'ils avaient besoin de notre sang.

— Bonjour, Votre Altesse, lança Ryvin en descendant les escaliers qui menaient à la longue allée de pierre.

Mon père marchait derrière lui avec un sourire satisfait. J'inclinai légèrement la tête.

— Bonjour, ambassadeur. Votre Altesse.

— J'ai hâte de découvrir votre belle ville, déclara Ryvin.

— Vous avez une excellente guide, dit mon père. Ara avait pour habitude de passer chaque moment qu'elle pouvait en ville. Je suis sûr qu'elle connaît des endroits très animés à visiter.

Je me pinçai les lèvres. Quand j'étais adolescente, j'avais passé beaucoup trop de temps dans les salles de jeux, les théâtres et les tavernes. Souvent avec Lagina à mes côtés. Cependant, nos visites se firent plus rares à mesure qu'elle assumait davantage de fonctions royales, jusqu'au jour où elle cessa complètement de venir en ville avec moi. J'eus un pincement au cœur. Certains jours, notre proximité d'antan me manquait. Nos vies avaient pris des tournures tellement différentes, toutes deux tournées vers des chemins distincts.

— J'ai hâte de voir certains de vos endroits préférés, dit Ryvin.

— Je ne suis pas sûre que les endroits que j'avais l'habitude de visiter soient encore là, mais je verrai ce qu'on peut faire, proposai-je. On pourra partir dès que mes gardes seront arrivés. J'ai un rendez-vous cet après-midi ; je ne peux pas m'absenter toute la journée.

— Ton rendez-vous avec David peut attendre, dit mon père.

Je me hérissai, agacée qu'il sache que c'était ce que j'avais prévu.

— David ? demanda Ryvin en arquant les sourcils.

Je ne répondis pas. Ce que je faisais de mon temps libre ne le regardait pas.

— Ne vous inquiétez pas, Princesse, je vous ramènerai à temps, dit Ryvin. On y va ?

— Mes gardes ? insistai-je.

— Tu es bien protégée, dit mon père en désignant d'un geste les gardes de Konos qui entouraient le carrosse.

— Tu n'es pas sérieux, dis-je.

— Combien de fois est-ce que tu as fait le mur sans aucun garde ? demanda mon père d'un air amusé.

— C'était il y a longtemps. Et je n'étais pas dans un carrosse qui annonçait clairement qui j'étais.

Je fis un geste vers le carrosse noir. Il était si différent de tout ce que l'on pouvait voir dans les rues d'Athos qu'il nous ferait instantanément remarquer comme des étrangers. Et il n'y avait qu'un seul étranger qui visitait notre royaume.

— Mes gardes sont bien entraînés, dit Ryvin. De plus, votre père m'a assuré que nous n'avions rien à craindre de votre peuple. À moins que vous ne sachiez quelque chose qu'il ignore ?

Je fronçai les sourcils, car je n'appréciais pas ce qu'il sous-entendait.

— Très bien. Finissons-en.

Je me dirigeai vers le carrosse et passai mon bras sur ma cuisse pour sentir la dague sous ma robe.

J'aurais préféré porter un pantalon pour cette expédition,

mais Mila avait insisté pour que je porte une robe. Sans doute pour sauver les apparences aux yeux de mon père. Je me demandais si je pourrais éviter de divertir l'ambassadeur après cela. Les prochains jours étaient réservés aux festivités et il serait occupé. Il ne s'apercevrait peut-être même pas de ma disparition. Surtout s'il se trouvait d'autres servantes avec qui coucher. Ce qui était exactement ce qu'il devrait faire. Et je ne devrais pas m'en soucier. Même pas un peu.

L'un des gardes ouvrit la porte et me tendit la main. J'ignorai sa paume et me hissai dans le carrosse en utilisant les poignées sur le côté. Je devais rester en colère. Me rappeler ce qu'étaient ces gens et ce qu'ils représentaient. C'était bien mieux que l'alternative après ce qui s'était passé dans le couloir la veille.

Ryvin monta après moi et s'assit sur la banquette à côté de moi. Je me rapprochai du côté pour mettre le plus de distance possible entre nous. Je jurerais avoir vu l'esquisse d'un sourire sur ses lèvres à mon mouvement. Agacée, je fis face à la fenêtre et regardai mon foyer.

Nous étions sur la grande allée devant le palais. Par la fenêtre, je pouvais voir les jardins qui s'étendaient jusqu'aux falaises qui tombaient dans la mer. Le ciel était d'un bleu limpide et infini, sans aucun nuage. Le soleil brillait et était chaud. Si je n'avais pas eu cette compagnie, je me serais réjouie de passer une journée à visiter la ville.

— Où devrions-nous aller en premier ? demanda Ryvin.

Je jetai un coup d'œil à mon compagnon.

— C'est vous qui vouliez aller en ville.

— Vous êtes censée être ma guide, dit-il.

Je me mordis la lèvre en réfléchissant à ses paroles.

— Qu'est-ce que vous voulez voir, ambassadeur ?

— S'il vous plaît, appelez-moi Ryvin, dit-il.

— Non, merci, répondis-je.

— Très bien, Votre Altesse.

— Venons-en au fait. Vous n'êtes pas ici pour admirer la beauté de ma ville ou pour apprendre à connaître notre peuple. Vous êtes ici pour choisir un repas pour votre roi, crachai-je.

Il arqua un sourcil.

— C'est ce que vous pensez de moi ? Je vous l'ai dit, ils seront bien traités jusqu'à ce que leur heure vienne.

— Jusqu'à ce que leur heure vienne ? Et combien de temps de répit exactement ont-ils à vivre au milieu de monstres ? demandai-je.

— C'est au destin de le déterminer, et ce n'est ni à moi ni à personne d'autre de le faire, répondit-il.

— Vous les arrachez à leur maison, à tout ce qu'ils ont connu. À leur famille et à leurs amis. Et vous voulez me faire croire qu'ils apprécieront d'être des donneurs de sang pour votre peuple ? m'emportai-je.

— C'est ça qui vous préoccupe ? Le fait qu'ils servent de nourriture ? Je vous promets que l'expérience est agréable.

Je plissai les yeux. Était-ce son rôle ? Était-il de la nourriture pour les créatures ? Appréciait-il qu'elles plantent leurs crocs en lui ? Une image soudaine envahit mon esprit, celle d'un beau mâle dont les crocs transperçaient le cou de Ryvin. Je pouvais imaginer Ryvin renverser la tête en arrière et haleter de plaisir tandis qu'il passait ses doigts dans les cheveux de l'autre homme.

Une étrange bouffée de désir monta en moi à cette image, remplacée tout aussi rapidement par de la jalousie. L'une ou l'autre de ces émotions suffisait à elle seule à me faire douter de ma santé mentale, mais les deux étaient de trop. Je devais m'éloigner de cet homme. Il m'embrouillait la tête.

— Je n'ai vraiment pas besoin de détails, dis-je en agitant une main dédaigneuse en l'air. Je veux de l'honnêteté. Quel est le but de votre visite ? Ne perdons pas notre temps. Dites-le-moi pour que je puisse vous emmener dans un endroit qui corresponde à vos objectifs.

— Très bien, dit-il d'un ton sec et froid. Emmenez-moi dans un endroit où les gens aspirent à l'évasion. Ou ils souhaiteraient avoir la chance de prendre un nouveau départ.

Je fronçai les sourcils lorsque je compris ce qu'il me demandait.

— Vous êtes encore pire que ce que je pensais.

— Pourquoi ?

— Parce que vous me demandez de vous emmener dans les bidonvilles. Pour vous en prendre à ceux qui ont peu.

— Ce n'est pas ce que j'ai dit. Je vous ai demandé de m'emmener vers ceux qui pourraient apprécier de s'évader, répéta-t-il.

Je réfléchis à ses paroles, puis réalisai que c'était moi qui avais tiré des conclusions hâtives. Il avait raison, bien sûr. J'avais rencontré beaucoup de gens malheureux qui possédaient plus de richesses qu'ils ne savaient quoi en faire.

Il n'y avait qu'un seul endroit où nous pouvions aller. L'endroit où j'allais autrefois pour fuir ma vie d'adolescente. Cela avait été mon refuge pendant que je peinais à accepter la transition de Lagina vers son rôle de future reine et à trouver ma place. Je n'y étais pas retournée depuis que j'avais décidé de m'engager dans l'armée.

— L'Opale Noire.

— C'est une taverne ? demanda-t-il.

— En quelque sorte, répondis-je avant de lui indiquer l'emplacement

Il hocha la tête, jeta un coup d'œil à l'extérieur du carrosse pour informer le chauffeur de notre destination, puis referma la porte derrière lui et m'enferma avec lui.

Le carrosse fit une embardée, et je basculai sur le côté

dans les bras de Ryvin qui m'attendaient. Ses réflexes étaient si rapides que je ne l'avais même pas vu bouger. Ses grandes mains saisirent mes avant-bras nus.

— Vous allez bien ?

Je me redressai rapidement et m'éloignai de lui, mais pas assez vite pour ne pas sentir ce picotement familier danser sur ma peau. Je détestais réagir aussi fortement à son contact. Des visions de lui pressé contre moi la nuit dernière firent chauffer mon visage.

— Je vais bien.

Cela n'arriverait pas. Je n'allais pas faire quoi que ce soit de physique avec cet homme. Je poussai un long soupir en imaginant les vagues de l'océan, le vent qui faisait bruisser les arbres et tout ce qui pouvait me faire oublier la dureté de sa bite contre mon ventre la veille au soir.

Le carrosse s'engagea dans la longue allée et je contemplai les grands cyprès élégants qui bordaient chaque côté. Quelques arbres brunissaient par endroits, ce que je n'avais jamais vu auparavant. Me réjouissant de cette distraction, je les observai et notai tous les arbres qui avaient l'air malades. C'était étrange. Il faudrait que j'en parle à mon père. C'était son grand-père qui avait planté ces arbres, et ils faisaient la fierté de la famille royale.

Je me demandai depuis combien de temps ils étaient dans cet état et réalisai que je n'avais pas quitté le palais depuis des mois. Cette petite excursion n'était peut-être pas la pire chose à faire. Ce serait bien de sortir de l'enceinte du palais. Mais je devais admettre que j'aurais aimé être accompagnée de quelqu'un d'autre. Qu'allaient dire les habitués de l'Opale en me voyant ?

Cela faisait des années que je n'y étais pas allée. Les mêmes personnes étaient-elles toujours assises au bar ? Y avait-il les mêmes gardes au pied des escaliers qui menaient aux salons privés ? Je me demandais si les jeux de hasard avaient changé ou si les danseuses étaient des femmes différentes.

Ces dernières années, alors que j'étais tellement concentrée sur mes objectifs, je n'avais pas fait grand-chose pour me divertir, hormis quelques galipettes occasionnelles avec David.

Si l'adolescente que j'avais été rencontrait la personne que j'étais aujourd'hui, elle ne se reconnaîtrait pas. C'était peut-être une bonne chose.

— Parlez-moi de cet endroit. Vous n'êtes pas en train de me conduire vers une sorte de piège, n'est-ce pas ? demanda-t-il.

Je souris.

— Je me sens mal maintenant. J'aurais dû penser à vous tendre un piège.

— Au moins, je sais que vous n'essayez pas de me tuer.

— Pas tout de suite, dis-je.

Il gloussa.

— Je vois que vous êtes en colère contre vous-même pour la nuit dernière.

— Je ne vois pas de quoi vous parlez.

Feindre l'ignorance était la meilleure solution possible. J'aurais aimé avoir le luxe de mettre ça sur le compte d'un excès de vin.

— Vous portez une dague à la cuisse, déclara-t-il.

— Je suis sûre que vous avez des armes sur vous, rétorquai-je.

— Pas besoin d'armes. Comme je l'ai dit, je n'ai pas l'intention de vous faire du mal, ni à personne de votre peuple.

— Alors expliquez les gardes en armure de combat, fis-je remarquer. On aurait pu y aller à cheval. Vous avez choisi de les avoir avec nous pour attirer l'attention et avoir l'air menaçant.

— Ça va peut-être vous surprendre, mais on n'est pas très populaires à Athos.

— Je me demande bien pourquoi, dis-je sèchement.

Il ouvrit la bouche pour parler, mais je lui coupai la parole.

— Pas la peine. Je ne vais pas croire que vous êtes un type bien, quoi que vous disiez.

Il haussa les épaules.

— Je ne me qualifierais jamais de type bien.

Je laissai cette pensée perdurer entre nous et reportai mon attention sur la fenêtre.

— Alors, cet endroit où on va ?

Je soupirai.

— L'Opale Noire. C'est un repaire de vices. On y boit, on y joue, on y baise. Bref, on y trouve tout ce qu'on veut.

— Ça a l'air intrigant. Et c'est aussi le dernier endroit où je m'attendais à voir une princesse, dit-il.

Je haussai les épaules.

— On a tous nos secrets, ambassadeur.

— C'est vrai, convint-il.

CHAPITRE 9

Le carrosse attira beaucoup l'attention lorsque nous entrâmes dans la périphérie de la ville. Nous passâmes devant de petites boutiques construites à la hâte, aux murs de bois branlants et aux toits de chaume. Des caisses de fruits étaient empilées à l'extérieur et je vis une variété de marchandises à vendre à l'intérieur. Du tissu, du fil, des couvertures, des tapis, et même quelques articles qui ressemblaient à des poupées ou à d'autres jouets simples.

Ces boutiques étaient plus nombreuses que dans mon souvenir, et une boule se forma dans ma gorge à la vue des familles agglutinées autour d'elles qui nous faisaient désespérément signe dans l'espoir de vendre quelque chose.

Le pire, c'était que les boutiques cédaient la place à ce que je soupçonnais être des maisons. Il y en avait tellement. Mes sourcils se froncèrent. Comment les choses avaient-elles pu dégénérer à ce point ? Il y avait au moins une centaine de bâtiments simples, à l'aspect instable, construits à la hâte. Du linge pendait aux fils tendus entre les maisons et des enfants sales et sans chaussures couraient dans les rues improvisées.

— C'est la vie que vous voulez pour votre peuple ? demanda Ryvin.

Je ne me retournai pas pour le regarder, mais ne répondis

pas. Ce n'était pas une vie. Ces gens luttaient. Ils n'avaient pas l'eau courante et leurs enfants étaient à des kilomètres de l'école financée par la royauté la plus proche. Cela avait-il toujours été là et je l'avais ignoré ou n'avais pas remarqué ?

Je secouai la tête. Je l'aurais remarqué. C'était nouveau. La situation s'était détériorée au cours de l'année écoulée. J'avais vu quelques cabanes la dernière fois que j'étais passée, mais rien de tel. Il faudrait que j'interroge Lagina à ce sujet. Il se passait des choses dans le royaume dont je n'étais pas au courant, mais je ne savais pas que les choses avaient empiré à ce point.

Le carrosse continua à rouler et laissa le bidonville derrière lui pour entrer dans la ville proprement dite. Les bâtiments délabrés furent remplacés par des constructions blanchies à la chaux qui étaient debout depuis des décennies. Des bâtiments solides aux toits bleus délavés. De petites fissures dans le stuc vieillissant avaient été colmatées à la hâte et des traces de peinture plus blanche, en forme d'éclairs, ressortaient sur les murs passés par le soleil.

Ici, les boutiques avaient des fenêtres en verre et de vraies portes. Les gens qui se promenaient portaient des sandales et des robes péplos traditionnelles ou de longues tuniques. Certains d'entre eux s'arrêtèrent pour regarder le carrosse qui passait, mais beaucoup étaient trop occupés par leurs propres activités pour nous remarquer. Le carrosse fut secoué lorsque le chemin de terre se transforma en chemin de pierre, ce qui rendit notre trajet plus cahoteux à mesure que nous avancions.

Plus nous nous enfoncions dans la ville, plus les bâtiments étaient élaborés et beaux. La peinture était plus brillante, les fissures dans le stuc étaient couvertes et peintes au point de les rendre presque invisibles. Les toits étaient d'un bleu éclatant et se confondaient avec le ciel.

Aucune des personnes présentes sur les trottoirs ne leva les yeux de sa conversation lorsque nous passâmes. Nous n'étions plus le seul carrosse dans la rue et ils n'étaient pas surpris de notre présence.

Nous ne tardâmes pas à nous arrêter devant l'Opale Noire, dont le bâtiment jouissait d'une position privilégiée au cœur de la ville. Le rez-de-chaussée était obstrué par un grand mur blanc qui ne laissait apparaître que l'étage et le toit massif.

C'était le seul bâtiment de la ville qui avait renoncé au traditionnel toit bleu et avait choisi de peindre le sien en noir. Le reste du bâtiment était impeccablement peint en blanc brillant et offrait un contraste saisissant avec le toit sombre.

Une arche s'étendait sur une allée en pierre, bordée de part et d'autre de fleurs méticuleusement entretenues. L'endroit semblait innocent et classe, comme s'il menait à un temple plutôt qu'à une maison de mauvaise réputation.

Quatre gardes se tenaient à l'extérieur de l'arche, prêts à arrêter quiconque n'était pas à la hauteur de leurs exigences. Les visiteurs devaient passer par eux pour accéder à la cour avant de pénétrer dans le bâtiment lui-même.

Il y avait des règles à l'Opale, et elles étaient prises au sérieux. Il fallait avoir de l'argent à dépenser, ne pas parler à ceux qui portaient un voile sur le visage et ne pas ébruiter à l'extérieur de l'Opale ce qui se déroulait en son sein. Cela incluait les informations sur les personnes que l'on y croisait. Quiconque enfreignait ces règles était banni à vie.

C'était ce qui m'avait attirée quand j'étais plus jeune. Avoir un endroit où je pouvais aller sans que personne n'utilise mon titre ou ne juge ce que je faisais était bien trop attrayant. J'étais venue ici plusieurs fois après que Lagina eut cessé de venir en ville avec moi, et les gardes n'avaient été que trop heureux de m'y accompagner. Aujourd'hui encore, j'étais certaine qu'ils n'avaient jamais enfreint les règles ni dit à mon père que nous étions venus ici. Une fois à l'intérieur, ils s'occupaient de leurs besoins pendant que je faisais ce que je voulais. C'était le seul endroit où je pouvais être une fille normale et non un membre de la famille royale.

— Vous préféreriez que je prenne des citoyens riches et influents plutôt que de sauver ceux qui vivent dans les bidonvilles ? demanda Ryvin.

Je me tournai pour le regarder.

— Vous avez demandé des gens qui cherchaient à s'évader. C'est ce qu'est cet endroit, une échappatoire.

— Mais voudraient-ils fuir pour toujours ou ne viennent-ils ici que pour quelques heures ? demanda-t-il.

— Est-ce que ça a de l'importance ? m'emportai-je. Est-ce que vous vous souciez des vies que vous perturbez lorsque vous emmenez quelqu'un ?

Son expression se durcit et ses yeux gris semblèrent tourbillonner et s'assombrir, comme si un orage se préparait en lui.

— Je sais pertinemment ce que je fais, Ara. Je sais exactement qui je suis et ce que je suis, et je n'ai jamais prétendu être autre chose. La question est de savoir qui vous êtes. Lorsque je vous ai demandé de me faire découvrir votre ville, vous avez choisi de m'emmener ici. Qu'est-ce que ça dit de vous ?

Ma mâchoire se crispa et je le dévisageai.

— N'essayez pas de me mettre ça sur le dos. Ce n'est pas moi qui arrache des gens à leur famille.

— Pourtant, vous aimeriez me demander d'épargner certaines personnes, n'est-ce pas ?

Mes sourcils se froncèrent légèrement avant que je ne réalise que je m'étais trahie.

Il sourit.

— Je m'en doutais. Vous permettriez à des étrangers d'aller à la place de vos amis. Vous et vos sœurs êtes en sécurité. Et vous donneriez n'importe lequel des inconnus qui se trouvent dans cet établissement si cela signifiait que les choses restaient ainsi. Peut-être qu'on n'est pas si différents après tout.

— Je ne suis pas du tout comme vous, crachai-je. Si j'avais le choix, je n'enverrais personne.

— Mais ce n'est pas une option. Quelqu'un doit partir. Et je ne vous vois pas vous porter volontaire.

Il ouvrit la porte du carrosse et sortit avant de se tourner vers moi pour me tendre la main.

— On y va ?

Je serrai les dents, furieuse contre lui. Il avait tort. C'était lui qui avait le pouvoir. Ce n'était pas moi qui choisissais des gens pour qu'ils meurent, c'était lui.

— Je peux sortir sans votre aide.

Il laissa tomber sa main.

— Bien sûr, Votre Altesse.

Ce titre me semblait être une insulte venant de lui. Furieuse, je sautai du carrosse et m'éloignai de lui, impatiente de me perdre dans les entrailles de l'Opale. Il pourrait trouver son propre chemin à partir d'ici.

Le menton haut, je me dirigeai vers les gardes, qui me dévisagèrent avec méfiance à mon approche. Je m'arrêtai le temps de leur lancer mon regard le plus prétentieux. C'était un regard que j'avais appris de la reine Ophelia. Les gardes vacillèrent pratiquement et baissèrent la tête en signe de reconnaissance de ma position. C'était la seule reconnaissance que j'obtiendrais ici, puisque c'était censé être anonyme.

— Allez-y, madame, dit l'un d'eux d'un ton respectueux.

Au moins, la reine m'avait appris quelque chose d'utile.

Je gardai la tête haute en passant devant eux, sans me soucier de l'homme qui me suivait. S'ils empêchaient Ryvin d'entrer, c'était son problème.

Je pris une profonde inspiration en traversant la cour et respirai le parfum des fleurs et de la terre humide. Contrairement à la plupart des cours des maisons, celle-ci n'était pas uniquement composée de pierre et d'espace. À ma droite, des rangées de pivoines rose vif entouraient une statue de Dionysos. De l'eau s'écoulait de sa coupe surélevée dans un petit bassin.

À ma gauche, il y avait un lit de fleurs d'aster de toutes les couleurs de l'arc-en-ciel. Une statue plus petite était nichée dans les fleurs, ce qui la rendait plus difficile à voir. Le corps ailé d'Astréos était enchevêtré dans celui de sa femme, Éros. Les amants étaient enlacés comme s'ils étaient les deux seules personnes de l'univers. L'aube et le crépuscule qui ne faisaient qu'un.

Je frémis en me rappelant le surnom que Ryvin m'avait donné. Je n'étais pas une étoile, et je ne méritais pas un nom comme « Astéri ». Même si je détestais l'admettre, Ryvin avait raison. Je ne faisais rien pour aider les habitants de mon royaume. À quoi bon me rendre au mur pour les défendre contre les attaques des dragons alors qu'ils mouraient de faim ici ?

Des bruits de pas me tirèrent de mes pensées, et je jetai un coup d'œil en arrière pour voir l'ambassadeur entrer dans la cour. Ce n'était pas mon jour de chance. Les gardes semblaient avoir jugé qu'il méritait d'entrer. Mais je connaissais cet endroit, et lui non. Il était assez facile de se perdre.

— Ara, m'appela Ryvin. Vous n'allez pas me faire visiter les lieux ?

— Et être accusée de condamner mon propre peuple ?

Non, merci. Je pense que vous pouvez vous débrouiller tout seul à partir de là.

Je m'avançai et passai à travers le rideau de perles qui recouvrait l'entrée.

Une odeur d'herbes, d'encens et de nourriture me parvint d'un seul coup. Des gens se prélassaient sur des canapés en fumant du narguilé tandis que d'autres sirotaient des boissons dans des coupes en or. Des serviteurs aux seins nus, hommes et femmes, se promenaient dans l'espace pour proposer de la nourriture dans des assiettes en or. Des couples ou des groupes se livraient à des activités charnelles sur de luxueux canapés violets alors que d'autres se contentaient de manger et de parler.

Je traversai rapidement le salon et me dirigeai vers l'arrière du bâtiment. Je franchis un autre rideau de perles et entrai dans la salle de jeu. Les tables étaient occupées par des clients qui empilaient des pièces de monnaie en s'amusant à divers jeux de hasard. Il y avait beaucoup de bruit ; les conversations et les rires étaient un bourdonnement constant à l'intérieur de la petite pièce.

Je continuai et pénétrai dans une autre salle où des sièges étaient disposés en petits cercles et entouraient chacun une danseuse nue qui se produisait pour le petit groupe. Ici, les spectateurs ne parlaient pas ; la musique et les danseuses étaient au centre de l'attention.

Je passai entre les groupes de sièges et me dirigeai vers la porte de droite pour arriver enfin à destination. Une bouffée d'humidité et de chaleur m'accueillit lorsque j'ouvris la porte. Des escaliers de pierre humides descendaient vers le ventre de l'Opale.

C'était là que j'avais pour habitude de passer mon temps lors de mes visites. L'Opale avait été construit au-dessus d'une ancienne source et plusieurs bassins et espaces de baignade y avaient été aménagés. L'eau était chauffée par la terre, ce qui rendait les niveaux inférieurs chauds, quel que soit le temps qu'il faisait à l'extérieur.

Les bassins étaient moins populaires que les lieux de divertissement à l'étage, et comme dans le reste de l'établissement, il y avait des règles strictes. Deux piscines étaient ouvertes à tout ce que vous vouliez, tandis que les deux autres étaient dédiées à la solitude. Il était interdit de parler et de toucher. Comme la plupart des visiteurs venaient pour s'adonner à d'autres activités, ces bassins tranquilles étaient généralement délaissés. Je pouvais donc prendre le temps de m'imprégner de l'eau chaude et d'échapper à la réalité.

Je passai devant le plus grand bassin en détournant mon regard des gens qui s'amusaient en compagnie les uns des autres pour me diriger vers une porte voûtée qui menait à un bassin plus petit et plus calme.

Comme d'habitude, celui-ci était vide. Une employée m'accueillit avec une pile de serviettes dans les mains. Je sortis quelques pièces de mon sac à main.

— Est-ce que je peux avoir la piscine du fond pour moi toute seule ?

Elle hocha la tête, accepta les pièces et me conduisit à travers une porte fermée jusqu'à la plus petite piscine. Elle était bien plus grande qu'une baignoire, mais probablement pas assez grande pour accueillir confortablement plus de quatre personnes. C'était l'espace que je préférais à l'Opale. Bien sûr, j'avais pratiqué d'autres activités à l'occasion, mais l'espace calme et l'eau chaude étaient très apaisants.

Ryvin pouvait faire ce qu'il voulait, et je pouvais me reposer ici. Je savais que mon père m'avait demandé de me rapprocher de lui, mais je ne pouvais pas me résoudre à le faire. J'avais déjà été trop proche la nuit dernière.

L'employée revint et posa tranquillement deux serviettes moelleuses sur un banc près de l'eau.

— Puis-je vous apporter autre chose ?

— Ça va, merci, répondis-je.

Elle inclina la tête puis quitta la pièce, et je humai l'odeur de soufre et de roche humide. Pourquoi étais-je restée si longtemps loin d'ici ? C'était exactement ce dont j'avais besoin. Du temps pour réfléchir avant d'affronter à nouveau Ryvin.

Je posai mes vêtements à côté des serviettes sur le banc, puis me dirigeai vers la piscine. J'y plongeai prudemment un orteil pour tester l'eau. Elle était chaude et des filets de vapeur s'élevaient de l'eau vert-gris, m'invitant à entrer.

Je descendis les marches en pierre, entrai dans la chaleur et sentis tout mon corps se détendre à mesure que je m'enfonçais dans l'eau. Je m'appuyai sur le côté et laissai l'eau me caresser le cou.

Comment avais-je pu me mettre dans ce pétrin ? J'avais dit à mon père et à David que je les aiderais, mais comment étais-je censée faire preuve de gentillesse envers cet homme ? En supposant qu'il s'agisse d'un homme. Je n'avais jamais vu de crocs, mais cela ne voulait rien dire. Il m'avait dit à plusieurs reprises qu'il était dangereux, un monstre. Je savais que je devais rester à l'écart, mais j'avais fait une promesse à mon père.

Et je n'étais pas sûre de vouloir rester à l'écart. C'était ce qui m'effrayait le plus.

Je chassai cette idée de ma tête et me rappelai que je devais trouver un moyen de faire en sorte que cela fonctionne. Mon père attendait de moi que je lui fasse visiter la ville et il tenait mon avenir en otage si je ne faisais pas ce qu'il voulait.

Ce n'était pas comme si je pouvais m'éclipser et rejoindre

les soldats au mur. Il suffirait d'un message de mon père pour que je sois renvoyée au palais.

De plus, je devais tenir compte de l'état d'Athos. Je n'avais jamais été au courant de ce qui se passait dans le royaume. Lagina assistait aux réunions avec notre père afin de se préparer à monter sur le trône en cas d'incapacité de notre père. Mais elle n'avait jamais rien dit. Je pensais que les choses n'avaient pas changé. Il y avait toujours eu des conflits et des personnes en difficulté, mais je pensais qu'il y avait des systèmes en place pour les aider. Si c'était le cas, pourquoi les bidonvilles s'étendaient-ils ?

Un sentiment de culpabilité me serra la poitrine. Comment avais-je pu être aussi aveugle aux défis auxquels mon propre peuple était confronté ? J'avais été si cloîtrée dans le palais, si bien protégée et isolée que je ne savais même pas ce qui se passait réellement dans mon royaume. Je voulais aller au mur pour aider mon peuple, mais les habitants de la ville souffraient plus que je ne le pensais. Il devait y avoir un moyen de faire la différence.

Le visage de David me revint à l'esprit. Son expression suppliante alors qu'il me demandait d'essayer d'aider ses sœurs. Ma propre famille était à l'abri du Choix, mais aucune autre n'était exclue. C'était une autre façon dont nous manquions à notre devoir envers notre peuple, comme l'avait souligné Ryvin. Je ne me portais pas volontaire pour naviguer jusqu'à Konos, mais il devait y avoir d'autres moyens d'aider. Je savais que ce n'était pas suffisant, mais je pouvais peut-être aider les sœurs de David. Je lui devais au moins cela. En dehors de mes sœurs, il était mon seul ami au palais.

Un bruit attira mon attention et je me retournai, m'attendant à voir la servante. Au lieu de cela, je surpris Ryvin au moment où il jetait sa tunique à côté de la mienne.

— Qu'est-ce que vous faites ?

Je tournai rapidement sur moi-même et appuyai mon torse contre le mur pour me cacher le plus possible.

Il baissa son pantalon sans se tourner vers moi, et mes yeux s'écarquillèrent devant le cul le plus parfait que je n'avais jamais vu. Il se retourna, les mains sur les hanches, complètement nu devant moi.

Je le contemplai comme une femme mourant de soif. Son torse large et ses épaules musclées témoignaient de sa volonté de se maintenir au meilleur de sa forme. Son ventre était ferme et ses muscles semblaient guider mon regard vers le V de ses hanches. Je tentai de résister, mais mes yeux s'abaissèrent pour observer tout ce qu'il avait à offrir.

Et il y avait beaucoup à observer.

Je fermai les yeux et me détournai de lui en me couvrant les seins.

— Cet espace est occupé. Essayez l'une des autres piscines. Je pense que vous apprécierez davantage la compagnie.

— Je crois que je préférerais être ici avec vous.

— J'al payé pour la plèce.

— Je paie mieux, répliqua-t-il.

J'entendis le clapotis de l'eau qui m'indiquait qu'il m'avait rejointe. Furieuse, je rouvris les yeux.

— Vous devez partir.

— Vous pouvez partir, Princesse, dit-il d'un ton amusé.

Je serrai les dents. Il savait que si je partais, il me verrait toute nue. L'eau n'était pas assez claire pour montrer tous les détails, donc j'étais plus à l'abri ici que je ne le serais en me rendant à mes vêtements.

— Je suppose que vous ne détourneriez pas le regard si je partais ? demandai-je.

— Pourquoi est-ce que je le ferais ? Vous n'avez pas détourné votre regard de moi.

Il s'appuya sur le bord et posa ses coudes hors de l'eau, comme si la petite piscine que nous occupions lui appartenait.

Mes joues se mirent à chauffer et le souvenir de lui se tenant là, comme la statue d'un dieu, revint à la surface. Ajoutez à cela la façon dont il s'était pressé contre moi la nuit dernière, et je pouvais sentir le besoin grandir.

— Pourquoi est-ce que vous tenez tant à me torturer ? demandai-je. Vous savez que je ne vous aime pas, mais vous demandez ma compagnie et vous me suivez.

— Ne me dites pas que vous avez oublié la nuit dernière si rapidement, Astéri.

— Ne m'appelez pas comme ça. Et je n'ai pas demandé ça.

— Vous ne m'avez pas demandé d'arrêter, et mes avances n'ont certainement pas eu l'air de vous déranger.

— Il y a plein de femmes prêtes et consentantes à l'étage. Trouvez-en une, rétorquai-je.

— C'est peut-être pour ça que je reste ici. Je ne me souviens pas de la dernière fois où une femme m'a résisté.

Je ricanai.

— Vous avez une haute opinion de vous-même. J'imagine que vous avez votre lot d'indifférence quand vous êtes chez vous. Ici, les femmes savent qui vous êtes. Elles se disent que si elles vous mettent dans leur lit, vous ne les emmènerez pas. Ou qu'elles peuvent vous demander une faveur.

— C'est probablement vrai. Mais je suis très convoité chez moi, répondit-il en haussant les épaules.

— Alors rentrez chez vous. Baisez les monstres que vous servez et laissez-nous tranquilles.

— Je le ferai. Mais vous vous méprenez sur ma position. Je ne les sers pas, ce sont eux qui me servent, dit-il.

Mes sourcils se froncèrent tandis que j'assimilais ses paroles. Une partie de moi voulait l'interroger, mais je repoussai les questions. Peu importait son grade ou la façon dont il était perçu là où il vivait. Ici, il était temporaire.

— Il y a peu d'endroits où je peux aller sans être reconnu et traité différemment, admit-il. Si je me fie au fait que vous semblez bien connaître cet endroit, où les noms ne sont pas autorisés et où les titres sont ignorés, j'ai l'impression que vous savez ce que c'est. Vous êtes l'une des personnes qui utilisent cet endroit pour s'évader, n'est-ce pas ?

— Vous ne savez rien de moi.

— Je sais que vous souhaitez quitter votre royaume pour servir au mur. Vous perdez votre temps. Les dragons pourraient détruire votre royaume en un clin d'œil s'ils le voulaient. Votre mur n'est rien d'autre qu'une couverture de sécurité. Comme un doudou qu'un enfant garde pour maintenir une illusion de sécurité.

— Mon avenir ne vous regarde pas. Et vous ne savez rien de notre guerre. Votre roi n'est pas impliqué.

— Notre traité n'a jamais inclus les dragons. Notre royaume protège votre peuple des faës, des loups et des vampires.

— Sauf pour le Choix, dis-je avec amertume.

— On tourne en rond, Ara.

Le son de mon nom sur ses lèvres me donna la chair de poule le long des bras. Mes narines se dilatèrent sous l'effet de la frustration. Je voulais le détester. Je le *détestais*, mais mon corps ne cessait de réagir à lui.

— Il n'y a pas d'autre moyen ? demandai-je d'une voix plus douce.

Je pourrais peut-être changer de tactique et gagner ses faveurs, comme l'espérait mon père. Je pourrais peut-être mettre un terme à toute cette histoire archaïque.

— Pourquoi des humains ? Pourquoi nous ?

— C'est le seul moyen, dit-il.

Mes épaules s'affaissèrent.

— Vous n'en prendrez pas cent, n'est-ce pas ?

— Le sursis est passé. Je dois en prendre cent cette année.

— Pourquoi ? demandai-je. Si vous pouviez vivre avec quatorze, pourquoi augmenter le nombre ?

— Maintenant, vous voulez que je prenne les quatorze ? dit-il avec un sourire en coin.

— Je ne veux pas que vous en preniez un seul !

Il se rapprocha de moi et je reculai pour garder de l'espace entre nous. Je lui lançai un regard d'avertissement. Il sourit, mais son expression tenait plus du prédateur que de l'homme.

— Vous pourriez peut-être me faire changer d'avis. Qu'est-ce que vous pourriez m'offrir pour sauver votre peuple ? demanda-t-il.

— Pour les sauver tous ?

Je savais que je ferais à peu près n'importe quoi s'il y avait une chance d'en finir pour toujours. Mais était-ce parce que je m'en souciais vraiment ou parce qu'une partie de moi voulait qu'il continue à me faire des avances ? Cette partie de moi qui voulait qu'il se rapproche. Qu'il me plaque contre le mur et me maintienne en place pendant qu'il apprendrait à connaître intimement chaque centimètre de mon corps. Je pouvais presque imaginer ses lèvres se refermer sur mon mamelon et ses yeux gris me regarder avec admiration et convoitise.

Je repoussai cette pensée en hurlant intérieurement contre mon traître de corps. Qu'est-ce qui n'allait pas chez moi ?

— De qui je me moque ? Vous n'êtes qu'une princesse gâtée, dit-il avant de sortir de l'eau. Je ne peux pas imaginer que vous ayez déjà sacrifié quoi que ce soit pour quelqu'un d'autre que vous.

— Vous ne me connaissez pas.

Je serrai les poings et enfonçai mes ongles dans mes paumes. Il avait tort. J'allais rejoindre l'armée ; j'étais prête à tout sacrifier pour mon peuple.

— Même si je voulais faire un marché avec vous, il y a des choses qui dépassent mon pouvoir. Les tributs doivent partir, et ils partiront, avec ou sans moi pour les acheminer jusqu'à l'île.

Il attrapa une serviette et l'enroula autour de sa taille.

— Vous ne pouvez pas le voir, mais je suis la seule chose qui empêche votre peuple de tout perdre. Sans moi, sans les tributs que vous envoyez, Athos n'existerait même pas.

Ses mots avaient le poids d'un avertissement, et même si je n'avais aucune raison de lui faire confiance, je le croyais. J'avais beau vouloir le voir quitter cet endroit avec ses hommes, l'arrangement des tributs était la seule chose qui maintenait la paix ténue entre nos royaumes. Nous devrions faire quelque chose de bien plus radical pour nous libérer du Choix.

— Vous devriez vous habiller, Princesse. Je ne voudrais pas que vous manquiez votre rendez-vous avec David.

Enveloppé dans une serviette, il prit ses vêtements et quitta la pièce.

CHAPITRE 1O

Ryvin était là à la seconde où je franchis la porte.

— Allons-y.

— Vous avez eu tout ce qu'il vous fallait ? demandai-je.

— Oui, répondit-il.

Mon estomac se noua. Je voulais savoir si cela signifiait qu'il avait choisi les personnes qu'il ramènerait à Konos. Les avait-il toutes trouvées ici ? Cette règle de l'Opale selon laquelle on ne devait pas parler de ce qui s'y passait n'allait pas survivre aux ragots. J'avais amené l'ambassadeur de Konos ici. Même si les gens n'utilisaient pas mon titre, ils savaient qui j'étais. S'il les arrachait tous d'ici, cela montrerait que la couronne soutenait Konos, et peut-être même aidait à choisir les tributs.

N'était-ce pas ce que j'avais fait ? Je l'avais spécifiquement amené ici.

Peut-être que je ne valais pas mieux que lui.

Il avançait si vite que je dus lutter pour le suivre, mais cela ne me dérangeait pas. Je voulais sortir d'ici avant d'avoir à me remettre en question sur ce que j'avais fait.

Deux de ses hommes attendaient dans la cour, et ils se tournèrent vers la sortie dès qu'ils nous virent. Mon pouls s'accéléra. Quelque chose n'allait pas. Ce n'était pas une réaction normale.

— Qu'est-ce qui se passe ? demandai-je.

— Montez dans le carrosse.

Quelque chose dans son ton me fit frissonner. Une partie de moi voulait argumenter ou refuser d'obtempérer, mais je ressentais aussi comme le besoin de fuir rapidement.

Mon ego y était aussi peut-être pour quelque chose. L'idée de rester à l'Opale avec ceux que je venais de condamner était trop difficile à supporter. J'étais une lâche.

J'aperçus du coin de l'œil un énorme groupe de personnes qui se dirigeait vers nous. Ils portaient des armes et des outils. Ils avançaient ensemble en criant et en proférant des jurons.

Les gardes de Ryvin se déplacèrent pour les intercepter, et la réalité de ce qui se passait me frappa. Nous étions attaqués. Mon peuple en avait enfin assez, et il allait éliminer la délégation de Konos.

Je me figeai sur place, partagée entre ma propre sécurité et mon désir de voir Ryvin et ses hommes tomber.

— Bougez, Ara, ordonna Ryvin.

— Non, dis-je en m'asseyant. Allez les combattre. C'est ce que vous méritez.

— On n'a pas le temps pour ça.

Il me saisit et me souleva du sol avant de me jeter par-dessus son épaule avec aisance. Surprise, je donnai des coups de pied et hurlai pour essayer de me libérer. Sa poigne était trop forte, et je me retrouvai jetée dans le carrosse comme une enfant. Ryvin monta après moi et claqua la porte.

Je me redressai, mais le carrosse vacilla et me fit tomber. Je retrouvai mon équilibre et me remis debout.

— Laissez-moi sortir d'ici.

Ryvin me saisit et me coinça les bras le long du corps. Il me dévisagea tandis que je me débattais contre lui.

— Vous êtes folle ? Vous voulez mourir ? Vous croyez qu'ils sont seulement en colère contre moi ? Vous croyez qu'ils ne s'en prendront pas à la famille royale qui a créé et permis cet arrangement ?

Ma mâchoire se crispa et je répondis à son regard noir par le mien.

— Tout ça est de votre faute.

— Je suis ce que je suis, Princesse, dit-il. Depuis combien de temps est-ce que votre famille se fait passer pour le sauveur tout en envoyant son propre peuple au loin ?

— On ne peut pas combattre les monstres, dis-je. On n'est pas assez forts.

— Vos ancêtres n'ont jamais essayé.

Il relâcha sa prise et je fis un pas en arrière pour mettre un peu d'espace entre nous. Le carrosse heurta une bosse et je tombai sur le siège. Nous roulions à toute allure sur la route et rebondissions sur les pierres irrégulières.

— Qu'est-ce que vous racontez ? demandai-je en essayant de me lever.

Le carrosse s'ébranla et je perdis à nouveau l'équilibre. Ryvin me rattrapa et me guida vers le siège avant de s'asseoir à côté de moi.

— Mon peuple ne pouvait pas se battre. Quoi qu'on vous ait dit, c'était faux. On était à deux doigts de la mort. L'accord avec *votre* roi était notre seule option.

Je connaissais l'histoire. Je savais que nous avions été au bord de l'extinction.

— Athos a construit un mur pour empêcher tout le monde, y compris les autres humains, d'entrer. *Votre* roi n'en faisait qu'à sa tête et cherchait une alliance sans bataille. Il a proposé les conditions, on a accepté, expliqua-t-il. Même si j'étais mort, les tributs seraient envoyés. Votre père conclura le marché sans poser de questions. Il le fait toujours. Il en tire autant profit que mon royaume. Vous devriez peut-être lui demander de vous dire la vérité un de ces jours. Vous pourrez alors prendre vos propres décisions.

Je le regardai fixement tandis que mon esprit était plongé dans le vide. J'avais la bouche sèche et je peinais à trouver les mots justes. Mon père m'avait appris l'histoire. Il me l'avait enseignée lui-même. Il détestait le Choix, mais me disait qu'il était nécessaire.

— Non, c'est faux. Les monstres sont apparus et ont commencé à transformer les humains ou à les tuer. On a fui ici, en tant que réfugiés. On n'avait pas le choix.

— Croyez ce que vous voulez, Princesse, mais il n'y a de héros dans aucune de nos histoires, dit-il sombrement.

Soudain, le carrosse s'arrêta et oscilla tellement que je craignis qu'il ne bascule. Ryvin m'attrapa et me serra contre sa poitrine. J'aspirai une bouffée d'air et mon angoisse se dissipa dans ses bras puissants. Le mouvement s'estompa et Ryvin me relâcha.

— Vous êtes blessée ?

Je secouai la tête alors que la peur s'insinuait lentement dans mes os et que je restais assise dans un silence angoissant. Nous nous étions arrêtés, mais rien n'indiquait pourquoi. Pas de cris de gardes, pas de bruits d'animaux, pas de vent. Rien.

Un cri à glacer le sang rompit le silence, suivi d'un grognement. Quelque chose de gros heurta le côté du carrosse et me projeta en avant dans les bras de Ryvin. Une fois de plus, je me sentis étrangement en sécurité. C'était mal. Très, très mal. Mais je m'attardai dans son étreinte en écoutant les bruits indéniables de la bataille qui éclatait autour de nous.

— Attendez ici, dit-il en me dégageant de son étreinte.

Il souleva le coussin du siège et prit une épée dans une réserve d'armes. Je levai un sourcil impressionné.

— Je sais me battre, dis-je.

— Je sais, mais je ne crois pas que vous vous battriez pour nous défendre, moi et mes hommes, répondit-il avec un grognement.

Je ne pouvais pas le contredire. J'avais voulu le voir vaincu, je m'en étais même réjouie. Je le tuerais moi-même si cela mettait un terme au Choix.

Il sortit, puis claqua la porte derrière lui et me laissa seule avec mes pensées confuses et agitées. Nos ancêtres avaient-ils vraiment accepté d'envoyer des tributs sans se battre ? Les gens l'avaient-ils découvert ? Était-ce pour cela qu'ils nous attaquaient maintenant, après tant de décennies passées à ignorer les réalités du Choix ?

Le carrosse trembla et tout mon corps se tendit. Peu importait ce qu'il avait dit. Une bataille se déroulait à l'extérieur et je devais faire un choix.

Je pouvais rester ici à attendre que quelqu'un me trouve ou je pouvais me joindre à la mêlée. Les gardes de Konos étaient en infériorité numérique et il était possible que la foule en colère me trouve seule ici. Que se passerait-il à ce moment-là ? Me feraient-ils du mal parce que j'étais avec eux ?

Que se passerait-il si toute la délégation de Konos était détruite ? Cela mettrait-il fin au Choix ? Cela aiderait-il mon peuple ?

Ce ne serait pas le cas.

Même si j'envisageais de mettre fin à la vie de l'ambassadeur moi-même, je savais qu'il y aurait des répercussions à grande échelle si la délégation de Konos ne revenait pas.

Le roi des faës lui-même s'en prendrait à Athos, par exemple.

Je savais que si Ryvin mourait, ce serait pire pour les habitants de mon royaume.

Merde. C'était vraiment mauvais. Je ne pouvais pas rester ici sans rien faire. Une lueur d'acier attira mon attention et j'attrapai une épée dans la réserve. Elle était plus lourde que celle avec laquelle je m'entraînais, mais elle était tranchante et prête au combat.

Je ne voulais pas me battre contre mon propre peuple, mais je n'étais pas assez stupide pour prétendre que je ne savais pas ce qu'ils me feraient quand ils me trouveraient ici.

Si j'avais le choix entre me défendre et me battre ou rester ici à attendre le pire, je savais ce que je devais faire. Une épée supplémentaire pourrait aider. Si je pouvais ne serait-ce qu'abattre un de nos ennemis, cela pourrait suffire à faire pencher la balance.

Le carrosse s'ébranla à nouveau lorsque quelque chose heurta le côté. Je me rattrapai avant de tomber, puis resserrai ma prise sur mon épée. Ce qui m'attendait allait être dangereux et je n'avais jamais vu de vraie bataille. J'aspirai une bouffée d'air et me rappelai que c'était pour cela que je m'entraînais. Je voulais combattre des dragons. Si je n'étais pas capable de me mesurer à un groupe de citoyens ordinaires, comment pourrais-je faire face à quelque chose de pire ?

J'ouvris alors la porte d'un coup sec.

Un loup massif bondit devant moi, les crocs exposés, et grogna en fonçant sur un homme à ma gauche. Je sautai du carrosse et me retournai juste à temps pour voir le loup terrasser l'homme. Les crocs du loup s'enfoncèrent dans la gorge de l'homme. Ses cris se transformèrent en gargouillis tandis que la créature arrachait la chair de son cou. Du sang jaillit de la blessure et recouvrit l'homme et le loup d'un cramoisi brillant.

La bête se tourna vers moi et je jurerais l'avoir vue plisser les yeux, comme si elle m'observait, avant de se retourner et de courir vers un groupe important engagé dans le combat.

Un autre loup s'approcha de moi, puis s'arrêta devant moi. Il me renifla. Le sang sur son museau était encore brillant et humide. Je me crispai. Que se passait-il ici ?

La créature ne semblait pas perturbée par moi et s'éloigna de quelques pas, mais continua à m'observer. Je savais que la bête n'était pas un loup normal. Ce devait être un métamorphe. Ce qui signifiait qu'au moins certains des hommes de Konos pouvaient changer de forme. Un frisson me parcourut.

Je savais que les loups métamorphes étaient alliés aux faës, mais je ne m'attendais pas à en voir un de près. J'avais aussi toujours pensé qu'il y aurait quelque chose qui les trahirait. À part les crocs d'Orion, tous les autres pouvaient passer pour des humains. Et s'ils étaient tous des métamorphes ?

Quelqu'un poussa un cri, et je ramenai mes pensées à l'instant présent. Je ne pouvais pas me permettre d'être distraite. Je me concentrai à nouveau et regardai rapidement autour de moi pour faire le point sur les options qui s'offraient à moi.

La bataille semblait se dérouler devant moi, loin du carrosse. Ryvin et quelques-uns de ses gardes vêtus de noir se frayaient un chemin à travers l'assaut. Ils étaient largement en infériorité numérique, mais d'après les corps des humains morts, sans aucun garde à côté d'eux, il était clair qu'ils pouvaient se défendre. Peut-être n'avaient-ils pas besoin de moi après tout.

Je murmurai une prière à Arès, puis m'approchai de la mêlée en guettant une ouverture. Cela n'avait rien à voir avec mon entraînement individuel. Ryvin était entouré de menaces de tous côtés et combattait plusieurs attaquants à la fois.

Je n'étais pas du tout préparée à cela. Belan avait raison ; les vraies batailles ne suivaient pas les règles d'engagement. Je devrais peut-être retourner au carrosse. Ils étaient bien moins désavantagés que je ne l'avais prévu.

Quelqu'un se dégagea de la foule et fonça vers moi en poussant un cri, l'épée levée au-dessus de sa tête. Mes yeux s'écarquillèrent. Pas le temps de reculer. Je serrai la poignée et me préparai à le combattre, mais le loup fut plus rapide.

La créature se mit devant moi et coupa la route à mon attaquant. Dans un flou de fourrure grise et de crocs étincelants, mon adversaire se retrouva à terre, le bras complètement arraché de son corps, l'épée toujours serrée dans sa main désormais inutile.

Je fronçai les sourcils.

— J'aurais pu le vaincre.

Le loup avait presque l'air sceptique.

D'autres combattants se rapprochèrent de Ryvin et ma poitrine se serra tandis que la peur m'étreignait de l'intérieur. J'avais imaginé sa mort, mais maintenant que j'y étais confrontée, je n'étais pas sûre de ce que je voulais. Je me sentais mal. Et je détestais que ce ne soit pas parce que je m'inquiétais pour Athos.

Je m'inquiétais pour lui. Mais je n'allais pas l'avouer à qui que ce soit. Je refoulai cette sensation au plus profond de moi et restai concentrée sur Athos. Si la délégation de Konos était tuée, nous serions punis. C'était la seule raison pour laquelle j'aidais.

C'était du moins ce que je me disais.

J'avançai, mais le loup me barra la route en poussant un grognement d'avertissement. Je fis un pas sur le côté, et il me suivit en restant devant moi pour me bloquer le passage, quelle que soit la direction que je prenais.

— Arrêtez ça, m'emportai-je. Je peux vous aider. Vous ne voyez pas ? Ryvin est en danger.

Alors même que je prononçais ces mots, je sentais que c'était vrai. De plus en plus de gens se tournaient vers lui et abandonnaient les autres gardes avec qui ils se battaient à un contre un pour prendre d'assaut l'ambassadeur.

C'était un combattant redoutable, mais les assaillants ne cessaient d'arriver. Il ne pourrait pas les repousser indéfiniment. D'où venaient tous ces hommes ? Comment étaient-ils si bien organisés ?

Le loup grogna à nouveau en montrant les crocs.

Je secouai la tête. C'était insensé. J'étais protégée par un loup alors que je voyais mon peuple attaquer mon ennemi. Je devrais les applaudir, les encourager, les aider. Mais l'angoisse me tordait l'estomac ; je voulais à tout prix aider Ryvin. Pas mon peuple. L'ambassadeur que j'avais juré détester.

— La princesse ! cria quelqu'un.

Je levai les yeux juste au moment où tout un contingent d'assaillants se détachait et courait vers moi.

CHAPITRE 11

L e loup s'élança et abattit le premier homme qui s'approchait avant de se diriger vers une autre cible. Il mit à terre plusieurs hommes sans effort avant que quelques-uns ne l'encerclent, puis plusieurs se détachèrent et s'approchèrent de moi.

Je serrai mon épée encore plus fort en priant pour que mes paumes moites ne me fassent pas lâcher mon arme. Je me mis en position défensive et me préparai à l'impact. Je fus surprise de la rapidité avec laquelle mon corps réagit à mon attaquant. Mon épée bougea pratiquement d'elle-même tandis que je frappais pour me défendre. J'esquivai un second coup d'épée et tentai désespérément de repousser les hommes qui m'encerclaient à présent.

Ils reculèrent en me regardant d'un air amusé. Je serrai les dents et resserrai ma prise sur mon arme.

— N'avancez pas. Je n'ai rien contre vous.

Une goutte de sueur glissa le long de mon dos et mon corps sembla vibrer d'impatience.

— Tiens, tiens, qu'est-ce qu'on a là ? lança un homme roux à la longue barbe. C'est notre jour de chance, les gars. On a la possibilité d'éliminer les monstres de Konos, et en prime on tombe sur l'un de ces satanés royaux qui nous envoient à la mort.

— Je ne suis pas votre ennemie, dis-je.

— Dites ça à mon cousin qui a été envoyé lors du dernier Choix.

Le roux cracha par terre.

— Ou à Lou, là-bas, qui n'a jamais connu sa mère parce qu'ils la lui ont enlevée alors qu'il portait encore des langes.

Lou, un petit homme au ventre volumineux, me montra ses dents pourries.

— Vous vous tournez tranquillement les pouces dans votre palais pendant que le reste d'entre nous souffre.

— Non. Ce n'est pas comme ça.

Mais c'était comme ça. Je l'avais vu de mes propres yeux. Ces hommes avaient le droit d'être en colère. Quel sacrifice avais-je jamais fait ?

Ils se rapprochèrent et je fis un pas en arrière. Je ne voulais pas me battre contre mon peuple.

— Arrêtez cette violence. Elle ne vous apportera pas ce que vous recherchez. Ça ne changera pas le traité qu'on a avec les faës.

— Qu'est-ce que vous savez du traité, Altesse ? Vous et votre famille profitez de tout le luxe venu de l'autre côté de la mer et, en échange, ça ne vous coûte que quelques membres de votre peuple. Est-ce que vous connaissez au moins le nom de ceux que vous avez envoyés à leur perte ? gronda-t-il.

— Il y a d'autres moyens de changer les choses, plaidai-je. Revenez avec moi au palais. On pourra parler à mon père. On trouvera une solution.

— On ne devrait peut-être pas la tuer aussi vite, dit le troisième homme.

Il avait une cicatrice qui allait de son front à sa mâchoire et manquait de peu son œil droit.

— Je me suis toujours demandé quel goût avait une chatte royale.

— Tu n'auras plus rien à goûter une fois que j'en aurais fini avec elle.

Le premier homme s'élança vers l'avant, et je bougeai rapidement pour me défendre comme on me l'avait appris. Mon corps réagit instinctivement. Ma lame trouva sa cible avant même que je ne me rende compte de ce que j'avais fait. Mes muscles hurlèrent tandis que j'enfonçais mon épée dans de la chair et des muscles. Du sang chaud et humide gicla et recouvrit mes bras nus, ce qui rendit le manche glissant. Je tentai en vain de récupérer ma lame alors que la réalisation de ce que j'avais fait me parcourait comme de l'eau froide dans mes veines.

Le temps sembla ralentir et les sons s'éloignèrent lorsque mes yeux rencontrèrent ceux de mon agresseur. J'y lus de la peur, suivie d'une colère si intense que je la ressentis jusque dans mes os.

J'avais tué un homme.

L'un des miens.

Un vent de panique s'empara de moi et ma respiration devint saccadée. Les bruits autour de moi s'estompèrent et le monde se figea. Je ne vis plus que ma lame plantée dans la chair.

— Battez-vous, Ara ! cria quelqu'un.

Entendre mon nom me fit sortir de ma transe. Les sons reprirent vie et la bataille autour de moi m'enveloppa comme une secousse, ce qui me rappela ce qui était en jeu.

Je dégageai mon épée et poussai le corps vers un autre assaillant. Le mort le percuta de plein fouet et l'envoya au sol. Il émit un grognement de surprise, mais je me tournais déjà vers les autres menaces.

Je ne voulais tuer personne, mais je n'allais pas mourir

comme ça. J'ignorai tout. Toutes les émotions, toutes les connexions, tous les sentiments. Ce n'était pas mon peuple. Ces hommes étaient des menaces.

— Après vous avoir tuée, je vous arracherai les yeux et la langue pour que vous soyez condamnée à errer dans l'au-delà en étant aveugle et muette, dit l'homme à la cicatrice avant de s'élancer.

De la colère grondait comme de la lave en fusion sous ma peau. Ces hommes n'allaient pas me laisser vivre. Je ne pouvais pas m'en sortir par la discussion. La peur avait disparu, remplacée par le besoin irrésistible de me défendre. D'empêcher ces hommes de me faire des choses horribles.

Je montrai les dents et attaquai sans prendre la peine de répondre. Les yeux du balafré s'écarquillèrent de surprise tandis qu'il cherchait à se défendre rapidement. Ma lame frappa la sienne de plein fouet et son épée s'envola. Il m'avait sous-estimée, comme Belan me l'avait dit.

Je n'hésitai pas, et comme poussée par la colère qui couvait en moi, j'enfonçai rapidement mon épée dans son estomac, puis la retirai. Il tomba à genoux avant de s'écrouler en arrière dans un bruit sourd et écœurant. Il mettrait du temps à mourir, mais je savais que le coup était fatal.

Je me retournai pour faire face à l'autre homme, qui avait jeté le corps de son ami mort sur le côté. Haletante et les cheveux collés à la sueur sur mon front, je le dévisageai.

— Il n'est pas trop tard pour vous en aller. Je ne veux tuer aucun d'entre vous.

— Salope, grogna le roux avant de brandir une paire de dagues.

Il fonça en avant, et je me baissai pour me faire toute petite. Dès qu'il fut au-dessus de moi, je pointai ma lame vers le haut et bondis sur mes pieds en visant son cou.

L'une de ses dagues trancha mon bras, mais ma lame

était déjà logée dans sa gorge. Il poussa un gargouillis étouffé et ses dagues tombèrent au sol. Il s'agita sauvagement, comme s'il essayait de retirer mon arme, mais ses mouvements étaient saccadés et instables. Je tirai sur mon arme, mais elle resta coincée là où elle était enfouie dans sa gorge. Je dus faire levier avec mon pied, ce qui le projeta en arrière pendant que je récupérais mon épée. Il atterrit sur le dos, la tête penchée sur le côté, tandis que du sang s'écoulait de sa blessure au cou. Il convulsa une fois, puis cessa de bouger.

Mon bras était poisseux et trempé de mon propre sang, mais je ne sentais même pas la douleur. Mon cœur battait la chamade, mais mon regard se posa sur le dernier homme. Il était énorme, et j'étais surprise qu'il se soit retenu pendant que je combattais les autres.

J'avais de la chance qu'ils ne s'en soient pas pris à moi tous en même temps, de la chance qu'ils m'aient sous-estimée. Ou peut-être essayaient-ils de me capturer vivante plutôt que de me tuer.

Je le regardai fixement tandis que mes épaules se soulevaient sous l'effet d'une respiration rapide.

— C'est votre seule chance de vous enfuir.

Je ne savais pas exactement ce qui me poussait, ni pourquoi la colère s'était transformée en une sorte d'excitation satisfaite qui me faisait presque apprécier l'effusion de sang. Je repoussai cette pensée, car je ne voulais pas m'autoriser à entretenir ces idées noires. C'était de la survie, rien de plus. J'étais ici parce que je n'avais pas le choix. L'homme grogna, puis pointa son épée sur moi.

— Je vais vous tuer, et ensuite je souillerai votre cadavre.

— Allez-y, essayez.

Les mots sortirent avec beaucoup plus d'assurance que je n'en ressentais, mais je n'étais pas prête à me laisser aller à la peur. Ce qui m'avait possédée et me poussait à agir me maintenait en vie.

L'épée devenait de plus en plus lourde et je me sentais un peu étourdie. Je savais que le sang qui coulait le long de mon bras en était la cause. J'allais commencer à m'épuiser rapidement, alors si je voulais éliminer cet homme gigantesque, il fallait que ce soit maintenant. Je n'aurais pas d'autre opportunité.

Il me fonça dessus. Je levai mon épée pour me défendre et le choc familier de l'acier contre l'acier résonna dans l'air. Mes bras vibrèrent en réponse et je serrai les dents en le repoussant. Il était fort et le combattre n'allait pas être aussi facile qu'avec les autres. Je parvins à dévier et à contrer ses coups les uns après les autres, mais j'avais le sentiment qu'il jouait avec moi. Il n'était pas dupe de ma robe ou de mon titre. Nous nous affrontions de la même manière que je m'étais entraînée contre David. Les mouvements et les schémas étaient familiers. Comme si nous exécutions une chorégraphie. Comme si nous nous entraînions au lieu de nous battre vraiment.

Il me fatiguait, et je commençais à faiblir et à me déplacer plus lentement à chaque impact.

Je parvins à m'approcher et à frôler son estomac de mon épée. Sa peau fut déchirée, mais les dégâts ne furent pas suffisants pour le ralentir. Il poussa un mugissement de douleur, mais se retourna vers moi et riposta à mon attaque par une autre. Sa lame s'enfonça dans mon flanc et je hurlai en reculant avant qu'il ne puisse enfoncer son arme plus profondément. Je portai instinctivement une main à ma blessure en poussant un sifflement de douleur. Du sang s'écoula de mon flanc et ma main se couvrit d'écarlate. J'avais évité un coup mortel, mais cela ne faisait que prolonger l'inévitable. Je savais ce que signifiait une telle blessure. J'étais en sursis.

Mais il était hors de question que ce connard ne tombe pas avec moi.

Je levai mon épée pour me défendre, mais ma prise faiblit et l'épée tomba de mes doigts pour s'écraser sur la chaussée en pierre.

Je pressai ma paume contre la plaie ensanglantée en haletant et en grimaçant, et je déglutis difficilement face à la mort qui m'attendait. J'avais essayé, et je pensais que David serait fier de la façon dont je m'étais battue, mais je n'étais pas préparée à cela. S'entraîner avec un partenaire me semblait ridicule maintenant que j'avais été confrontée à un vrai combat. J'avais pratiquement joué à faire semblant pendant toutes ces années.

Tandis que l'homme imposant se dirigeait vers moi, mon esprit se mit à penser à mes sœurs et à ma vie. Elles seraient dévastées d'apprendre que j'avais connu une fin aussi violente. J'étais plus préoccupée par le fait que je ne serais pas là pour les réconforter que par le fait que j'étais face à ma propre mort.

Ma poitrine était lourde ; la culpabilité m'empêchait de respirer à pleins poumons. Je les avais toutes laissées tomber. Surtout Sophia. Son optimisme sur le monde allait en prendre un coup. Je me sentais vide et en colère. Ce n'était pas une mort honorable. Belan avait raison, personne ne critiquait les gagnants.

Je pensais avoir plus de temps. Plus de temps pour explorer le monde, voir au-delà d'Athos. Faire quelque chose d'important. Bien que je ne l'aie jamais admis à voix haute, j'avais toujours eu le sentiment qu'il y avait plus pour moi. Maintenant, cela me paraissait insensé. Je n'étais pas spéciale.

Une image de Ryvin apparut dans mon esprit. Il se tenait à l'extérieur de la piscine et me souriait avec une lueur d'espièglerie dans ses yeux argentés. Ses muscles ondulaient et bougeaient tandis qu'il enroulait la serviette autour de sa taille. Un désir ardent m'envahit, suivi d'un regret profond et douloureux. J'aspirai un souffle de surprise. Je ne m'attendais pas à ce qu'il traverse mes dernières pensées.

Mon agresseur ralentit. Il prenait peut-être ma confusion pour une réaction à son égard. Il marqua une pause, puis tourna la tête en réaction à quelque chose que je n'avais pas remarqué.

Un flou gris passa devant moi et un loup bondit dans les airs avant d'enfoncer ses griffes dans la poitrine de mon agresseur. L'homme enfonça son épée dans le flanc de la bête, puis le jeta de côté comme s'il s'agissait d'un chiot. Le loup atterrit durement sur le sol et poussa un gémissement. Je hurlai, horrifiée que le pauvre animal ait été blessé en essayant de me sauver.

La créature tenta de se lever, mais s'effondra sur le sol, incapable de se relever. Mon agresseur se détourna de moi et se dirigea vers le loup blessé. Je n'avais pas de temps à perdre.

J'utilisai chaque once de force que j'avais pour attraper mon arme et réussis péniblement à la brandir devant moi. J'avançai prudemment et m'approchai de l'homme. Je m'arrêtai derrière lui et enfonçai de toutes mes forces mon épée dans son dos.

Ce n'était pas une mort honorable, mais c'était efficace. L'homme tomba au sol avec ma lame toujours dans son dos. Il eut quelques spasmes et fixa sur moi des yeux remplis de haine, jusqu'à ce que le mouvement s'arrête et que ses yeux deviennent vitreux.

Une flaque de sang se forma sous lui, et je sus qu'il était mort. Mes épaules s'affaissèrent de soulagement et je laissai échapper un long souffle. Compte tenu de mes blessures et de la douleur fulgurante, je n'étais pas sûre qu'il me restait beaucoup de temps, mais je pouvais au moins empêcher mes sœurs d'apprendre que mon corps avait été souillé.

Chaque respiration était une lutte et chaque mouvement envoyait une douleur lancinante dans mon flanc, mais je devais me rendre auprès du loup, la créature qui m'avait sauvé la vie. Je parvins jusqu'à lui en titubant et m'agenouillai à côté de lui.

— Merci, réussis-je à dire.

Les mots étaient difficiles à prononcer ; ma respiration était saccadée. Je caressai sa fourrure rêche et sentis sa poitrine se soulever en rythme.

— Vous allez bien ?

C'était un loup ; je savais qu'il ne pouvait pas me répondre, mais je devais faire quelque chose.

— Qu'est-ce que je peux faire pour vous aider ?

La créature tourna vers moi des yeux doux trop humains tout en aspirant des bouffées d'air. Sa patte se déplaça pour couvrir ma main, et je la saisis entre mes mains comme s'il s'agissait d'un humain que j'essayais de réconforter.

— Je suis là. Je ne partirai pas.

Je savais instinctivement que le loup était en train de rendre son dernier souffle. Il avait sacrifié sa vie pour me protéger et je ne pouvais rien faire pour lui rendre la pareille, si ce n'était lui offrir un minimum de réconfort.

Je caressai la fourrure autour du cou de la créature et gardai mon regard sur ses yeux dorés en lui offrant un sourire et des paroles apaisantes. Il ne fallut pas longtemps pour que les yeux du loup se ferment et que sa respiration s'arrête.

Des larmes coulaient sur mes joues et de la rage brûlait dans ma poitrine. Ce loup ne faisait pas partie de mon peuple. Pourtant, il était mort en me défendant contre ceux que j'avais juré de protéger.

Ce n'était pas mes ennemis qui attaquaient, c'était mon propre peuple. Je me forçai à me lever en grimaçant et ignorai les blessures qui allaient probablement m'envoyer au même endroit que le loup dans quelques minutes. S'il restait un peu de force en moi, je pouvais aider. Il fallait que j'essaie. Le problème, c'était que je ne savais pas trop pour quel camp je devais me battre.

Mon peuple m'avait attaquée, mais je considérais toujours Ryvin et ses hommes comme mes ennemis. J'avançai à pas prudents et ramassai une dague abandonnée, consciente que je n'étais pas capable de manier quoi que ce soit de plus grand pour le moment. Je continuai en observant la scène qui m'entourait.

La rue était jonchée de corps, principalement ceux de citoyens d'Athos, mais je ne ressentais pas de tristesse en les regardant. Ils avaient choisi de faire cela. Ils avaient choisi de nous attaquer. Ils voulaient faire du mal, non seulement à l'ambassadeur et à sa délégation, mais aussi à moi. Leurs efforts ne changeraient rien. En fait, ils pourraient même déclencher une guerre avec les faës, ce qui rendrait les choses bien pires pour nous tous.

Les hommes de Ryvin combattaient chacun un adversaire, et l'ambassadeur lui-même en affrontait trois. L'un de ses assaillants tomba sous mes yeux et Ryvin se retourna pour faire face aux deux autres. Ils se déplaçaient si rapidement que je n'arrivais pas à bien les voir. Ou peut-être était-ce le brouillard de mes blessures qui faisait son effet.

J'hésitai ; une partie de moi voulait encore le voir mourir. Cela ne résoudrait peut-être pas le problème du Choix, mais c'était un monstre, il me l'avait dit lui-même. Pourtant, ce n'était pas lui qui avait essayé de me tuer. Et il y avait toujours cette partie de moi qui était attirée par lui, même si je me détestais pour cela.

J'appuyai la paume de ma main sur ma blessure et grimaçai tandis que ces pensées confuses tourbillonnaient dans mon esprit embrouillé. Mes émotions étaient complètement chamboulées. Chaque fois que j'essayais d'imaginer Ryvin en train de mourir, une peur m'étreignait la poitrine et la serrait comme un étau. Peut-être était-ce dû à mes blessures, mais c'était presque comme si je m'inquiétais pour lui.

Un à un, les gardes vêtus de noir éliminèrent les citoyens jusqu'à ce qu'il ne reste plus que Ryvin et ses deux adversaires. Je m'approchai du combat, presque assez près pour pouvoir faire quelque chose si l'opportunité se présentait. Si j'avais encore de l'énergie, bien sûr.

Ryvin enfonça son épée dans la poitrine de l'un de ses adversaires, puis la retira avec facilité, comme si elle avait été enfoncée dans l'air et non dans des os et des muscles. Il tourna vers son dernier attaquant, mais s'arrêta brusquement lorsqu'il me vit.

Nos regards se croisèrent et ce fut comme si le temps s'était arrêté. J'observai le sang qui maculait son visage et ses vêtements, mais qui ne semblait pas être le sien. Le soulagement m'envahit et cette étrange sensation de chaleur que je ressentais trop souvent lorsque je le voyais envahit mon bas-ventre.

— Attention ! criai-je en remarquant trop tard que son adversaire était au-dessus de lui.

Ryvin détacha son regard de moi et se remit à combattre, mais son épée avait déjà été arrachée de sa prise.

C'est alors que je reconnus l'homme qui tenait maintenant sa lame sous la gorge de Ryvin.

— Traître, sifflai-je.

— Vous n'étiez pas censée être blessée, Ara. Je leur ai dit de vous épargner, dit David d'un ton sincère. Restez en arrière. Je vous ramènerai chez vous. Je vous ferai soigner. Tout rentrera dans l'ordre.

— Je vous ai dit que je ne le laisserais pas prendre vos sœurs, dis-je.

— Vous croyez que c'est de ça qu'il s'agit ? hurla David en rapprochant sa lame de la gorge de Ryvin. Il faut que ça cesse. Je sais que vous êtes d'accord avec moi.

— Oui, mais ce n'est pas la bonne façon de faire. Si vous le tuez, ça va mettre leur roi en colère. Il en demandera plus. Ou pire, il nous attaquera. S'il vous plaît, David, ne faites pas ça, plaidai-je.

— Laissez-le partir, dit l'un des gardes qui se trouvaient à proximité.

Ils étaient quatre à se tenir autour des piles de corps. Combien de ces personnes décédées étaient des visages familiers ? Combien de gardes de mon père avaient été prêts à sacrifier leur vie et la mienne pour avoir une chance d'éliminer cette délégation ? Ne se rendaient-ils pas compte que cela ne résoudrait rien ?

— Un pas de plus et je le tue, avertit David.

— Vous allez le tuer de toute façon, dit l'un des gardes.

Il avait perdu son casque pendant le combat et je reconnus Orion, l'homme du dîner. Un frisson me parcourut l'échine lorsque je me souvins de ces crocs.

David n'avait aucune chance. Même s'il tuait Ryvin, le garde l'éliminerait.

— David, vous ne pouvez pas vous en sortir, le prévins-je.

Il plissa les yeux.

— J'aurais dû savoir que vous me mentiez. Pendant tout ce temps, j'ai cru que vous étiez différente. Mais vous n'êtes qu'une autre royale gâtée.

Ses mots me firent l'effet d'un couteau dans le cœur. Je pensais que nous étions amis. Je pensais qu'il me connaissait.

— Comment est-ce que vous pouvez dire ça ?

— Alors faites-le, dit David. Je vois cette lame dans votre main. Je sais que vous avez tué aujourd'hui. Qu'est-ce qu'un corps de plus ? C'est vous qui devriez l'éliminer. Ensuite, on pourra s'occuper des autres ensemble.

Je jetai un nouveau coup d'œil à la destruction autour de nous. Des dizaines d'Athoniens morts. Aucun des morts ne portait l'armure noire de Konos.

— On ne les battra jamais.

— On peut essayer, répondit-il.

Je m'approchai en concentrant toute mon attention sur David. Il était en sueur et pâle ; sa respiration était superficielle. Je ne pouvais pas voir la plaie, mais je savais qu'il était blessé. Même si je voulais me battre contre les autres hommes, nous n'aurions aucune chance. J'étais déjà en sursis et il était possible que David soit lui aussi à la porte de la mort.

— Vous saviez que je serais ici, dis-je.

— Oui, confirma-t-il.

— Vous leur avez dit où je pourrais aller.

Je réalisai que mon amitié avec David était à la source de cette attaque. Il savait exactement où j'irais si je me rendais en ville.

— J'ai eu de la chance, dit-il.

— Non, vous n'avez pas eu de chance. Vous me connaissez mieux que quiconque.

La douleur dans mon cœur gonfla lorsque je prononçai ces mots. Même si j'avais essayé de garder mes distances avec lui au fil des ans, j'avais baissé ma garde plus que je ne le pensais. Combien de conversations avions-nous eues dans l'obscurité, alors qu'il me tenait dans ses bras ? Combien de choses lui avais-je dites ? Il savait tout de moi. Peut-être même plus que mes sœurs.

— Vous étiez prêt à me laisser mourir.

— Je leur ai dit de ne pas vous faire de mal, répéta-t-il. Mais vous savez mieux que quiconque que des sacrifices sont nécessaires.

Il était prêt à me laisser mourir pour ça. Pour un faux espoir qui ne changerait rien. Comment pouvait-il être prêt à risquer autant ? Tous ces gens, sa vie et la mienne.

— C'est vous qui m'avez dit que le seul moyen d'en finir était de tuer le roi des faës. Qu'est-ce que cette attaque résout ?

J'avais presque atteint David, et je pouvais sentir les regards des autres. Ryvin, en particulier, même si je ne le regardais pas.

David m'observait attentivement avec une étrange lueur dans les yeux. Je ne l'avais jamais vu comme ça, et c'était un peu troublant.

— Ils nous prennent beaucoup, Ara. Maintenant, c'est à nous de leur prendre quelque chose. Peut-être qu'ils réfléchiront à deux fois à la façon dont ils nous utilisent.

Alors que je me rapprochais, David déplaça son emprise sur Ryvin, et j'aperçus son torse et son ventre. Ses vêtements étaient déchirés et il perdait rapidement du sang. J'avais eu raison de deviner qu'il était blessé, et à en juger par son aspect, c'était un miracle qu'il soit encore debout.

— Laissez-le partir, David. On a tous les deux besoin d'un guérisseur, dis-je. Rentrez avec moi. Je vous obtiendrai un poste au mur. On quittera cet endroit. Ensemble. Vous et moi. Comme ça devrait être.

Il secoua la tête.

— Ne me traitez pas avec condescendance, Ara. Je sais ce que je représente pour vous.

— Non, vous ne le savez pas. Parce que je ne vous l'ai jamais dit. Mais je vous le dis maintenant, David. On est faits l'un pour l'autre. Vous ne voulez pas aller au mur ? On ira ailleurs.

— C'est trop tard pour tout ça, répondit-il. Tuez-le, Ara, ou je le ferai. Alors aidez-moi.

— Faites-le, Ara, dit Ryvin. Mettez fin à tout ça et retournez au palais. Vous avez déjà perdu trop de sang.

Mon cœur tonnait dans ma poitrine et mes membres me semblaient lourds. J'avançai sur des genoux chancelants, mais je savais ce que je devais faire. C'était mal. Tellement mal. Mais je savais que c'était ma meilleure option. Même si j'avais l'impression que mon cœur allait se déchirer en deux, je me rapprochai en me détestant un peu plus à chaque respiration.

David hocha la tête et je m'arrêtai juste devant Ryvin.

— Je suis désolée, dis-je en brandissant ma dague.

Des larmes me piquaient les yeux, et je les chassai en clignant des paupières pour essayer d'éclaircir ma vision. Il n'y avait pas de retour en arrière possible après cela.

J'enfonçai ma dague dans la gorge de David.

CHAPITRE 12

David s'effondra sur le sol et ma gorge se serra face au regard de trahison qu'il me lança avant qu'il n'aspire son dernier souffle.

Je me détournai en fermant mes yeux brûlants pour essayer de retenir mes larmes. Les paroles de David sur le fait de se sacrifier étaient vraies. Je savais au plus profond de moi que si j'avais mis fin à la vie de Ryvin, les représailles contre notre peuple auraient été plus importantes que ce que j'étais prête à accepter. Je savais aussi que les blessures de David étaient mortelles.

Je tombai à genoux et laissai le chagrin gonfler en moi et me faire trembler tout en luttant contre les larmes. Lorsque je rouvris les yeux, le monde était flou et décoloré. Un froid s'infiltrait en moi et la douleur de mes blessures se calmait.

C'était l'autre partie de mes calculs. Ce n'était pas seulement David qui était fichu ici, c'était moi aussi. J'avais perdu trop de sang, et j'avais vu suffisamment de soldats amenés avec des blessures comme les miennes pour savoir ce qui m'attendait.

— Ara, femme stupide, siffla Ryvin. Qu'est-ce que vous avez fait ?

Je clignai des yeux pour essayer de me concentrer sur son

visage et me rendis compte qu'il devait me tenir, mais je ne le sentais pas.

— Ne faites pas de mal aux sœurs de David, réussis-je à dire d'une voix rocailleuse méconnaissable.

Mes yeux se fermèrent, et je goûtai la saveur cuivrée du sang dans ma bouche. Puis tout devint noir.

Des conversations étouffées résonnaient à proximité et je n'arrivais pas à comprendre pourquoi mes sœurs se trouvaient dans ma chambre. Puis, je réalisai que ce n'étaient pas seulement les voix de mes sœurs, il y avait aussi des voix masculines. J'essayai d'ouvrir les yeux, mais ils ne bougèrent pas. Ma tête me lançait et ma poitrine était en feu. Je me détournai du bruit et laissai l'obscurité m'envahir à nouveau.

Une main frôla mon front ; son contact était apaisant et chaud. Je me penchai instinctivement vers elle, en quête de réconfort.

— Ara, restez avec moi, murmura une voix masculine.

— Elle est réveillée ? demanda une autre voix.

La main s'éloigna de moi et je gémis, le contact me manquant déjà.

— Ara ? S'il vous plaît, très chers dieux, faites qu'elle se réveille, supplia Sophia.

Sa douce voix transperça le brouillard qui m'enveloppait et me tira des profondeurs. Mes paupières papillotèrent. La lumière était trop forte pour moi. Je gémis, puis fermai à nouveau les yeux avant de les ouvrir plus facilement. Je regardai le visage baigné de larmes de Sophia.

Elle se redressa d'un bond et poussa un cri de joie. Le son strident me fit grimacer et je laissai échapper un sifflement de contrariété.

— Désolée, dit-elle en se penchant vers moi. Ara. Tu m'entends ?

— Je t'entends, croassai-je.

Ma gorge me piquait et j'avais mal partout. Ma tête était douloureuse, ma poitrine tendue et raide. Lorsque je bougeai, je sentis la piqûre de la coupure sur mon bras et la douleur de toutes mes ecchymoses.

Le souvenir de l'attaque et de la bagarre me revint en mémoire et j'essayai de me redresser trop vite, ce qui me donna le tournis.

— Doucement, dit Sophia en me guidant vers le haut et en ajustant les oreillers derrière moi pour que je puisse m'asseoir. T'as traversé beaucoup de choses.

— Je devrais être morte, dis-je d'une voix encore rauque.

— T'as failli l'être, dit-elle. L'ambassadeur t'a sauvée.

Je fronçai les sourcils en me rappelant le sacrifice que j'avais fait pour le sauver. Ma poitrine me faisait plus mal que je ne l'aurais cru possible. Qu'avais-je fait ?

— David.

Son nom était comme une malédiction sur mes lèvres. J'avais tué mon ami. J'avais tué David pour sauver Ryvin.

Le chagrin s'installa autour de moi comme un nuage épais et sombre. Je l'avais tué de sang-froid. Et puis il y avait les autres que j'avais tués. Des citoyens d'Athos. Mon propre peuple.

Sophia me caressa les cheveux.

— Oui, David est mort. L'ambassadeur nous a raconté qu'il était mort pour te protéger. On a eu beaucoup de chance qu'il soit en ville au même moment. Je n'ose pas imaginer ce qui se serait passé sans lui.

Mes sourcils se froncèrent.

— Quoi ? Ce n'est pas…

— Chut, dit Sophia en m'embrassant le front. T'as traversé beaucoup d'épreuves. Attends ici. Je vais appeler le guérisseur.

Je la suivis du regard. J'avais la tête qui tournait en essayant de me remémorer les événements de la bagarre. Ce n'était pas ce qui s'était passé, si ? Était-il possible que je me souvienne mal des choses ?

Ma chambre était la même. Elle ressemblait à ce qu'elle était la dernière fois que j'y étais venue. Les rideaux blancs flottaient dans la brise. Mon bureau et ma coiffeuse étaient à leur place. Mon lit avait la même apparence. La porte arquée qui menait à ma salle de bains était la même.

— Oh, merci, Apollon, dit Mila en entrant dans la pièce avec une pile de draps dans les bras.

Elle les déposa sur mon bureau, puis s'approcha de moi.

— Comment est-ce que vous vous sentez ? Je peux vous apporter quelque chose ?

— Je n'en suis pas encore sûre, avouai-je. Depuis combien de temps je suis là ?

— Trois jours, dit-elle en faisant claquer sa langue comme si j'étais une enfant turbulente. Je commençais à avoir peur que vous ne vous réveilliez pas.

— Même moi, je sais qu'elle est trop têtue pour ça, dit une voix masculine.

Je tournai la tête et vis Ryvin debout dans l'embrasure de ma porte. Je le regardai attentivement afin de vérifier qu'il n'était pas blessé. Il portait une tunique gris foncé et un pantalon noir aujourd'hui, et était toujours aussi beau. Il n'était pas rasé et ses cheveux noirs étaient ébouriffés, comme s'il n'avait pas pris la peine de se regarder dans un miroir depuis des jours. Il fallait reconnaître que cela le rendait encore plus séduisant.

— L'ambassadeur vous a ramenée au palais, expliqua Mila. Sans lui, vous seriez morte.

Je déglutis en me rappelant la blessure que j'avais subie.

— J'ai cru que j'allais mourir.

— Pas sous ma surveillance, dit Ryvin.

Mila se pinça les lèvres. Je pouvais imaginer à quel point elle se sentait en conflit, car je ressentais la même chose. Mes émotions étaient enchevêtrées. Du soulagement d'être en vie, de la culpabilité à l'égard de ceux qui avaient péri et de la confusion absolue quant à la raison pour laquelle Ryvin avait pris la peine de me sauver en premier lieu. Je devrais le remercier, mais je n'arrivais pas à formuler les mots.

— Et vos hommes ? demandai-je plutôt.

— On n'en a perdu qu'un, répondit-il.

Je hochai la tête en me souvenant du loup que j'avais réconforté alors qu'il poussait son dernier souffle. Était-ce l'homme dont parlait Ryvin ? J'avais tellement de questions, mais je n'allais pas les poser devant Mila.

— Je suis content que vous soyez réveillée, dit Ryvin. Je viendrai vous voir plus tard.

Le guérisseur entra en bousculant Ryvin.

— Dehors. Tout le monde dehors.

Mila lui jeta un regard mauvais, mais s'exécuta, et je me retrouvai bientôt seule avec Mythiuss, le meilleur guérisseur de mon père. Le vieil homme prenait soin de notre famille depuis que mon grand-père était roi. Le fait qu'il soit encore là témoignait de ses capacités.

Il prit la chaise près de mon lit auparavant occupée par Sophia, puis me regarda à travers de petits yeux entourés de rides. Sa peau était fine comme du papier et couverte de taches sombres. De minuscules mèches de cheveux blancs parsemaient sa tête et des poils blancs plus grossiers poussaient dans ses oreilles, son nez et en travers de ses deux sourcils broussailleux.

Il examina mon bras et passa doucement ses doigts rugueux sur ma blessure. Je grimaçai en me préparant à la douleur, mais n'en ressentis aucune. Confuse, je regardai l'endroit où j'avais été coupée. Mes sourcils se froncèrent. C'était une cicatrice rose, presque guérie. Il y avait une certaine sensibilité persistante, mais elle n'était pas aussi grave qu'elle aurait dû l'être. Peut-être avais-je pensé que c'était pire sur le moment ?

— Je dois vérifier vos côtes, dit-il.

Je hochai la tête, puis remontai lentement la simple chemise de nuit blanche dont on m'avait habillée de façon à ce que mes côtes soient exposées. Des bandages blancs étaient enroulés autour de mon torse et du sang rouge vif tachait le tissu.

Mythiuss découvrit lentement la plaie, couche par couche, jusqu'à ce qu'il n'y ait plus de tissu. Sa grimace me fit flancher. Il avait soigné suffisamment de mes blessures pour que je reconnaisse l'inquiétude dans son expression. Je me préparai mentalement à voir des signes d'infections dans la blessure suppurante.

Il posa les bandages ensanglantés sur le côté du lit et je clignai des yeux en voyant la blessure. La perforation causée par l'épée avait l'air de cicatriser depuis des semaines. La blessure était déjà recouverte de croûtes et la peau se réparait d'elle-même. Des ecchymoses violettes et jaunes couvraient mon ventre et ma poitrine, ce qui expliquait sans doute ma respiration douloureuse. Je n'avais dormi que trois jours. Il ne devrait pas y avoir encore de croûtes.

— Vous devriez être morte, déclara-t-il.

Je déglutis difficilement. J'avais pensé la même chose pendant le combat.

— Je suppose que ce n'était pas aussi grave que ça en avait l'air.

— Vu l'état dans lequel vous étiez à votre arrivée, j'ai préparé votre père à votre mort. C'était profond, Ara. Je ne pensais pas que vous vous réveilleriez.

Il secoua la tête.

— Je suppose que j'ai eu de la chance, dis-je alors que je n'y croyais pas moi-même.

— Peut-être, répondit-il. Quelle qu'en soit la cause, je crois que les dieux ont quelque chose en tête pour vous. Sinon, ils vous auraient prise.

Il se leva, puis jeta un coup d'œil vers la porte.

— Ces blessures ne devraient pas être guéries. Pas comme ça, en tout cas. Survivre aurait été un miracle. Ce n'est pas naturel d'en arriver là aussi rapidement.

— Vous sous-estimez peut-être vos propres compétences, répondis-je.

— Non, dit-il en secouant la tête. C'est autre chose. Je vous recommande de ne parler de vos blessures à personne. Personne ne doit savoir à quel point c'était grave. J'informerai votre père que j'ai fait une erreur de diagnostic. Que le sang était trompeur.

— Vous ne vous trompez jamais de diagnostic, lui fis-je remarquer.

— Non, c'est vrai.

Il ramassa les bandages souillés.

— Gardez ça pour vous. C'est dans votre intérêt. Les seules personnes qui connaissent la vérité sont vous, moi et l'ambassadeur.

Je me crispai.

— Qu'est-ce que vous voulez dire ?

— Demandez-lui ce qui s'est passé. Je ne peux certaine-ment pas expliquer comment c'est possible, dit-il.

— Comment elle va ? demanda Sophia en entrant dans ma chambre avec un plateau contenant de la nourriture et du thé dans les mains.

— Tu n'as pas besoin de me servir, dis-je.

— Je veux aider, répondit-elle.

— Elle va mieux, dit Mythiuss. Les blessures n'étaient pas aussi graves que je l'avais d'abord pensé.

— Oh, dieux merci, souffla Sophia.

— Je vous laisse, dit Mythiuss. Appelez-moi si vous ressentez une douleur intense ou si une plaie se rouvre.

Je hochai la tête.

— Merci.

Sophia posa le plateau sur mon bureau.

— J'ai envoyé Mila chercher ton thé préféré. Elle a obtenu les fleurs du fermier du marché que t'aimes bien en ville.

Elle s'approcha de moi avec une tasse fumante dans les mains.

Je la pris.

— Raconte-moi ce qui s'est passé quand je suis revenue ici.

Ses sourcils se froncèrent.

— Tu ne t'en souviens pas ?

Je secouai la tête, puis me penchai et humai le parfum de la camomille. Cela apaisa légèrement la tension que je ressen-tais. Je bus une petite gorgée avec précaution ; la chaleur était un baume bienvenu pour ma gorge irritée.

— C'était horrible, dit-elle. L'ambassadeur et plusieurs de ses hommes sont arrivés à cheval. Ils ont laissé le carrosse derrière eux pour aller plus vite. T'étais tellement pâle…

— Comment est-ce que j'ai été blessée ?

Je me souvenais du combat, mais après ce que Ryvin avait dit à propos de David, je ne savais pas si je me souvenais mal de la situation ou s'il avait raconté une autre histoire.

Les sourcils de Sophia se froncèrent.

— T'as été attaquée. C'est peut-être une bénédiction si tu ne te souviens pas des détails.

— S'il te plaît, dis-moi, l'encourageai-je.

Elle laissa échapper un long souffle, puis s'installa au pied de mon lit.

— Je n'ai pas entendu toute l'histoire. Mais d'après ce que j'ai compris, votre carrosse est tombé dans une embuscade tendue par un groupe de radicaux quelque part près de l'Opale Noire. Heureusement, David et d'autres gardes étaient en congé dans les environs et ils sont intervenus pour aider.

— David a aidé ? demandai-je.

Sophia posa sa main sur ma jambe.

— Je suis vraiment désolée, Ara. Il n'a pas réussi à s'en sortir. Aucun de nos gardes n'a survécu.

— Je vois, dis-je. Et l'ambassadeur ?

— Il a dit qu'il n'avait que des blessures mineures.

Sophia se leva de mon lit et se dirigea vers mon bureau pour prendre le plateau. Elle revint vers mon lit et le posa près de mes pieds.

— Tu devrais manger. T'as dormi pendant trois jours. Tu dois avoir faim.

Je n'avais pas faim, mais je savais que mon corps aurait besoin de nourriture pour guérir. Pourtant, j'avais apparemment guéri sans manger. Mon estomac se noua alors que je réfléchissais à l'allusion du guérisseur avant qu'il ne parte.

— Je suis fatiguée, Sophia. Je vais manger, et ensuite j'aimerais dormir, dis-je.

Sophia m'embrassa sur le front.

— Je viendrai te voir demain matin.

— Merci pour ton aide.

Elle hocha la tête avant de sortir de ma chambre sur la pointe des pieds et de fermer la porte derrière elle.

J'attendis quelques instants pour m'assurer que personne d'autre n'allait entrer, puis sortis de mon lit et retirai ma chemise de nuit.

La peau de ma poitrine, de mes côtes et de mon ventre était teintée de différentes nuances de bleu, de violet et de vert. Je passai légèrement mes doigts sur les bleus en sifflant de douleur. Je touchai ensuite la blessure de l'épée en cours de guérison. La blessure aurait dû être mortelle, mais c'était une épaisse croûte rouge qui semblait vieille de plusieurs semaines. Mes doigts passèrent sur la marque. La peau était encore sensible, et cela allait laisser une cicatrice, mais j'étais en vie. Cela n'avait pas de sens. J'examinai mon bras et remarquai que la coupure qui s'y trouvait était également en grande partie cicatrisée.

Comment cela avait-il pu se produire ?

Cela ne devrait pas être le cas, à moins que l'on ait utilisé quelque chose d'autre, quelque chose en dehors de nos protocoles de guérison habituels.

Je déglutis difficilement.

Ce n'était pas de la guérison, c'était de la magie.

Et tout le monde savait que si l'on recevait de la magie sous quelque forme que ce soit, on était maudit.

Le cœur battant la chamade, je me dirigeai vers la salle de bains et me regardai dans le miroir. Mon visage portait les traces du combat. Un coquard cicatrisait sous mon œil. Les ecchymoses étaient vertes et jaunes, comme si elles guérissaient depuis plus d'une semaine déjà. Une fine ligne sur ma joue ressemblait à une nouvelle cicatrice. Je ne me souvenais même pas de cette marque.

À part cela, j'étais moi-même. Je n'avais pas changé.

Si de la magie avait été utilisée pour me guérir, je n'étais même pas sûre de vouloir le savoir. J'étais en vie. Et pour l'instant, cela devrait suffire.

Mais des gens étaient morts, et mon ennemi m'avait sauvé la vie.

Je n'arrivais pas à m'y faire, mais je savais que tout avait changé. Il n'était pas possible de revenir à la situation d'avant l'attaque.

Cependant, je ne savais pas encore ce que cela signifiait. Je remis ma chemise de nuit en frissonnant et me glissai entre les couvertures. Je n'étais pas prête à affronter les changements que je sentais dans mes os.

CHAPITRE 13

J e me réveillai en hurlant alors que la bataille se répétait dans mes cauchemars. Les visages des morts défilaient et inondaient mon esprit en boucle. J'avais fait ça. J'avais tué des gens. Et pas seulement des gens, *mon* peuple. Les gens pour lesquels j'allais donner ma vie lorsque j'irais servir au mur.

Ma porte s'ouvrit et une lanterne éclaira une silhouette dans l'embrasure. Il me fallut un moment d'adaptation pour voir qu'il s'agissait de ma sœur Cora. Elle me regardait comme si j'étais brisée.

— Ça va ?

Je détestais la façon dont elle me regardait. Cora prenait rarement les choses au sérieux et la voir me regarder de cette façon était trop. Je n'aimais pas avoir l'air fragile ou différente de ce que j'étais avant de monter dans ce maudit carrosse.

— Ce n'était qu'un cauchemar, lui assurai-je.

Sophia passa devant Cora et entra dans ma chambre obscure.

— T'as mal ?

Les sourcils de mes deux sœurs étaient froncés d'inquiétude, chose à laquelle je n'étais pas habituée de leur part.

Je repoussai mes cheveux trempés de sueur de mon front.

— Je vais bien. C'était juste un mauvais rêve.

— T'es sûre ? demanda Cora. T'as besoin de quelque chose ?

— Arrêtez, toutes les deux. C'est moi qui suis censée veiller sur vous. Je vais bien, vraiment, insistai-je.

— Parfois, tu dois laisser d'autres personnes s'occuper de toi, Ara, dit Sophia, qui avait l'air beaucoup plus avisée que ses dix-sept ans.

— Ce n'est rien, répétai-je. Je vais bien. Je vous appellerai si j'ai besoin de vous.

— D'accord, dit Cora en abaissant la lanterne. On viendra te voir demain matin.

— Bonne nuit.

Je leur souris, même si je n'avais envie de sourire à personne. Pas tant que les fantômes des hommes que j'avais tués flottaient encore dans ma tête.

— Repose-toi, dit Sophia.

Mes sœurs sortirent de ma chambre à reculons, puis refermèrent la porte et me plongèrent dans l'obscurité.

Mon pouls s'accéléra presque instantanément tandis que la culpabilité et la peur me serraient la poitrine. Je jetai les couvertures de côté et me dirigeai vers la salle de bains. Il n'y avait aucune chance que je me rendorme ce soir.

Je me passai rapidement de l'eau sur le visage et m'efforçai de me calmer. J'avais essayé de ne pas trop me concentrer sur l'attaque, mais le fait de la chasser de mes pensées n'avait pas atténué la culpabilité.

Ces hommes avaient attendu notre carrosse et nous avaient tous attaqués. Pas seulement les délégués de Konos. Ils en avaient aussi après moi.

Combien d'entre eux étaient des soldats avec lesquels je m'étais entraînée ? Ou ceux qui m'avaient vu me battre ? Je ne m'étais jamais arrêtée pour regarder les hommes tombés, mais je savais que David avait reçu l'aide d'autres gardes.

Cela signifiait-il que des gardes du palais avaient l'intention de s'en prendre à la délégation ?

De m'abattre ou d'abattre ma famille ?

L'attaque visait-elle uniquement à éliminer les hommes de Konos ou avait-elle pour but de mettre également fin à ma vie ?

Je m'assis à mon bureau et me souvins de la dernière fois que j'avais vu David pour m'entraîner. Nous avions des projets pour le lendemain. Le jour où je l'avais tué. Nous n'étions pas censés nous rencontrer comme ça. Nous étions censés nous retrouver sur le terrain d'entraînement pour nous exercer.

Avait-il déjà planifié son attaque à ce moment-là ?

Mes épaules s'affaissèrent tandis qu'une voix dans ma tête me rappelait que je ne pourrais jamais lui poser ces questions. Il était mort. Et c'était ma faute.

La seule personne susceptible d'avoir des réponses à me donner était Ryvin. Je soulevai ma chemise de nuit pour regarder la blessure sur mon ventre. Je laissai tomber le tissu en me renfrognant. J'avais beaucoup de questions à poser à Ryvin.

Les gardes de Ryvin, vêtus de noir, étaient postés à l'entrée du couloir qui menait aux quartiers des visiteurs. Je les dévisageai en m'approchant et les mis au défi de m'arrêter. J'avais préparé des excuses, mais ils s'écartèrent sans un mot et me laissèrent passer.

Il y avait six chambres dans cette aile. Chacune d'elles abritait probablement des membres de la délégation. Ma détermination s'effrita un peu lorsque je m'arrêtai devant la porte de la plus grande pièce, celle qui hébergerait certainement le membre le plus important de la délégation.

J'avais tant de questions à lui poser, mais que se passerait-il si les réponses ne me plaisaient pas ? Et s'il refusait de me dire quoi que ce soit ?

Et s'il dormait nu ?

De petites étincelles semblaient danser sur ma peau et je me sentais plus vivante que je ne l'avais été depuis des années. Je détestais qu'il m'intrigue autant. J'hésitai devant la porte et envisageai de faire demi-tour. Pouvais-je me faire confiance en sa présence ?

Bien sûr que oui. Je lui ferais face parce que je méritais des réponses.

D'ailleurs, je l'avais déjà vu dévêtu.

Et je ne frappais pas à sa porte parce que j'appréciais son apparence sans ses vêtements.

Ce qui était le cas.

Mais là n'était pas la question.

Je chassai de ma tête les pensées du corps musclé de Ryvin et frappai à la porte avant d'avoir le temps de me dégonfler.

Des bruissements de l'autre côté de la porte m'informèrent que quelqu'un était réveillé. Et peut-être en train de s'habiller. Je me dis que cela ne me décevait pas.

La porte s'entrouvrit et, soudain inquiète qu'il la referme devant moi, je la poussai pour entrer.

— Il faut qu'on parle.

La pièce était sombre et froide. Une brise m'indiqua que les rideaux étaient ouverts et mes bras se couvrirent de chair de poule.

— Je me demandais quand vous alliez reprendre vos esprits, dit une voix grave au ton dangereux et épais.

— Vous n'êtes pas Ryvin.

Je m'éloignai d'Orion en direction de la porte ouverte. En un clin d'œil, il bloqua ma progression.

— Vous êtes venue ici pour lui ? Quelle tournure intéressante des événements.

Son sourire était celui d'un pur prédateur.

— C'est bon, je ne lui dirai pas.

La porte claqua.

Des flammes s'animèrent toutes seules dans la cheminée. L'air avait un goût sucré et amer à la fois, un élixir étrange qui enrobait mes sens de quelque chose d'à la fois familier et étranger. Je l'ignorai et me concentrai plutôt sur le fait de ne pas montrer à quel point j'étais terrifiée à l'idée de regarder Orion.

Mon cœur cognait contre mes côtes et battait à un rythme fou ; j'étais sûre qu'il pouvait l'entendre. Je serrai les dents et gardai le menton haut, déterminée à ne pas lui laisser voir la moindre faiblesse. Je devais rester calme, garder mon sang-froid, cacher ma peur.

Ses lèvres étaient entrouvertes et laissaient apparaître ses crocs. Ses yeux bleus étaient un peu plus foncés que la dernière fois que je l'avais vu et prenaient une teinte presque violette. Il avait l'air affamé. Son expression me rappelait la façon dont David m'avait regardée lorsque j'enlevais mes vêtements. Comme s'il allait me manger toute crue.

La différence, c'était que David n'avait pas de crocs.

— Désolée de vous réveiller, dis-je en me tournant vers la porte. Il semble que je me sois trompée de chambre.

— Je ne pense pas que ce soit le cas.

Il fit un pas sur le côté pour bloquer la porte.

— J'ai vu comment vous vous êtes battue. La façon dont vous avez ignoré votre propre douleur, la façon dont vous avez manié votre arme, la façon dont vous êtes devenue plus forte au fur et à mesure que la soif de sang s'installait. Vous êtes exactement au bon endroit, petite colombe.

— Je ne sais pas ce que vous pensez avoir vu, mais je n'ai pas apprécié ce combat. Et je ne suis certainement pas votre *petite colombe*. Maintenant, si vous voulez bien vous écarter, je vous souhaite une bonne nuit.

Il bougea si vite que je n'eus pas le temps de réagir. Je fus projetée sur le lit et Orion s'empressa de se mettre à califourchon sur moi. Il grogna. Ses crocs s'allongèrent davantage et scintillèrent dans la lueur orangée de la lumière du feu.

— Lâchez-moi ! criai-je en me redressant et en me déhanchant pour me libérer de son emprise.

Il m'attrapa par les bras et me repoussa en arrière. Les poignets pressés contre le lit moelleux, je me débattis en donnant des coups de pied et en m'agitant, mais c'était comme si je me battais contre un ours adulte. Il était incroyablement fort, un monstre conçu pour se battre et gagner.

— Lâchez-moi ! hurlai-je en continuant à lutter contre lui.

— Je ne crois pas, non. Vous m'avez manqué de respect devant mon commandant.

Il se pencha et inspira profondément.

— Oh, putain, vous sentez bon.

Mon nez se fronça.

— Arrêtez de me renifler et laissez-moi partir, connard !

Il changea sa prise, de sorte que sa grande main saisisse mes deux poignets. Je me débattis plus fort, mais malgré le fait qu'il me tenait d'une seule main, je n'arrivais pas à le faire bouger. Je luttai pour me libérer en grognant et en pestant. Je n'allais pas laisser cet homme obtenir ce qu'il voulait de moi.

Sa main libre caressa ma gorge et des frissons de peur me parcoururent l'échine. Allait-il me tuer ? Ou se nourrir de moi ? Ou me baiser ?

Peut-être allait-il faire tout cela à la fois. J'arrêtai de bouger, soudainement paralysée par la peur alors que les pires scénarios se jouaient dans mon esprit. Il allait me faire du mal d'une manière ou d'une autre, et j'étais impuissante face à lui.

Après tout ce temps passé à apprendre à me battre, je n'étais d'aucune utilité face à ces monstres. J'avais aussi eu du mal contre des humains.

Pendant tout ce temps, je croyais que j'étais forte, que je pouvais me débrouiller seule, mais je n'en étais plus sûre à présent.

— S'il vous plaît, ne faites pas ça, murmurai-je.

— Mmm, j'adore quand elles me supplient, dit-il.

Sa main passa de ma gorge à mes seins, qu'il pétrit brutalement par-dessus le fin tissu de ma chemise de nuit. Mon estomac se retourna et de la bile remonta dans ma gorge.

— Laissez-moi partir. Quand mon père l'apprendra, il vous fera tuer.

Sa main revint sur ma gorge et la serra assez fort pour me priver de souffle. Mes yeux s'écarquillèrent et j'aspirai rapidement de l'air en prévision d'un nouveau resserrement.

— On a les moyens de vous faire oublier. Vous le saviez, petite colombe ? Je pourrais même vous faire me supplier de vous baiser. Mais où est le plaisir là-dedans ? Je pense que je vais prendre ce que je veux, puis vous faire oublier. Demain, vous vous réveillerez endolorie et satisfaite en vous demandant pourquoi vos rêves à mon sujet étaient si vifs.

Je déglutis difficilement tandis que ses mots me frappaient comme une tonne de briques. Tout le monde connaissait les histoires sur les choses que les vampires pouvaient faire, mais j'avais espéré que ce n'étaient que des histoires. Il y avait tant de choses que nous ne savions pas. Avaient-ils des faiblesses ?

Sa poigne se resserra autour de mon cou et me priva d'air. Je n'aspirai plus rien et mon cœur s'emballa tandis que la peur me faisait écarquiller les yeux. Je me débattis pour essayer de libérer mes mains. Mon corps bougeait et se tortillait désespérément pour briser son emprise sur ma gorge. Au moment où ma vision s'assombrissait, il relâcha son emprise et l'air inonda mes poumons. Des étoiles dansèrent devant mes yeux et je toussai. Le soulagement se mêla à de la colère et de la peur tandis que je le dévisageais.

— Laissez-moi partir. Tout de suite. Ou je vous tuerai moi-même.

Il rit d'un air moqueur.

— J'aimerais bien vous voir essayer.

Il serra à nouveau ma gorge, se pencha et pressa ses lèvres contre les miennes pour un baiser unilatéral pendant que je luttais pour trouver de l'air. Après avoir retiré ses lèvres froides, il relâcha sa prise et j'aspirai de l'air. Sa bouche reprit la mienne une seconde plus tard.

Je fis claquer mes dents en essayant de le mordre, mais il s'éloigna trop vite avec un sourire mauvais sur les lèvres.

— Vous voulez mordre ?

Il passa sa langue sur le bout d'un de ses crocs.

— Je vais vous montrer comment mordre.

Il était clair que je n'allais pas m'en sortir toute seule. Alors que je pouvais encore respirer, je pris une profonde inspiration, puis hurlai de toutes mes forces.

Orion plaqua sa main sur ma bouche en enfonçant ses ongles dans ma joue. Des larmes me montèrent aux yeux et rendirent ma vision floue. Je continuai à donner des coups de pied et à me battre, mais il était tellement plus fort que moi.

Je pouvais continuer à bouger, à essayer, ou je pouvais rester immobile et espérer qu'il baisse sa garde. Je me crispai et m'immobilisai avec résignation en regardant le monstre qui avait l'air de saliver à l'idée de me voir maîtrisée sous lui.

Je vis une ombre bouger du coin de l'œil avant qu'elle ne s'abatte sur Orion. Il fut arraché à moi et jeté à travers la pièce avant d'atterrir contre le mur avec un bruit sourd.

Je me redressai d'un bond et me précipitai hors du lit. L'adrénaline m'aidait à avancer.

Ryvin se tenait devant Orion, les poings serrés le long du corps. La température de la pièce changea et mon souffle sortit en nuages. Je serrai mes bras autour de ma poitrine pour tenter de repousser le froid qui s'insinuait dans mes os.

— Je t'avais dit de ne pas la toucher, grogna Ryvin.

Des ombres tourbillonnaient autour de lui, comme s'il était le centre d'un feu crépitant. Toute la pièce semblait enveloppée de son pouvoir. Je ne savais pas quelle obscure créature il était, mais sa vraie nature n'était plus soigneusement dissimulée sous sa belle forme humaine.

Je devrais être effrayée par la puissance des ombres qui tourbillonnaient autour de moi, mais je m'approchai. Mes dents claquaient et mes joues piquaient à cause du froid, mais j'avançai, trop curieuse pour reculer. Je savais ce qui allait se passer, et cette idée me faisait frémir. Il y avait déjà eu tant de sang versé, mais c'était différent.

S'il me laissait faire, je le tuerais probablement moi-même.

Ryvin se rapprocha d'Orion tandis que les ombres bouillonnaient et vrillaient autour de lui comme un manteau de nuit pure. Avec sa tunique noire et ses cheveux sombres, il ressemblait encore plus au prince des ténèbres que j'avais vu pour la première fois.

Il était la mort sous sa forme physique.

Le temps semblait s'étirer ; les secondes se transformaient en minutes. Je regardai Ryvin réduire la distance qui le séparait d'Orion d'un pas gracieux et fluide. Une énergie remplissait la pièce en grésillant et en éclatant comme de l'électricité statique. J'avais l'impression que tout mon corps était vivant et à fleur de peau.

— Ce n'est qu'une humaine, murmura Orion.

Ryvin se tenait devant son compagnon. Les deux hommes se regardaient avec dédain. Puis, comme si un interrupteur avait été actionné, le temps revint à la normale et Ryvin saisit Orion. Le cou d'Orion se brisa avec un craquement écœurant.

Je me détournai au son des os qui se brisaient et de la chair qui se déchirait. Un bruit sourd, puis un autre.

Le contenu de mon estomac menaçait de se déverser, mais je devais tout de même regarder. Je devais voir qu'Orion était mort.

À quelques pas de là, le corps broyé d'Orion gisait sur le sol tandis que du sang coulait du moignon de son cou, à l'endroit où sa tête avait été attachée. Je ravalai ma bile et laissai mes yeux se poser sur la tête. Le visage aux yeux pâles et aux crocs encore allongés me regardait fixement.

Malgré mon estomac qui se retournait, je n'étais pas contrariée qu'il soit mort. Je ne me souciais même pas du fait que Ryvin lui avait arraché la tête à mains nues. Si quelqu'un le méritait, c'était bien lui.

— Je lui avais dit ce qui se passerait, dit Ryvin comme pour s'excuser.

— Pourquoi est-ce que vous permettez à des hommes comme lui de faire partie de votre suite ? demandai-je en laissant la peur que j'avais ressentie se transformer en colère.

— Je ne leur permets pas. Il a reçu un avertissement. C'est tout ce à quoi ils ont droit avant que je ne sévisse, dit-il.

— Bien.

— Qu'est-ce que vous faites dans ma chambre ?

Ses yeux descendirent le long de mon corps, probablement pour observer ma chemise de nuit.

J'avais donc choisi la bonne chambre.

— Pourquoi est-ce qu'Orion était dans votre chambre ?

Il enjamba le cadavre d'Orion sans broncher et se rapprocha de moi dans la lumière vacillante du feu. Des éclaboussures rouges parsemaient son menton et sa tempe, et je devinais que la couleur de sa tunique cachait beaucoup de sang. Il se déplaçait avec aisance, avec la même puissance que j'avais remarquée plus tôt. Mais cette fois, les ombres que j'avais vues n'étaient plus là. Peut-être les avais-je imaginées. Ou peut-être était-ce la première fois que je le voyais vraiment tel qu'il était.

Il s'arrêta devant moi et leva une main. Je retins mon souffle lorsqu'il effleura ma gorge du bout des doigts. Ses yeux orageux se baissèrent, puis s'assombrirent, fixés sur quelque chose qui le fit se renfrogner.

Je baissai la tête et remarquai que ma chemise de nuit était déchiquetée en son milieu et que le fin tissu ne couvrait qu'à peine mes seins. Je me couvris en haletant. Quand cela s'était-il produit ? Et comment avais-je pu ne pas m'en apercevoir ?

— Est-ce qu'il a… ? commença doucement Ryvin.

Il laissa la question non posée planer dans l'air entre nous comme une épaisse fumée qui attendait qu'un coup de vent vienne la dissiper.

— Il n'est pas allé aussi loin qu'il l'aurait voulu.

— Je suis désolé de ne pas savoir été là plus tôt.

Où était-il passé ? C'était le milieu de la nuit. Ma mâchoire se crispa tandis que ma jalousie s'enflammait et me donnait l'impression d'avoir avalé quelque chose de brûlant. Cela devrait m'être égal. Cela m'était égal. Peu importait que mon esprit s'emballe en imaginant Ryvin avec quelqu'un d'autre.

— L'endroit où vous passez votre temps ne me regarde pas.

Ce n'était pas mon affaire de savoir avec qui il couchait. Je ne devrais pas m'en préoccuper, mais à ce moment-là, l'idée qu'il puisse être avec quelqu'un d'autre me faisait bouillir de rage. Comment pouvait-il ? Comment pouvait-il être en train de baiser d'autres femmes après tout ce que nous venions de vivre ? Après avoir frôlé la mort ?

C'était sûrement pour ça que mes émotions s'emballaient. Tout était lié à l'attaque et au fait qu'il prenne sa propre sécurité si peu au sérieux. Quelqu'un avait essayé de le tuer et il se promenait dans le château en pleine nuit.

— Astéri, vous n'êtes pas jalouse, n'est-ce pas ? demanda-t-il d'un ton enjoué qui contrastait fortement avec le tueur que je venais de voir se déchaîner.

Je me renfrognai en ignorant le surnom.

— Si vous mourez, tout cela n'aura servi à rien. Cette attaque, tous les morts, David…

Ma voix se bloqua dans ma gorge. Des larmes chaudes piquaient le fond de mes yeux.

— Pourquoi vous avez dit ça à propos de lui, d'ailleurs ? Qu'il avait essayé de nous aider ? Qu'il était un héros ? Alors que c'était ma faute. La mienne. C'est à cause de moi qu'il est mort.

Je n'arrivais pas à contenir la culpabilité et le chagrin. J'avais essayé de les masquer, de les cacher, de nier mes émotions, mais ici, avec Ryvin, quelqu'un qui avait été là, c'était trop. Il connaissait la vérité, et je ne pouvais pas lui cacher mes sentiments.

— Je l'ai assassiné, murmurai-je d'une voix entrecoupée de sanglots. C'était mon ami. Et je l'ai tué.

J'étais un monstre. Pas mieux que n'importe quel délégué de Konos. David ne m'avait pas attaquée et je l'avais tué de sang-froid. Comment avais-je pu faire une chose pareille à quelqu'un que j'aimais tant ? Toutes ces années. Tout ce temps. Je l'avais tenu à l'écart et ne lui avais jamais dit à quel point je l'appréciais. Quelque chose ne tournait pas rond chez moi.

Des larmes coulèrent sur mes joues et je les essuyai rapidement en espérant que Ryvin ne les avait pas remarquées.

L'ambassadeur me caressa doucement la joue. Le contact était plus réconfortant que je ne voulais l'admettre.

— Ce n'était pas un ami. S'il l'avait été, il vous aurait au moins prévenue. Il n'aurait pas dit à ses amis où vous seriez.

— Et s'ils n'avaient pas l'intention de me tuer ? demandai-je sans me soucier à ce moment-là que je paraisse vraiment égoïste.

J'avais trop mal maintenant que j'avais tout laissé s'effondrer autour de moi.

— Vous connaissez la vérité, dit Ryvin. Vous pensez qu'ils allaient vous laisser en vie ? Même s'ils m'avaient tué, vous croyez qu'il vous aurait épargnée ?

Ma bouche devint sèche et les larmes qui montaient à mes yeux m'empêchaient de voir, mais je pouvais sentir sa colère. C'était comme la chaleur d'un feu rugissant qui nous engloutissait tout entier. Je savais que ces émotions n'étaient pas dirigées contre moi, mais contre d'autres, contre ceux qui avaient essayé de me faire du mal.

— Vous croyez qu'il vous aurait épargnée ? insista Ryvin d'une voix ferme.

— Non.

Le mot sortit instinctivement, et je savais qu'il était correct. Si j'avais tué Ryvin, David aurait retourné son arme contre moi. Les larmes cessèrent, mais le chagrin resta suspendu au-dessus de moi, étouffant et oppressant. Il se mêlait à la chaleur et me rendait malade.

— Pourquoi ?

— Probablement pour la même raison que vous voulez me voir mort.

Il recula d'un pas, comme s'il se souvenait soudain que nous n'étions pas du même côté.

J'ouvris la bouche pour le contredire, mais c'était vrai. Je l'avais envisagé, imaginé même.

— Pourquoi vous leur avez dit que c'était un héros ? demandai-je.

— Vous m'avez demandé d'aider ses sœurs. Elles seraient punies si votre peuple connaissait la vérité, non ?

— Depuis quand vous vous préoccupez des humains ? rétorquai-je.

— Je ne m'en préoccupe pas.

— Alors pourquoi vous avez fait ça ? insistai-je.

— Vous m'avez demandé d'aider ses sœurs.

— Je sais que ce n'est pas pour ça que vous l'avez fait.

— Vous avez raison. Si vous étiez morte, je n'aurais pas pris la peine de le faire.

— Alors pourquoi vous l'avez fait ?

Je resserrai mes bras autour de moi. Je me sentais soudain petite et fragile.

— Parce que ça change la façon dont vous vous percevez. La façon dont les autres vous perçoivent.

Mes sourcils se froncèrent.

— Ils n'ont pas besoin de savoir que vous avez mis fin à sa vie.

Son ton était doux, presque désolé.

Soudain, je compris.

— Parce que je ne suis pas une tueuse s'il est mort en héros en me protégeant.

Il hocha la tête.

— Mais c'est un mensonge.

— Parfois, les mensonges rendent la vie un peu plus facile à supporter, admit-il.

— Comment vous faites ? demandai-je. Comment vous faites pour continuer comme si de rien n'était après avoir pris une vie ?

Ce n'était pas seulement David, mais ces autres hommes. Leurs visages me hanteraient jusqu'à ma mort.

— Ça devient plus facile, répondit-il. C'est plus facile de se rappeler que c'était vous ou eux. On finit par ne plus voir leurs visages.

Je me crispai, surprise qu'il comprenne aussi bien. Une partie de moi voulait lui demander combien il en avait tué. Combien il en avait fallu jusqu'à ce que cela ne le ronge plus. Mais cela me semblait trop personnel et, honnêtement, j'avais peur de connaître la réponse.

— Vous devriez retourner dans votre chambre avant que quelqu'un ne s'aperçoive de votre absence, dit-il.

— J'ai encore une question à vous poser.

Mon cœur s'emballa et je sentis le sang me monter au visage en pensant à mes blessures et à la rapidité avec laquelle elles avaient guéri.

Ryvin resta silencieux et attendit patiemment que je continue. Il y avait dans son expression un air las que je n'avais jamais vu auparavant. Peut-être un sentiment de résignation. Derrière lui, un homme mort gisait sur le sol, l'un des siens, tué pour m'avoir touchée. J'étais une ennemie ou la fille d'un allié. Peu importait comment il me voyait, je ne faisais pas partie des siens. Pourtant, il avait tué un membre de sa propre délégation pour moi.

Une partie de moi était flattée, mais cela me rappelait surtout à quel point cet homme... ou ce qu'il était... était mortel. Je passai ma langue sur mes lèvres en réfléchissant à la manière de formuler ma question avec précaution. Au lieu de cela, les mots dégringolèrent dans un désordre peu gracieux.

— Pourquoi est-ce que vous vous êtes donné la peine de me sauver ? J'étais morte. Je devrais être morte. On le sait tous les deux.

— Je ne laisserais jamais rien de mal vous arriver, dit-il, comme si c'était la chose la plus évidente au monde.

Ma poitrine se serra et un étrange besoin se fit sentir entre mes cuisses. La façon dont cet homme me troublait était dangereuse. Si je ne faisais pas attention, j'allais me perdre complètement.

— Vous avez utilisé de la magie.

— C'était le seul moyen.

— Vous n'auriez pas dû.

— Je ferai tout ce qui est nécessaire pour vous protéger. Vous devriez partir maintenant. Le soleil est sur le point de se lever et ils vont le remarquer si vous n'êtes pas dans votre lit.

Il traversa la pièce en contournant le cadavre et ouvrit la porte.

— Reposez-vous, Princesse.

Péniblement, je retournai dans ma chambre. Je jetai ma chemise de nuit déchirée dans les braises fumantes du feu et l'attisai jusqu'à ce que les flammes deviennent suffisamment grandes pour consumer le tissu. Engourdie, je me dirigeai vers ma salle de bains et frottai chaque centimètre carré de ma peau jusqu'à ce qu'elle devienne rouge. Puis je frottai encore jusqu'à ce que la douleur m'aide à effacer le souvenir du contact d'Orion sur ma peau.

La tête en ébullition et la gorge douloureuse, je parvins à mettre une autre chemise de nuit avant de m'enfouir sous les couvertures. Mon esprit repassait en boucle l'horreur de ce que j'avais enduré. J'enfouis mon visage dans mon oreiller en tremblant et essayai de chasser les souvenirs. Ce ne fut que lorsque je m'autorisai à me souvenir de la façon dont Orion avait trouvé la mort que je ressentis enfin un peu de paix.

La colère de Ryvin aurait dû me terrifier, mais je savais qu'il ne me ferait jamais de mal. *Je ne laisserais jamais rien de mal vous arriver.* Ses mots résonnaient en boucle dans mon esprit. Sa voix profonde et rude caressait mon cerveau.

Que signifiait le fait que la personne que je croyais être mon ami m'aurait tuée et que l'homme que j'avais juré être mon ennemi était celui qui m'avait sauvé la vie ?

CHAPITRE 14

Je me réveillai avec un mal de tête et la gorge douloureuse. Mes doigts effleurèrent la peau tendre de mon cou et je laissai rapidement tomber ma main pour me redresser et m'asseoir.

J'avais failli mourir la nuit dernière.

Un vampire avait failli…

Je pressai mes paumes contre mes paupières en essayant de chasser ce souvenir de mon esprit. C'était trop d'envisager ce qui aurait pu se passer si Ryvin n'était pas entré dans la pièce.

Ryvin, l'ambassadeur de Konos. L'homme que je détestais. Il avait tué quelqu'un.

Pour moi.

Je baissai les mains et clignai des yeux afin de les laisser s'adapter à la lumière du soleil tandis que la réalité des derniers jours me frappait comme un marteau.

J'avais tué quelqu'un pour lui.

Depuis qu'il était arrivé, c'était comme si mon monde entier avait été bouleversé. Tout était différent. Je me sentais différente.

Ces dernières années, je connaissais mon chemin. Je rentrais dans le rang quand il le fallait et j'évitais les choses que je détestais. À présent, j'étais propulsée au premier plan du Choix et j'avais beau me battre contre cette idée, je faisais partie du problème.

Nous en faisions tous partie.

— Ara ? retentit la voix de Lagina alors qu'elle ouvrait la porte. T'es prête à recevoir de la visite ?

C'était la première fois qu'elle venait me rendre visite et je ne pouvais pas la laisser voir à quel point j'étais confuse et stressée.

— Ça va, entre.

Ma voix était éraillée et parler me faisait mal.

Si ce vampire n'était pas déjà mort, je réclamerais sa tête.

Je serrai les dents face à mes pensées sombres. D'où cela venait-il ? Je n'avais pas l'habitude d'être violente, mais c'était plus fort que moi. Cela me donnait l'impression d'être hors de contrôle.

Elle entra, puis s'arrêta à mon chevet, et ses yeux se posèrent instantanément sur mon cou.

— Tu n'es pas encore guérie. Mais je suppose que c'est normal. J'ai entendu dire que c'était très grave.

Peut-être que les bleus sur mon cou étaient une bénédiction si les autres blessures étaient trop cicatrisées pour être expliquées.

— Je suis vraiment désolée de ne pas être venue plus tôt.

Elle s'assit sur le bord de mon lit.

— Comment tu vas ?

— Je vais mieux. Je suis contente que tu sois passée. Comment ça va ?

Je n'étais dans cette chambre que depuis quelques jours, mais je me sentais déjà déconnectée de la réalité.

Ses sourcils se froncèrent brièvement, puis elle se lécha les lèvres. Ses doigts jouaient avec le bord d'un drap.

C'était le même geste qu'elle avait toujours fait lorsqu'elle avait une mauvaise nouvelle à annoncer.

— Gina, qu'est-ce qu'il y a ?

— C'est bon, t'es blessée, ne t'inquiète pas, dit-elle.

Je haussai les sourcils.

— Dis-moi. Je peux le supporter. Je ne suis pas morte.

Elle se mordilla la lèvre inférieure, ce que je ne l'avais pas vu faire depuis des années. C'était une habitude que la reine s'était efforcée de lui faire perdre lorsque nous étions petites.

Je tendis la main vers elle et la posai sur son genou.

— Dis-moi ce qu'il y a. Quoi que ce soit, je suis là pour toi.

— Les choses vont mal, Ara, admit-elle, incapable de cacher l'inquiétude qui se dégageait de son ton.

— Le Choix ?

— C'est la partie la plus facile. À part ton attaque, bien sûr.

Sa mâchoire se crispa et à cet instant, on aurait dit qu'elle avait vieilli de dix ans depuis notre dernière conversation. Elle grimaça.

— Désolée, je n'essaie pas de minimiser ce qui t'est arrivé.

— Je comprends ce que tu veux dire. Ne t'inquiète pas pour moi. Dis-moi ce qui se passe.

— Les dragons ont arrêté d'attaquer le mur.

— Quoi ? Pourquoi ?

Nous savions toutes les deux que ce n'était pas parce que nous avions gagné l'escarmouche qui durait depuis des siècles à notre frontière. Les dragons étaient immortels et forts. Sous leur forme humaine, ils pouvaient être tués comme des hommes, mais ils n'attaquaient pas notre mur sous leur forme humaine.

Ils utilisaient le feu et leur capacité à voler. Leurs écailles étaient comme la plus solide des armures, ce qui les rendait presque impossibles à tuer. Le plus souvent, nous devions les éloigner et les repousser jusqu'à leur prochaine tentative. Malgré nos efforts, nous n'avions jamais trouvé le moyen de les vaincre vraiment.

— C'est ce qu'on essaie de comprendre. Deux semaines de silence au mur. On est dans le noir, dit-elle.

Je me redressai et les oreillers derrière moi tombèrent comme une barrière des deux côtés, ce qui me rappela à quel point j'avais été choyée dans cette pièce.

— Envoie-moi. Je peux y aller. Ils veulent peut-être négocier. La présence d'un membre de la famille royale leur montrera qu'on est sérieux.

— C'est justement le problème. Tante Katerina a franchi le mur il y a une semaine. Personne n'a de nouvelles d'elle. On a reçu le message le soir de l'attaque. On n'avait aucune idée de ce qui se passait.

J'aspirai une bouffée d'air en pensant à ma tante entourée d'ennemis. Tante Katerina était ma source d'inspiration. Ses visites étaient rares, mais chacune d'entre elles avait eu un tel impact sur moi que j'avais décidé de lui ressembler.

Je revoyais ses cheveux bruns et ses yeux noisette lorsqu'elle faisait irruption dans la salle du petit-déjeuner avec des cadeaux pour mes sœurs et moi. Elle était l'une des rares personnes à me traiter de la même manière que mes sœurs. Je n'étais qu'une de ses nièces ; le fait que ma mère ne soit pas importante ne changeait rien.

Ses récits de batailles au mur étaient légendaires. Je me souvenais encore très bien de la première fois qu'elle m'avait montré son armure d'écailles de dragon. C'était la seule fois que je l'avais vue en vrai. Peu de soldats portaient cette armure emblématique. Cela signifiait qu'elle avait terrassé un dragon. Ce qui, malgré nos années de conflit, était rare. Seuls ceux qui avaient abattu un dragon eux-mêmes étaient autorisés à porter cette armure. Le surplus était rangé dans les coffres royaux pour être conservé en cas de guerre totale. On l'utilisait pour renforcer les parties les plus importantes des armures.

— Je suis désolée de ne pas être venue plus tôt. Je ne savais pas trop comment te le dire. Surtout après ce qui t'est arrivé. On essayait de gérer une attaque contre la délégation de Konos et le problème au mur. Ça fait beaucoup, Ara.

— Je sais. Comment est-ce que je peux aider ? Je peux faire quelque chose ?

Elle secoua la tête.

— Pas encore. Je voulais juste te le dire.

Elle se leva.

— Tu pars déjà ? demandai-je.

— Je suis désolée. C'est le festin du Choix ce soir.

— Vous maintenez toujours ça après ce qui m'est arrivé ? Après ce qui se passe au mur ? Il n'y a pas des problèmes plus importants ?

Le festin du Choix était un banquet organisé au palais pour tous les nobles et tous ceux que mon père jugeait assez importants pour se mêler à la délégation de Konos. Je savais qu'il s'agissait d'un événement populaire et des rumeurs disaient que si l'on y participait, les enfants n'auraient pas à subir le Choix. Je me demandais dans quelle mesure c'était vrai. Aucun d'entre nous ne connaissait les méthodes utilisées pour sélectionner ceux qui prendraient cet aller simple pour Konos.

— Papa dit qu'on ne peut pas annuler et montrer notre faiblesse à Konos. Ils s'attendent à ce qu'on célèbre ça comme si on n'avait pas été attaqués, dit-elle.

— Et si les dragons trouvaient un moyen d'attaquer ici ?

Ou si les gens qui m'ont blessée s'en prennent à toi ou à papa ? Et s'ils se faufilent parmi les invités ?

— Alors je suppose qu'on verra si tous les nouveaux gardes qu'on a embauchés peuvent faire leur travail correctement. Tu n'étais pas protégée là-bas. Papa a fait une erreur en n'envoyant aucun de nos gardes. Il ne la fera pas deux fois. On est prêts, Ara. Tout ira bien.

Je me renfrognai. Elle ne savait pas que certains de nos gardes faisaient partie de ceux qui m'avaient fait du mal. Je devais le dire à mon père. Il ne pouvait pas maintenir cet événement sans le savoir. Nous pourrions tous être en danger.

— Il n'est pas passé, tu sais.

— Je sais, dit-elle.

— Pourquoi ? demandai-je.

— Tu sais pourquoi.

Je le savais. Il ne venait jamais nous voir non plus lorsque nous étions malades dans notre enfance. Il pensait que venir nous voir et prier pour notre rétablissement nous condamnerait. Apparemment, il avait passé des jours au chevet de sa mère lorsqu'elle était tombée malade, alors qu'il n'était encore qu'un enfant. Lorsqu'elle était morte, il s'était juré de ne plus jamais implorer la vie d'une autre personne. Il pensait que ses prières l'avaient maudite. Aujourd'hui encore, chaque fois que l'une d'entre nous était blessée ou malade, il restait loin d'elle jusqu'à ce qu'elle soit guérie.

Je chassai cette pensée. Il était déchirant d'imaginer un enfant regarder sa propre mère mourir. Il avait dû se sentir si impuissant et si seul.

— Va le voir demain, suggéra Lagina. Je sais qu'il voudra te voir.

— Je ne vais pas rester ici ce soir avec la fête, la prévins-je.

— Si, insista-t-elle. Mythiuss a dit que tu devais te reposer.

La seule blessure que je pouvais sentir était la nouvelle ecchymose de la nuit dernière. Le pire était guéri. J'étais rétablie, mais je ne devrais pas l'être. Je savais que le temps passé dans ma chambre était plus destiné à me donner une couverture qu'autre chose.

— Je vais bien.

— T'as été poignardée.

Je fronçai les sourcils. Je ne pouvais pas discuter avec elle si je ne voulais pas qu'elle soit au courant pour la magie.

— Très bien, mais porte une arme sur toi ce soir, d'accord ?

Elle sourit, puis souleva sa robe pour montrer une dague attachée à son mollet.

— Ryvin m'a même montré comment m'en servir.

Mon expression s'assombrit.

— L'ambassadeur ?

— Qui de mieux ? répondit-elle en haussant les épaules. Je sais que David et toi étiez proches, mais il n'est pas là pour que je lui demande.

Ma poitrine se contracta. *David.* Chaque fois que je voyais son visage dans ma tête, j'avais l'impression de ne plus pouvoir respirer.

— Je suis désolée. Je n'aurais pas dû parler de lui.

L'expression de Lagina se fit compatissante.

Je déglutis difficilement, toujours aussi troublée par la façon dont les choses s'étaient terminées. Il m'avait trahie, mais je l'avais trahi encore plus. Il m'avait confiée à des gens qui me voulaient du mal, mais c'était moi qui avais mis fin à ses jours.

— Ce n'est pas grave. Il savait dans quoi il s'était engagé, dis-je en essayant de dissimuler ma réaction comme étant du simple chagrin pour sa mort.

Que penserait ma sœur de moi si elle savait ce que j'avais fait ?

— Il sera honoré après le Choix. Papa va organiser un festival en l'honneur de ceux qui t'ont défendue, expliqua-t-elle.

Je me crispai. Une fête en l'honneur d'un groupe de traîtres. Mais qu'est-ce qui serait pire ? Une traque publique pour trouver des conspirateurs et créer ainsi un climat de peur et de colère, ou une fête en l'honneur des hommes courageux qui avaient donné leur vie pour la couronne ? L'une sèmerait la méfiance et la peur, l'autre donnerait de l'espoir au peuple et montrerait un monarque puissant.

Je compris soudain la véritable raison pour laquelle Ryvin avait dit ce qu'il avait dit. Tout cela était politique. Les apparences.

Il avait conscience des problèmes que la vérité pourrait causer.

Ce qui m'amena à me demander jusqu'où cela pouvait aller.

Les autres croiraient-ils qu'ils nous avaient vraiment défendus et se sentiraient-ils trahis ? Ou s'enhardiraient-ils en sachant qu'ils s'en étaient tirés à bon compte ? Faire semblant que tout allait bien les empêchait-il d'agir de manière irréfléchie ? Ou étaient-ils sur le point de tous nous tuer ?

C'était pour cela que je détestais la politique. La vérité était rarement celle qui était présentée.

— Et les funérailles ? demandai-je, principalement parce que j'avais besoin de changer de sujet, mais aussi parce que je voulais savoir.

— Istvan dit qu'il doit s'agir d'un enterrement privé au temple. Quelque chose à propos des étoiles le jour de sa mort.

Sa bouche se tordit sur le côté en signe d'agacement.

J'essayai de ne pas laisser transparaître mon soulagement. Au moins, personne ne s'attendrait à ce que j'y assiste.

— Tu devrais te reposer, dit-elle. Je viendrai te voir plus tard.

Je sautai de mon lit dès qu'elle eut refermé la porte derrière elle. Il était hors de question que je reste dans cette chambre alors qu'un banquet se préparait.

Mes sœurs seraient toutes présentes, et même s'il y aurait des gardes, certains d'entre eux avaient fait partie du groupe qui m'avait attaquée. On ne pouvait pas leur faire confiance.

Mila entra dans la pièce et je m'arrêtai pour couvrir ma poitrine, car ma chemise de nuit était déjà jetée sur le sol. Je poussai un soupir de soulagement en voyant qu'il s'agissait de Mila. Je n'avais pas besoin que mes sœurs ou Mythiuss me disent de rester dans ma chambre.

— Vous êtes censée vous reposer, dit-elle en reportant son regard sur mes blessures.

— Je vais beaucoup mieux. La plaie n'était pas aussi grave qu'ils le pensaient.

— Je vous ai vue quand ils vous ont amenée ici. J'ai nettoyé le sang moi-même. Vous étiez pâle comme la mort et vous marmonniez de façon incohérente.

C'était une nouvelle information.

— Je suppose que je guéris vite.

Elle grogna, puis se dirigea vers mon armoire.

— J'imagine que vous avez besoin de quelque chose pour la fête de ce soir ?

— Oui, mais un pantalon et une tunique suffiront pour l'instant.

— Tout le monde s'attend à ce que vous vous reposiez, dit-elle sans me regarder.

— Je sais.

— Quoi que le guérisseur ait fait pour que vous soyez encore en vie, je lui en suis reconnaissante.

— Merci.

— Mais s'il vous plaît, promettez-moi d'être prudente ce soir. Je pense que quelque chose se prépare. Quelque chose d'énorme. Et j'ai le sentiment que vous êtes en plein dedans.

Cela me rappela l'avertissement d'Istvan.

— Qu'est-ce que t'as entendu ?

Elle secoua la tête.

— Des murmures. Des blessures étranges. Du personnel manquant. La peur générale. Personne ne peut en déterminer la raison, mais depuis l'arrivée de cette délégation, rien ne se passe comme prévu.

CHAPITRE 15

— Tu es vivante, déclara sèchement la reine Ophelia.

Mon père se leva et le serviteur derrière lui se démena pour reculer sa chaise à temps. J'ignorai le ton déçu de la voix d'Ophelia et m'amusai de son expression aigre tandis qu'elle regardait mon père se précipiter vers moi.

Il me prit dans ses bras et me serra si fort que j'en eus le souffle coupé. Il se dégagea rapidement pour me tenir à bout de bras.

— Je suis désolé. Je suis sûr que tu as encore mal. Je n'aurais pas dû te serrer dans mes bras.

— Je vais bien, lui assurai-je. Prête à quitter ma chambre.

Ses sourcils se froncèrent tandis qu'il m'inspectait. Son regard s'attarda sur les marques sur ma gorge. Plutôt que d'essayer de les cacher, je m'étais dit qu'elles seraient considérées comme des vestiges de mon attaque. C'était la seule blessure qui n'était pas guérie.

— Mythiuss était d'accord ?

— Il pensait que je devais rester au lit plus longtemps, admis-je. Mais de quoi ça aura l'air si je ne suis pas à la fête ce soir ? Ceux qui m'ont attaquée penseront qu'ils ont gagné. Qu'ils m'ont tuée, ou que j'ai peur.

Mon père sourit.

— Et tu continues à dire que tu n'as pas le cœur à faire de la politique.

Je sentis la tension monter dans la pièce sans même avoir à regarder la reine.

— Tu sais bien que tout ça ne m'intéresse pas du tout. Tu m'as demandé de prendre mes responsabilités, de faire ma part pour la famille, alors il faut que je sois là.

Mon père me tapota l'épaule, puis retira rapidement sa main.

— Je suis désolé. Je ne sais pas trop où tu es guérie. Mais je suis fier de toi. Si tu t'en sens capable, je pense que ça enverra un message très clair à nos ennemis.

— Vous avez des pistes sur le sujet ? Est-ce qu'il y a une possibilité que ce soit plus important que ça n'en avait l'air ? demandai-je.

— Rien pour l'instant, mais nos meilleurs hommes sont sur le coup.

— Il y a quelque chose que tu devrais savoir à propos de ce qui s'est passé.

Mon regard se dirigea vers Ophelia. Je n'avais pas vraiment envie de parler devant elle, mais je savais que c'était important.

— À propos des gens qui nous ont attaqués.

— Je ne veux pas que tu te préoccupes de tout ça pour l'instant, dit-il. Tu vas te surmener si tu revis tout ça maintenant.

— C'est très important, insistai-je.

— Plus tard. Mange. Reprends des forces.

Il me conduisit à un siège à la table et un serviteur posa rapidement une assiette devant moi et commença à me servir à manger. Les choses étaient moins formelles dans la salle du petit-déjeuner, et nous pouvions nous servir nous-mêmes.

Chaque fois que nous mangions ici, c'était une mise en scène, même s'il s'agissait d'un repas rapide.

Mon père s'assit et recommença à manger le poisson salé et les légumes dans son assiette. Ophelia jouait avec sa nourriture sans rien manger. C'était gênant d'être assise entre eux, mais je me forçai à manger ce qu'il y avait dans mon assiette pendant que mon père me posait des questions banales sur mes entraînements et le temps qu'il faisait.

Je n'avais qu'une envie : lui parler de David et des autres gardes, mais chaque fois que j'essayais de mentionner mon périple en ville, il changeait rapidement de sujet. Il fallut plusieurs tentatives pour que je comprenne qu'il m'empêchait peut-être de parler devant Ophelia. J'allais devoir le trouver plus tard pour lui faire part des informations que je voulais partager.

Je finis mon assiette et attendis avec impatience d'être congédiée. Mon père termina ses dernières bouchées, et je fus ravie qu'il décline l'offre d'en reprendre. Les plats furent débarrassés ; celui d'Ophelia n'avait pas été touché.

— Quels sont tes projets pour le reste de la journée, papa ? demandai-je en essayant d'être enjouée, mais en espérant qu'il se rendrait compte qu'il était temps de nous libérer de la table.

— Eh bien, Ophelia supervise le banquet de ce soir, alors je n'ai que mes réunions habituelles avec les conseillers cet après-midi. Rien de bien extraordinaire. J'imagine que tu as déjà des fourmis dans les jambes, dit-il avec un sourire complice.

Je me mis à rire.

— Je ne sais pas comment on peut rester assis dans une pièce aussi longtemps.

— Pas d'entraînement pour l'instant, m'avertit mon père.

Je veux que Mythiuss me dise en personne que tu es prête à te battre. Promis ?

— Je le promets.

— N'oublie pas que tu dois rencontrer mon oncle aujourd'hui, dit soudain Ophelia. Il voulait te parler avant le festin de ce soir.

— Bien sûr, répondit mon père.

— Ara, je suppose que tu auras besoin d'une robe pour ce soir, dit la reine en reportant son attention sur moi.

— Je suis sûre d'avoir quelque chose de convenable.

— C'est absurde.

Elle fit un geste de la main.

— Tes sœurs sont avec la couturière. Je n'ai pas commandé de robe pour toi, mais elle a peut-être apporté des options pour que tes sœurs puissent les essayer. Peut-être qu'une des robes qu'elles ne voudront pas t'ira.

— Merveilleuse idée, déclara mon père en se levant de sa chaise. Ara, j'ai hâte de vous voir dans vos atours ce soir, tes sœurs et toi.

— Je vais voir si la couturière a quelque chose qui me convienne, dis-je en me levant. Merci pour le déjeuner.

Mon père m'embrassa sur le dessus de la tête.

— Je suis content que tu t'en sois sortie.

Le regard noir que me lança Ophelia m'indiqua qu'elle ne partageait pas le sentiment.

Je trouvai mes sœurs en train de faire des essayages de dernière minute avec la couturière du palais, une femme à peine plus âgée que nous nommée Magda. Lagina était debout sur un tabouret. La couturière épinglait et marquait l'ourlet pendant que

Cora et Sophia attendaient leur tour. Les robes péplos qu'elles portaient étaient élégantes mais simples. Elles étaient fabriquées avec des tissus luxueux et des motifs traditionnels. L'élégance supplémentaire venait des bijoux ajoutés et des fibules stylisées utilisées pour épingler le tissu en place au niveau des épaules.

— Qu'est-ce que tu fais debout ? s'écria Sophia dès qu'elle m'aperçut.

Lagina se tourna vers moi, les lèvres pincées.

— T'étais censée te reposer plus longtemps.

— Arrêtez de bouger, Votre Altesse, dit Magda en donnant un petit coup sur le côté de Lagina avec amusement.

— Désolée.

Ma sœur se redressa et reprit sa position précédente.

— T'as l'air d'aller mieux, dit Cora.

— Je me sens bien.

— T'es quand même censée te reposer, s'énerva Lagina.

— Et vous laisser vous amuser toutes les trois ?

— T'as dit à notre mère que tu participais ? demanda Cora avec une pointe d'espièglerie dans le ton.

— Oh, je parie qu'elle est furieuse, dit Sophia.

— Elle n'était pas contente, acquiesçai-je. Qu'est-ce que j'ai raté ?

— Elle a invité plusieurs nobles fortunés à venir au palais pour nous accompagner à la fête, expliqua Sophia.

— Toute distraction de ta part est la bienvenue, ajouta Cora.

— Arrête, dit Lagina. Tu sais à quel point cette soirée est importante. Avec l'attaque contre Ara, on a besoin de tout le soutien possible.

— Et comment on sait qu'ils n'étaient pas impliqués ? demandai-je.

— Ne sois pas ridicule, dit Lagina.

— C'est fini pour vous, ma chère. Descendez, dit Magda.

Lagina rassembla ses jupons, puis descendit du tabouret. Le tissu vert d'eau rendait ses longs cheveux dorés et ses yeux bleus encore plus saisissants. Elle était de loin la plus belle d'entre nous quatre et je ne comprenais pas du tout comment elle pouvait être célibataire. Surtout avec la position dont elle allait hériter. Mais je supposais que cela rendait le défi encore plus grand. Il y avait eu des offres, mais elle ne divulguait pas les détails.

Cela me rendait triste de penser à tout ce qu'elle m'avait caché au cours des dernières années. Je n'avais pas pris le temps d'y penser. Nous avions chacune des chemins différents. Elle serait reine, et je ne serais rien de plus qu'une soldate.

Cora monta sur le tabouret. Sa robe jaune soleil était à l'image de sa personnalité énergique.

— Mais je ne suis pas sûre que les autres hommes aient la moindre chance de t'approcher, Ara. Pas si l'ambassadeur est aussi protecteur envers toi qu'il l'était quand t'étais blessée.

— De quoi tu parles ? demandai-je, sur la défensive.

Certes, après les événements de la nuit dernière, j'avais eu une démonstration trop explicite de ce qu'il ferait pour me protéger. Mais c'était un cas extrême, et j'essayais de ne pas trop y penser. Ma peau se mit à frissonner lorsque je me rappelai la sensation des mains d'Orion sur moi, et je dus résister à l'envie de porter la main à mon cou.

— Il a attendu devant ta chambre les deux premiers jours, dit Sophia à voix basse. Je ne pense même pas qu'il ait mangé ou dormi.

— Tu veux dire que ses hommes ont attendu, la corrigeai-je.

— Non, c'était lui. Il a dit qu'il ne faisait confiance à

personne d'autre pour veiller sur toi pendant que tu guérissais, expliqua Cora.

— Je ne le savais pas, dit Lagina. Il n'était pas là quand je lui ai rendu visite.

— Il est parti après qu'elle se soit réveillée, expliqua Sophia.

— T'as dû faire une sacrée impression, dit Lagina.

— Je suis sûre que c'était de la culpabilité parce qu'il a failli me faire tuer pendant notre petite sortie, répondis-je.

Magda fit un bruit étrange et je regardai la couturière. Elle nous confectionnait des vêtements depuis que j'étais enfant. Elle était d'abord venue avec sa mère, encore enfant elle-même, puis elle avait repris l'entreprise familiale à peu près au moment où Lagina avait commencé à s'entraîner pour devenir reine.

— Vous avez entendu quelque chose.

Je m'approchai de Magda.

— Qu'est-ce que vous avez entendu ?

— Rien, dit-elle d'une voix étouffée par les épingles qu'elle tenait aux lèvres.

Elle regarda fixement la robe et ajouta une épingle à l'ourlet.

— Magda, insistai-je. Qu'est-ce que vous avez entendu ?

Elle soupira, puis laissa tomber le tissu avant de retirer les épingles de sa bouche.

— Je ne veux pas parler à tort et à travers.

— S'il vous plaît, l'exhortai-je. Dites-moi. Quoi que ce soit.

— Il y a des rumeurs. Je ne les crois pas, dit-elle.

— Quelles rumeurs ? demanda Lagina.

— Elles disent que vous étiez à l'Opale avec lui, celui qui choisit les tributs, déclara-t-elle.

— J'y étais, admis-je.

Cela n'allait jamais rester secret, même s'il ne choisissait pas parmi les gens qu'il avait vu là-bas ce jour-là.

— Il y a toujours des rumeurs qui circulent sur nous, déclara Lagina. Ce n'est pas nouveau.

Elle s'éclipsa derrière un paravent pour se changer et mettre ainsi un terme à la conversation.

Magda retourna à la robe de Cora et épingla les derniers endroits, mais elle bougeait avec raideur ; la tension était évidente. Même sans réaction physique, je pouvais pratiquement sentir son malaise. Il y avait plus dans cette histoire, mais elle n'était pas prête à nous le dire.

— C'est terminé pour vous toutes, annonça Magda. Les robes seront prêtes dans une heure.

Je remarquai que Sophia s'était déjà changée. Sa nouvelle robe était soigneusement posée sur une table. Lagina sortit de derrière le paravent avec le tissu drapé sur ses bras.

— Merci, Magda. Elles sont magnifiques, comme toujours.

Elle posa sa robe sur celle de Sophia.

— Elles le sont vraiment, ajouta Sophia.

— Merci, mesdames.

Elle se tourna vers moi avec un paquet de tissu sombre dans les bras.

— J'ai fait ça pour vous, juste au cas où. Et si vous l'essayiez pour voir si ça vous va ?

J'acceptai le péplos, puis passai derrière le paravent pour me changer.

— Les filles ?

La voix de la reine Ophelia porta dans la pièce et je grimaçai. Je n'étais pas d'humeur à avoir une autre interaction avec elle si vite.

— J'ai besoin que vous commenciez à vous préparer. Les nobles seront là dans quelques heures. Magda demandera à vos servantes d'apporter vos robes, n'est-ce pas Magda ?

— Bien sûr, Votre Altesse.

Je restai figée sur place pour ne pas attirer l'attention sur moi. Une fois que j'entendis les bruits de pas s'estomper, je commençai à enlever mes vêtements pour essayer la robe.

Mon regard se posa sur les nouvelles blessures. Elles laisseraient des cicatrices qui seraient un rappel permanent de ce que j'avais vécu. Le fait que je devrais être morte.

Désireuse de couvrir les vilaines marques, je passai le péplos par-dessus ma tête. Le tissu doux m'enveloppait et pendait librement autour de ma taille et de mes hanches. La couleur était d'un bleu nuit profond. Un bleu si intense qu'il était presque noir. Comme le ciel avant l'aube. Ou la mer depuis ma fenêtre la nuit. Cela me rappelait la robe noire que j'avais portée le soir où j'avais rencontré Ryvin et les couleurs sombres qu'il portait toujours.

— Je ne suis pas sûre que ce soit la meilleure couleur, dis-je en sortant de derrière le paravent.

— C'est la bonne couleur. Provocante, mais pas au point que la reine puisse faire des commentaires à ce sujet. J'ai entendu parler de ce que vous portiez l'autre soir. Je sais que la plupart d'entre nous ne peuvent rien faire pour le Choix, mais au moins, vous ne faites pas semblant d'aimer ça.

— C'est ce que les gens disent ?

C'était vrai, mais je n'étais pas sûre de ce que diraient les commères. Surtout après ma sortie avec la délégation de Konos à l'Opale Noire. Je ne savais pas trop ce que les gens savaient à propos de l'attaque. Ou du rôle que j'avais joué. Les seuls témoins, pour autant que je sache, étaient les membres de la délégation eux-mêmes. Il devait y avoir d'autres personnes qui avaient tout vu. Des passants attirés par les bruits d'une bagarre.

— Ne vous inquiétez pas de ce qu'ils disent, dit-elle. Ceux d'entre nous qui vous connaissent voient votre cœur. Et on est reconnaissants que vous ayez survécu. Parfois, c'est tout ce qu'il nous est possible de faire. Le simple fait de vivre pour voir un autre jour doit être suffisant.

— Je n'aurais pas dû, admis-je. Je n'aurais pas dû survivre, je veux dire. Je devrais être morte.

— Je sais.

Je me demandai ce qu'elle savait. Ou ce qu'elle soupçonnait. Je savais que les servantes et les domestiques entendaient tout, et je savais qu'ils partageaient souvent les ragots avec les autres. Magda faisait-elle partie de ce réseau ?

Elle se mit rapidement au travail et épingla la robe à quelques endroits pour la resserrer autour de ma taille afin d'accentuer ma silhouette. Parfois, je préférais les robes plus amples, mais mes sœurs avaient porté des robes similaires, alors je laissais Magda choisir ce qu'elle pensait être le mieux.

Finalement, elle retira les épingles supplémentaires de ses lèvres, puis hocha la tête.

— C'est bon. Retirez-la avec précaution pour ne pas vous piquer.

Je retournai derrière le paravent et me changeai rapidement. Magda attendait les bras tendus pour récupérer la robe lorsque je sortis.

— Merci, dis-je. Je sais que c'était à la dernière minute.

Elle haussa les épaules.

— C'est un bon entraînement pour mes nouvelles assistantes. Je forme trois filles du village. Elles se débrouillent bien jusqu'à présent.

— C'est merveilleux. Je suis contente que vous vous fassiez aider.

Elle n'était pas seulement au service du palais. Les compétences de Magda étaient demandées par tous ceux qui pouvaient payer. Cela faisait plaisir de savoir qu'elle pouvait se développer pour prendre plus de clients.

— Vous savez, je me suis toujours demandé pourquoi vous évitiez si souvent ces événements, dit-elle en ramassant le paquet de robes.

— Vous savez pourquoi, répondis-je.

— Peut-être.

Je n'avais pas envie d'expliquer à quel point cela m'avait gênée lorsque j'étais enfant d'assister à des événements aux côtés de mes sœurs. Elles étaient traitées si différemment de moi par les visiteurs. Je n'avais que trop conscience de l'impact que mon statut de bâtarde avait sur ma position.

Au fur et à mesure que j'avais grandi, cela m'avait moins dérangée. Je ne voulais pas régner, mais je ne voulais pas non plus assister à des événements remplis de gens qui m'avaient dévisagée lorsque j'étais petite. Maintenant que j'étais plus âgée, certaines de ces personnes voulaient me confier leurs fils dans l'espoir que je les épouse. Mon père m'acceptait, et ils se disaient que s'ils ne pouvaient pas avoir mes sœurs, j'étais un bon lot de consolation. Toute cette histoire me rendait malade.

— Vous devriez savoir ce qu'ils disent avant d'y aller, dit Magda.

— À propos de l'Opale ?

Elle hocha la tête, puis baissa la voix.

— Ils disent que vous étiez seuls tous les deux dans les bassins.

Je savais que cela n'allait pas rester un secret. Mes joues se mirent à chauffer. C'était vrai, mais je n'aimais pas ce que son ton insinuait.

— Je n'ai pas couché avec lui.

— Je vous crois, soupira-t-elle. J'étais au courant pour vous et David.

Ma gorge se serra et je déglutis difficilement. Penser à David était tellement douloureux et compliqué.

— Mais il faut que vous sachiez que beaucoup pensent que vous l'avez fait.

Elle se dirigea vers l'endroit où se trouvaient les autres robes et posa la mienne sur la table à côté des autres.

— Donc c'est pour ça que vous avez choisi cette couleur pour moi, dis-je.

Elle sourit.

— Montrez-leur que vous n'êtes pas d'accord. Les gens vous croiront.

— Merci de me l'avoir dit.

— Je vous ferai parvenir les robes sous peu, dit-elle d'une voix suffisamment forte pour qu'elle porte hors de la pièce.

Je savais qu'elle anticipait le fait que nous ayons de la compagnie, alors je pris cela comme un avertissement pour partir.

En effet, deux des gardes de mon père se tenaient dans le couloir, comme s'ils m'attendaient. Je m'arrêtai devant eux.

— On vous a envoyés me chercher ?

Le garde le plus proche de moi, un homme brun plus âgé nommé Argus, acquiesça.

— On nous a chargés de vous accompagner jusqu'à votre chambre.

Mes sourcils se froncèrent.

— Qu'est-ce qui s'est passé ?

— Il y a eu un incident.

— Quel genre d'incident ?

Je me crispai. Il y avait quelque chose de très, très bizarre.

— On nous a demandé de ne pas en parler avec vous, Votre Altesse.

Je regardai le deuxième garde. Je l'avais vu dans le coin, mais je ne connaissais pas son nom.

— Vous savez quelque chose à ce sujet ?

— On ne peut pas en parler, répondit-il.

Je levai les yeux au ciel, puis passai devant eux. S'il se passait quelque chose, j'allais découvrir ce que c'était.

— Vous devez aller dans votre chambre, lança Argus.

Je l'ignorai et continuai mon chemin jusqu'à la salle à manger où j'avais vu mon père pour la dernière fois. Un groupe de gardes était rassemblé devant l'entrée et je me mis à courir, le cœur battant la chamade. Et s'il était arrivé quelque chose à mon père ? Ou à mes sœurs ?

— Revenez ! cria Argus tandis que le bruit de ses bottes frappait le sol en marbre derrière moi.

J'accélérai le rythme et passai devant les gardes ahuris jusqu'à ce que je sois à l'intérieur de la salle à manger. Haletante et essoufflée, je m'arrêtai net, les yeux écarquillés par le spectacle. La table avait été débarrassée de sa nourriture, mais sur elle reposait une servante, la tête détournée de moi. Du sang s'écoulait de la table et formait une grande flaque sur le sol.

— Votre Altesse, vous ne devriez pas être ici, dit Argus d'une voix douce en posant délicatement sa main sur mon épaule. S'il vous plaît, venez avec nous dans votre chambre.

— Qu'est-ce qui s'est passé ?

Je devinais que l'incident était récent, car elle perdait encore du sang.

— Mon père ?

Je me retournai pour faire face à Argus tandis que de la peur me comprimait la poitrine.

— Il va bien. La reine et lui n'étaient pas là quand c'est arrivé. Ils avaient déjà terminé leur repas. Personne ne sait pourquoi elle était là.

Je me détournai de lui, puis m'approchai en évitant le sang. Je marchai à pas prudents jusqu'à l'autre côté de la table. Mes épaules s'affaissèrent d'incrédulité et j'eus l'impression que mon cœur tombait au creux de mon estomac.

— Mila, murmurai-je en recouvrant mon cœur de ma main alors que la réalité de cette situation s'écrasait sur moi.

Ma servante, Mila. La femme qui m'avait aidée à tout faire au cours des deux dernières années. Ses yeux étaient ouverts, vitreux et sans vie ; son expression était figée par la peur.

— Qui a fait ça ?

— On ne sait pas, déclara Argus.

— Votre Altesse, appela une autre voix.

Je levai les yeux pour voir Belan.

— Vous ne devriez pas être ici, dit-il.

Le visage du jeune garde était pâle alors qu'il faisait quelques pas vers moi.

— S'il vous plaît, partez.

— Retournez à votre poste, claqua une autre voix.

Belan recula à contrecœur jusqu'à l'endroit où il était auparavant posté à côté de la porte. Je n'avais même pas remarqué qu'il était là quand j'étais entrée.

Je m'approchai de Mila, écartai une mèche de ses cheveux bruns de son front, puis fermai ses yeux.

— Repose en paix, chère amie.

— Princesse, dit Argus d'une voix suppliante. S'il vous plaît. Si votre père apprend que je vous ai laissée voir ça…

Je hochai la tête avant de jeter un dernier coup d'œil à mon amie. Quelque chose attira mon regard à travers ma vision floue, et je remarquai quelque chose de bizarre.

Je repoussai délicatement ses cheveux de son cou.

Deux petites marques rondes étaient recouvertes de sang.

Des marques de morsure.

Je serrai les poings et la mâchoire. Des larmes me piquaient encore les yeux, mais de la rage remplaçait maintenant mon chagrin.

Quelqu'un avait tué mon amie. Et il semblait bien que ce n'était pas un humain qui l'avait fait.

CHAPITRE 16

— **P**rincesse, attendez ! cria Argus après moi.

Mais je l'ignorai et m'élançai dans le couloir en direction de l'aile des invités.

Je contournai des servantes ahuries, mais ne ralentis pas. Je savais que la seule raison pour laquelle je n'étais pas à terre était que les gardes n'avaient pas le droit de porter la main sur un membre de la famille royale. Tant que je continuais à avancer, je pouvais atteindre ma destination.

Des gardes vêtus de noir apparurent. Ceux-ci dégainèrent leurs armes et formèrent une ligne pour m'empêcher de passer. Je m'arrêtai en dérapant ; mes sandales me firent glisser sur le sol en marbre poli.

Respirant bruyamment et le cœur endolori par le chagrin, je fixai les hommes qui me barraient la route.

— Bougez.

— Votre Altesse, je dois vous escorter jusqu'à votre chambre, dit Argus entre deux respirations haletantes.

— Je veux voir l'ambassadeur.

Je me rapprochai des gardes de Konos, le menton haut, en les mettant au défi d'utiliser leurs armes contre moi.

— Laissez-moi passer.

— J'ai bien peur que l'ambassadeur ne soit occupé, dit

l'un des gardes. Mais on lui transmettra un message pour vous.

— Vous allez me laisser passer.

Les mots sortirent à travers mes dents serrées. Mes poings étaient également serrés. J'appréciais cette colère qui m'envahissait. C'était mieux que de ressentir la douleur de la perte de Mila.

— On peut revenir plus tard, déclara Argus. Votre père insiste pour que vous attendiez dans votre chambre jusqu'à ce qu'il juge que le danger est écarté.

Il baissa la voix.

— Vous ne devriez pas être ici. Pas avec *eux*.

Mon regard se porta sur le garde le plus âgé et je remarquai la réelle inquiétude qui se dégageait de son expression. Il était visiblement mal à l'aise en présence des gardes de Konos.

C'était lui le plus intelligent.

Je devrais être préoccupée. Je devrais m'inquiéter du fait qu'ils aient pointé leurs armes sur un membre de la famille royale.

Mais j'étais trop en colère.

Trop peinée.

Trop blessée.

Mila m'avait été enlevée, et je savais que quelqu'un de Konos était impliqué. L'ambassadeur devait répondre de ce crime et je refusais d'attendre et de permettre à mon père de l'ignorer au nom de la paix.

Je déglutis difficilement en réalisant cela. C'était la vérité, la raison pour laquelle j'étais ici. Je savais au fond de mon cœur que rien ne serait fait pour la mort de Mila. Elle n'était qu'une servante. Elle n'avait aucun statut. Personne ne la pleurerait. Elle n'aurait pas de funérailles par le grand prêtre.

David était mort en traître et recevrait plus de reconnaissance et d'honneur dans sa mort que Mila.

Je ne pouvais pas permettre cela.

— S'il vous plaît, Princesse, plaida Argus.

Je hochai la tête et laissai mes épaules s'affaisser comme si j'avais cédé. Je me détournai lentement des gardes en poussant un soupir exagéré. Le bruissement de tissu et le mouvement de pieds m'indiquèrent qu'ils rangeaient leurs armes et se mettaient en retrait. J'avançai d'un pas prudent.

— Ouvrez la voie, Argus.

Il laissa échapper à son tour un soupir de soulagement et se détourna de moi pour me ramener dans ma chambre.

Je tournai rapidement sur mes sandales glissantes et m'élançai à travers le barrage. Les gardes crièrent après moi et j'entendis des grognements et des vociférations, mais je ne me retournai pas. Lorsque j'atteignis la porte de l'ambassadeur, je frappai dessus aussi fort que possible.

— Sortez de là, espèce de lâche !

Quelqu'un m'attrapa le haut du bras, et un autre bras vint se placer autour de ma gorge. Je haletai lorsque je fus attirée contre un torse ferme, dans la poigne solide d'un garde de Konos.

— Je vous ai dit de partir.

— Lâchez-la. Le roi en entendra parler ! cria Argus.

Je jetai un coup d'œil pour voir qu'il était retenu par deux gardes de Konos. Un troisième avait dégainé son arme et pointait son épée sur sa gorge.

— Vous allez quitter notre aile. C'est notre espace, et on peut y faire ce qu'on veut selon le traité, siffla mon ravisseur.

— Elle est membre de la famille royale. Vous allez retirer vos mains d'elle, rétorqua Argus.

— Son rang n'a aucun statut ici, dit le garde.

— Qu'est-ce qui se passe ici ?

Une voix calme et mortelle emplit le couloir et me fit frissonner.

Le garde qui me tenait se crispa, mais personne ne parla. Je fus traînée pour faire face au nouvel arrivant, mais je savais déjà qui nous avait rejoints.

Cependant, je ne m'attendais pas à ce qu'il ne soit pas habillé.

Mes joues rougirent et mon regard s'abaissa pour confirmer qu'il était bel et bien complètement nu. Il avait les cheveux ébouriffés et un léger voile de sueur faisait briller son torse nu et ses épaules. Il ne ressemblait plus au prince ténébreux que j'avais cru voir en lui. Non, il ressemblait maintenant à un dieu.

Mes genoux se dérobèrent, mais heureusement, le garde qui me tenait me maintint debout.

— Enlevez vos mains d'elle. Tout de suite.

Son ton était dur et dégoulinant d'autorité. De la peur me parcourut l'échine.

Le garde me relâcha, et je fixai Ryvin tandis que mon cœur tonnait contre mes côtes.

Son regard rencontra le mien et quelque chose sembla se briser entre nous, comme une corde qui me retenait en place, figée dans son regard.

Je ne l'avais jamais vu comme ça, rayonnant de puissance et d'autorité. Cela semblait couler de lui sans effort. Il n'avait pas besoin d'un uniforme ou d'une arme, il était la puissance incarnée. Je savais instinctivement que c'était ce qu'il était. Dangereux. Brut. Magnifique.

Comme une créature qui vous attire, puis vous arrache la tête comme un bouton de fleur. Il me rappelait les sirènes dont on nous avait dit de nous méfier. Si dangereuses que nous ne pouvions même pas nager dans la mer. Elles vous attiraient par leur beauté et leur chant, puis dévoraient votre chair alors que vous étiez encore en train de crier.

Je savais que Ryvin était dangereux. Je l'avais vu de mes propres yeux. Je l'avais vu mettre fin à la vie d'un vampire, une créature bien plus puissante que moi. Mes entrailles se mirent à vaciller et je réalisai que j'avais fait une erreur en venant ici.

Pour la première fois depuis notre rencontre, j'avais peur de Ryvin.

— Ambassadeur, pardonnez-nous, dit Argus en rompant enfin le silence. Elle est désemparée. Elle vient de perdre un être cher.

Les sourcils de Ryvin se froncèrent légèrement.

Il n'en savait rien.

— Relâchez le garde, dit Ryvin. Ce ne sont pas nos ennemis.

Les gardes qui retenaient Argus reculèrent et rengainèrent leurs épées avant de se mettre au garde-à-vous face à leur chef.

— Retournez à vos postes, dit Ryvin.

Un mouvement attira mon attention et je jetai un coup d'œil vers la porte ouverte de l'ambassadeur. Une femme remplissait l'encadrement avec un drap enroulé autour de son torse, les épaules dénudées, et de longs cheveux auburn qui tombaient jusqu'à sa taille.

— Tout va bien ?

J'avais l'impression que ma poitrine était en feu. Qui était cette femme ? Et que faisait-elle dans la chambre de l'ambassadeur ?

— Retourne à l'intérieur, dit Ryvin d'un ton qui n'avait jamais été aussi doux.

— Je comprends pourquoi vos gardes voulaient à tout prix nous empêcher de vous interrompre, fulminai-je.

Il était dans sa chambre en train de baiser quelqu'un pendant qu'un de ses hommes ôtait la vie à mon amie.

— Mila serait peut-être encore en vie si vous aviez fait votre travail.

— Qui est Mila ? demanda-t-il.

Je baissai à nouveau les yeux et soufflai de frustration en me forçant à me concentrer sur son visage.

— Vous ne pouvez pas au moins vous habiller ?

Un peignoir vola depuis la porte ouverte et ma mâchoire se crispa en sachant que c'était la fille à l'intérieur qui le lui avait jeté. Elle était vraiment à l'aise avec lui si elle pensait qu'elle pouvait simplement lui lancer un peignoir.

Ryvin enfila le peignoir et se rapprocha de moi.

— Qu'est-ce qui s'est passé, Ara ?

— Ma servante est morte. Elle avait des perforations au cou et gisait dans une flaque de son propre sang.

Je laissai les mots pénétrer tandis que l'accusation restait suspendue dans l'air entre nous.

L'expression de Ryvin s'assombrit et sa mâchoire se crispa, ce qui fit gonfler une veine sur sa tempe.

— Je sais que la vie humaine ne signifie rien pour vous, mais Mila n'était pas seulement ma servante, c'était mon amie, dis-je. Elle n'était même pas éligible. Et vous lui avez déjà pris sa sœur. Mais ce n'était pas suffisant, n'est-ce pas ? Venir ici, nous faire peur et prendre des gens au hasard ne vous suffit pas. Vous détruisez des vies, des familles, des avenirs entiers, juste pour nourrir les monstres de votre île. On n'est rien de plus que des agneaux qui attendent d'être abattus pour vous. Je le sais bien. Mais vous auriez pu au moins attendre d'être partis. Laissez-nous au moins l'illusion de vos fausses promesses de sécurité pour notre peuple.

Mes joues étaient mouillées et je savais que j'avais l'air hystérique, mais c'était trop. Tout cela était trop. Depuis l'arrivée de la délégation, j'avais perdu David et Mila. Sans Konos, ils seraient tous les deux encore là.

— Mes hommes ne l'ont pas tuée, dit Ryvin. Je vous le promets. Ils ne sont pas stupides.

— Comme Orion n'était pas stupide ? dis-je en secouant la tête. Vous n'êtes rien d'autre qu'une bande de meurtriers et de menteurs. Dépêchez-vous de choisir vos agneaux et laissez-nous tranquilles.

Je tournai les talons et m'éloignai. Les gardes s'écartèrent rapidement pour me laisser passer.

— Ara, ne partez pas, lança Ryvin.

Je me figeai, mais ne me retournai pas.

— Une femme nue attend dans votre chambre.

— Elle ne représente rien, dit-il.

Je me retournai.

— Pourquoi est-ce que je me soucierais de ce qu'elle représente pour vous ?

Mais je m'en souciais. Alors même que je prononçais ces mots, une douleur différente de celle que je ressentais pour Mila emplit ma poitrine.

Je m'en souciais.

Et je détestais cela.

Mais rien de tout cela n'avait d'importance. Peu importait que j'aie ressenti quelque chose d'inapproprié pour l'ambassadeur. Ce n'était pas réel. Et c'était mal. C'était une réaction étrange au fait d'avoir partagé une expérience de mort imminente avec lui. Ou alors c'était parce qu'il était inhumainement beau.

Avec l'accent mis sur le mot « inhumainement ».

C'était un monstre, et je ne voulais rien avoir à faire avec lui.

Il devrait baiser l'autre femme. Il devrait baiser autant de femmes qu'il le souhaitait.

Tant qu'il ne s'approchait pas de moi.

— Je vous jure que mes hommes ne feraient jamais une chose pareille, affirma Ryvin, comme s'il cherchait mon approbation.

Il n'allait pas l'obtenir.

— Gardez vos hommes dans le rang ou je trouverai un moyen de le faire moi-même.

Nous savions tous les deux que je ne faisais pas le poids face aux hommes de Konos, mais j'étais furieuse. Et je savais que s'il le fallait, je ferais tout ce qui était en mon pouvoir pour les combattre. J'aimais mon peuple, et je lui avais déjà fait assez de mal pour protéger cette délégation. Pour protéger et faire respecter un traité que je n'avais pas signé.

— Ne m'adressez plus la parole, le prévins-je.

Ce que mon père me demandait n'avait pas d'importance. Avec la disparition de Katerina et le fait que les dragons aient interrompu leur attaque, je savais qu'il était peu probable qu'il accepte de me laisser servir au mur dans un avenir proche. Tous mes projets étaient en suspens et je ne pouvais m'empêcher de blâmer Konos pour tout. Rien n'allait plus depuis leur arrivée.

— J'aimerais retourner dans ma chambre, dis-je en faisant face à Argus.

Il hocha la tête.

— Bien sûr, Princesse.

Une fois arrivée à ma chambre, je laissai Argus m'ouvrir la porte. J'entrai, et le garde me suivit avant de refermer la porte derrière lui.

Mes sourcils se levèrent.

— Je peux vous aider en quoi que ce soit ?

— Je voulais que vous sachiez que je me trompais à votre sujet, dit-il.

— Comment ça ?

— Je peux parler librement ? demanda-t-il.

J'opinai de la tête.

— Je vous ai vue vous entraîner avec d'autres gardes, et j'ai cru que c'était une blague. Une princesse gâtée qui s'ennuyait, admit-il.

Ma bouche se retroussa sur le côté. Je n'étais pas surprise. Beaucoup de gardes ne voulaient pas s'entraîner avec moi et je n'étais pas autorisée à participer aux séances d'entraînement proprement dites.

— Mais vous le pensez vraiment, n'est-ce pas ?

— Je pense quoi ? demandai-je un peu plus fort que je ne le voulais.

— Que vous défendriez votre peuple. Menacer l'ambassadeur était soit incroyablement courageux, soit incroyablement stupide.

— Lequel des deux pensez-vous que c'était ?

— Probablement les deux. Mais je veux que vous sachiez que je vais parler aux autres gardes. Vous êtes la bienvenue à nos entraînements à tout moment. Et si l'un d'entre eux vous donne du fil à retordre, il pourra m'en parler.

J'aspirai une bouffée d'air et laissai ma poitrine se gonfler. Ses paroles me donnaient de l'espoir.

— Merci.

Il hocha la tête, puis ouvrit la porte.

— À bientôt, Princesse.

CHAPITRE 17

— **M**ila ?

J'appelai son nom sans réfléchir en entrant dans ma salle de bains, puis grimaçai lorsque la réalité me revint soudainement. Elle était partie, et elle ne reviendrait jamais. Je n'avais pas l'impression que c'était réel. Je m'attendais presque à ce qu'elle entre dans ma chambre.

Mais elle n'entrerait plus jamais dans ma chambre. Ma gorge me brûlait et j'avais les larmes aux yeux. J'étais tellement en colère lorsque j'étais allée à la chambre de Ryvin que je ne m'étais pas laissée aller à la douleur de sa perte. D'abord David, maintenant Mila. Je m'effondrai sur le sol et serrai mes genoux contre ma poitrine. C'en était trop. Tout cela était la faute de cette stupide délégation. Ryvin et ses hommes avaient causé tout cela. Mila ne reverrait jamais sa mère. David ne pourrait pas assister au mariage de ses sœurs. Leurs vies avaient été injustement interrompues, et j'avais l'impression que c'était de ma faute.

J'étais autant liée à tout cela que Konos. J'avais tué David. Et Mila était ma servante. Que faisait-elle dans la salle à manger ? Était-elle partie à ma recherche ? Avait-elle surpris quelque chose qu'elle n'aurait pas dû ?

Sans moi, elle serait toujours là. Je le savais au fond de moi.

Des larmes coulèrent sur mes joues et mes épaules tremblèrent tandis que des sanglots silencieux secouaient mon corps. Mon cœur me faisait tellement mal que je crus qu'il allait exploser dans ma poitrine. Comment pouvais-je continuer à faire comme si rien n'avait changé ?

Je laissai les larmes couler. Je me laissai aller à l'angoisse, à la douleur et au chagrin. On nous avait appris à garder notre sang-froid à tout moment, à ne jamais laisser nos émotions prendre le dessus. Mais je ne pouvais plus me retenir. C'étaient mes amis. Ou ce qui se rapprochait le plus d'amis. Je regrettais de m'être renfermée sur moi-même avec Mila et David. J'avais tellement peur de ressentir ce genre de douleur quand je partirais que je n'avais jamais voulu cette connexion. Maintenant, c'étaient eux qui m'avaient quittée et j'avais l'impression d'être passée à côté de tant de choses. Je ne connaissais même pas leurs familles. Je ne savais pas où ils vivaient ni de quoi ils avaient besoin. Ils m'avaient tant donné, mais je les avais tenus à l'écart. Et maintenant, ils n'étaient plus là.

Les larmes coulèrent jusqu'à ce qu'il n'en reste plus. Ma tête me lançait et mon corps me faisait souffrir. Il devait y avoir quelque chose que je pouvais faire pour honorer leur mort.

Je reniflai, essuyai mes yeux et ravalai la boule que j'avais dans la gorge. Je ne voulais plus participer à tout cela. Après quelques respirations hésitantes, je retrouvai mon calme. Mila méritait mieux. Même David méritait mieux. Certes, il m'avait trahie, mais il était prêt à faire quelque chose pour remédier à la situation des tributs. Qu'est-ce que j'avais fait ?

Après m'être passé de l'eau froide sur le visage, la plupart des traces de mes pleurs avaient disparu. Mon père ne se laissait pas influencer par les émotions. Il n'écoutait que la raison. Il était temps de lui dire ce qui s'était réellement passé lorsque j'avais été attaquée.

Les sœurs et la mère de David perdraient les allocations de survivant, et je détestais cela, mais l'enjeu était trop important. Il y avait probablement d'autres gardes impliqués et il ne faudrait pas longtemps pour que la nouvelle se répande à propos de Mila. S'ils soupçonnaient Konos d'être impliqué, il y avait de fortes chances qu'ils s'en prennent à nouveau à eux. Et cette fois, ils n'attendraient peut-être pas qu'ils quittent le palais.

Et s'ils attaquaient alors qu'une de mes sœurs se trouvait sur le chemin ? Ils n'avaient eu aucun problème à me sacrifier. Je ne pouvais pas laisser mourir quelqu'un d'autre à qui je tenais.

Argus et un autre garde étaient postés devant ma porte. Je fronçai les sourcils en les regardant, mais rectifiai rapidement mon expression.

— Restez à votre poste. Je ne serai pas absente longtemps.

Argus hocha la tête ; nous étions tous les deux parvenus à une sorte d'étrange accord. L'autre garde était jeune, probablement plus jeune que moi. Ses yeux passèrent plusieurs fois de moi à Argus, manifestement confus.

— Je croyais qu'on devait s'assurer qu'elle reste à l'intérieur, dit-il à voix basse.

— T'as entendu la princesse, dit Argus. Pour autant qu'on le sache, elle est toujours dans sa chambre.

Je fis un signe de tête à Argus, puis partis avant qu'ils ne puissent dire quoi que ce soit d'autre. Mes pieds nus foulaient le sol de marbre poli. J'avais enlevé mes chaussures à un moment donné, mais je ne me souvenais pas quand. Cela n'avait pas d'importance. Je n'allais pas risquer de faire demi-tour au cas où Argus changerait d'avis.

Plusieurs gardes étaient postés à divers endroits des couloirs. Leur présence indiquait que mon père devait penser que nous étions toujours en danger. Le problème, c'était que la menace était déjà là. De la part de nos propres gardes et de la délégation de Konos. C'était comme avoir une barrière en tissu entre des tigres et des loups. Les prédateurs ne s'attaquaient les uns aux autres que parce que le moment n'était pas encore venu. Dès que cette barrière se déplacerait sous l'effet de la brise et que les deux camps se rendraient compte de sa fragilité, un bain de sang serait inévitable.

Des nuages sombres soufflaient au-dessus de la mer et se dirigeaient vers le palais. Le vent fouettait mes cheveux tandis que je marchais dans le couloir à ciel ouvert. Je pouvais sentir l'odeur de la pluie qui arrivait et presque ressentir la charge de la foudre à proximité. Le tonnerre grondait au loin, grave et inquiétant. L'orage ne tarderait pas à arriver.

D'autres gardes m'observèrent en me jugeant silencieusement sur mon passage. Je me demandais de quel côté ils se situaient. Seraient-ils loyaux envers ma famille ? Ou bien nous frapperaient-ils si cela leur permettait d'avoir une chance contre quelqu'un de Konos ?

Le bureau de mon père ressemblait à une forteresse. Six gardes se tenaient devant la porte et me dévisagèrent lorsque je m'approchai. Il s'agissait des hommes les plus loyaux de mon père, et je les connaissais tous par leur nom. Ils étaient avec lui tous les jours, mais en général, ils n'attendaient pas devant son bureau. Il était rare qu'ils soient aussi nombreux ici. Je savais que je n'étais pas la seule à être nerveuse à l'idée de ce qui allait se passer.

— J'ai des nouvelles urgentes pour mon père.

J'attendis qu'ils me chassent ou me proposent de prendre un message. À ma grande surprise, la porte s'ouvrit avant qu'aucun des gardes n'ait pu répondre. Istvan jeta un coup d'œil à l'extérieur et se renfrogna en me voyant.

— Vous n'avez pas tenu compte de mon avertissement, jeune fille, souffla Istvan. Et vous avez failli vous faire tuer.

Dans tout ce chaos, j'avais oublié la vision qu'il prétendait avoir eue.

— Eh bien, peut-être que votre vision s'est réalisée et qu'on n'a plus à s'en préoccuper.

— Vous vous moquez de moi, mais les choses changent et votre statut ici est en train de s'effriter.

Istvan était suffisant. Il avait l'air de quelqu'un prêt à révéler des informations qu'il devrait se garder de divulguer.

— Qui est-ce, Istvan ? l'interpela la voix de mon père.

Le prêtre recula.

— Ara, Votre Altesse.

— Entre, ma chérie, dit mon père sans hésiter.

Je jetai un regard mauvais à Istvan en entrant dans la pièce. Au moins, j'étais assez sûre maintenant que sa vision avait été intéressée et conçue pour me déstabiliser au lieu d'être authentique. Je ne savais pas si cela lui rapportait quoi que ce soit, mais ce qu'il faisait était toujours dans son intérêt.

Istvan s'éloigna de moi et se retira dans le coin où se tenait mon père. Le bureau tentaculaire était en pleine effervescence. Des conseillers s'agglutinaient autour de mon père. Leurs cheveux blancs tranchaient sur leurs tuniques bleues. Le vent soufflait par la fenêtre ouverte et faisait onduler les cartes éparpillées sur les tables. Des navires sculptés et des figurines de soldats parsemaient les cartes, toutes centrées sur Konos.

De toutes mes visites dans son bureau, je n'avais jamais rien vu de tel. Il n'y avait qu'une seule raison pour laquelle il avait placé des cartes et des navires de cette façon.

Un mélange de soulagement et de peur me fit me sentir à la fois accablée et satisfaite. Ils allaient attaquer Konos. Après tout ce temps, toutes ces années passées à envoyer notre peuple à la mort, mon père allait enfin faire quelque chose.

Notre flotte était petite, cependant, et il avait toujours semblé impossible de s'attaquer aux faës. Mais quelque chose avait dû changer pour qu'ils pensent que nous avions enfin une chance.

— Vous ne devriez pas être ici, Princesse. Votre père est très occupé, dit Istvan d'un ton condescendant.

Je levai une main pour le faire taire, le même geste que j'avais vu Ophelia utiliser un millier de fois. À ma grande surprise, il se pinça les lèvres et recula comme si je l'avais poussé physiquement.

J'allais devoir commencer à utiliser davantage ce que j'avais appris d'Ophelia. Même si je ne supportais pas cette femme, elle savait imposer son autorité.

— Istvan, Ara est la bienvenue ici, dit chaleureusement mon père. Qu'est-ce que je peux faire pour toi ?

L'un des conseillers ferma lentement le livre qu'ils consultaient et feuilleta quelques documents. Comme si je pouvais les lire depuis l'endroit où je me trouvais au centre de la pièce. Si mon père ne semblait pas préoccupé par ma présence, tous les autres paraissaient mal à l'aise. Je n'entrais pas souvent dans cette pièce, mais je n'avais jamais vu une telle réaction. Pourtant, pour autant que je sache, ils n'avaient jamais préparé quelque chose d'aussi important.

— Je suis désolée de te déranger, mais j'ai besoin de te parler un instant, dis-je.

Il hocha la tête, puis regarda ses conseillers.

— Retrouvons-nous dans dix minutes.

Les hommes se détachèrent de la table en parlant entre eux, et mon père me conduisit hors de son bureau. Nous marchâmes dans le couloir côte à côte. Ses sandales claquaient sur le sol de marbre, mais mes pieds étaient silencieux. Les gardes se redressèrent à notre passage, haussèrent le menton et gardèrent le regard fixé devant eux en veillant à ne pas dévisager le roi.

C'était étrange de marcher avec lui maintenant et de voir l'agitation qui régnait. Lorsque j'étais petite, il n'était que mon père. Je n'avais aucune idée du pouvoir qu'il pouvait exercer. En grandissant, j'en étais venue à lui en vouloir pour son rôle et le temps qu'il consacrait à son travail. Mes sœurs et moi avions été élevées par du personnel de maison et avions une nouvelle nounou tous les ans ou presque parce que personne ne parvenait jamais à garder le poste. Ce n'était pas que nous étions de mauvaises enfants ; il y avait toujours une autre raison. Souvent, on nous disait que la nounou était enceinte et devait partir, ou qu'elle devait s'occuper de sa propre famille. Curieusement, je ne me souvenais d'aucune d'entre elles assez clairement pour savoir si j'en avais déjà vu une en ville au fil des ans. Ce n'était pas comme si elles pouvaient aller loin. Athos était tout ce que nous, les humains, avions.

Nous entrâmes dans la bibliothèque après avoir croisé une autre paire de gardes sur notre chemin. C'était l'une des pièces les plus sombres du palais. Il n'y avait pas de fenêtre, pas de circulation d'air. Quelques lanternes brillaient sur les petites tables en bois au centre de la pièce. Sur chaque mur se trouvait une étagère qui s'étendait du sol au plafond. Il fallait utiliser des échelles pour récupérer les livres qui se trouvaient sur les tablettes les plus hautes.

Je savais que les livres qui se trouvaient ici étaient parmi les artefacts les plus précieux d'Athos. Certains avaient même été apportés par des réfugiés lors de la fondation de la ville. Ceux-ci étaient enfermés dans un coffre-fort caché derrière un tableau de la côte rocheuse. Ces livres ne pouvaient être consultés qu'avec la permission de mon père. Ils étaient trop précieux pour qu'on prenne le risque de les ouvrir fréquemment, car les pages s'effritaient déjà avec l'âge.

Je les avais vus une fois, vers l'âge de douze ans. J'avais été fascinée par la perspective d'apprendre de ceux qui nous avaient précédés, mais la langue était suffisamment différente pour qu'il soit difficile de les lire. Ajoutez à cela la décoloration et les taches d'encre, et l'interprétation était trop intense pour une enfant. J'avais donc opté pour les livres d'histoire écrits par les prêtres et les prêtresses dans les temples. De nouvelles copies étaient ajoutées chaque année pour s'assurer que notre histoire était disponible à la lecture.

Une étrange sensation de vide emplit ma poitrine lorsque je me souvins de ce que Ryvin avait dit sur le passé de ma ville. Je me demandai si je ne devrais pas m'essayer à nouveau à la lecture de ces textes anciens lorsque cette affaire avec Konos serait réglée.

— Qu'est-ce que je peux faire pour toi, ma chérie ? demanda mon père en s'installant dans un fauteuil en bois sculpté recouvert d'un coussin vert moelleux.

Je m'assis sur le fauteuil identique en face de lui. Une petite table avec une lanterne vacillante se trouvait entre nous. Je jetai un coup d'œil autour de moi et cherchai le bibliothécaire. L'espace n'était pas immense. Il y avait des étagères sur chaque mur et une seconde pièce attenante avec des étagères sur chacun de ces murs. La bibliothèque comptait environ un millier de livres, dont la maintenance était assurée par un prêtre qui avait été transféré au palais après avoir servi au temple d'Athéna pendant une dizaine d'années.

— Theo est retourné au temple, dit mon père comme s'il lisait dans mes pensées. Qu'est-ce qui te préoccupe, Ara ?

Les bibliothécaires du palais ne faisaient jamais long feu. Les prêtres et prêtresses qui occupaient ce poste regrettaient souvent leur ancienne vie et demandaient à y retourner. J'avais apprécié Theo et avais pensé qu'il resterait un moment, mais je supposais que la vie dans un palais était très différente de l'isolement de l'un des temples des dieux.

— Je t'ai caché quelque chose, papa.

Je baissai les yeux sur mes genoux, où mes mains étaient jointes si étroitement qu'elles commençaient à me faire mal.

Mon père posa sa grande main sur mon genou.

— Dis-moi, ma fille.

Je levai les yeux en soupirant. Son front était plissé, ses sourcils épais étaient rapprochés et il me regardait avec inquiétude. Ses yeux d'un bleu profond, si intenses et si clairs, étaient toujours aussi vifs. Bien qu'il ait presque soixante-dix ans, il ressemblait encore au souvenir que j'avais de lui dans ma jeunesse. Je me demandais si je le verrais toujours de la même façon.

— J'ai tué David.

Il retira sa main de mon genou et ses sourcils se haussèrent de surprise.

— Je ne m'attendais pas à ce que tu dises ça.

— Il ne nous aidait pas à nous défendre, papa. Lui et probablement quelques autres gardes faisaient partie de l'attaque. Ils essayaient d'éliminer la délégation de Konos. Et moi.

Je déglutis difficilement.

— David allait tuer Ryvin, l'ambassadeur, je veux dire, et j'ai dû faire un choix.

— Tu as choisi de protéger l'ambassadeur ?

Il semblait surpris. Il s'adossa à son siège et tapota son index sur son menton en regardant dans le vide, plongé dans ses pensées.

— Papa ?

Il cligna des yeux, puis laissa retomber sa main sur ses genoux.

— Je t'ai demandé de le distraire. Je suppose que j'aurais dû m'attendre à ce que tu en viennes à tenir à lui.

— Non, ce n'est pas ce qui s'est passé.

Mon visage se mit à chauffer et mes yeux s'écarquillèrent.

— Je ne supporte pas cet homme. Ou peu importe ce qu'il est. J'ai fait un choix. À ce moment-là, j'étais en train de mourir. David était en train de mourir. J'étais certaine que si je tuais l'ambassadeur, ce serait la guerre.

— Je pense que c'est inévitable à ce stade, dit-il.

J'avais vu les preuves dans son bureau, mais l'entendre prononcer ces mots me parut si réel.

— Tu vas attaquer Konos ? On peut gagner cette bataille ?

— On y travaille encore, Ara. Il y a beaucoup de choses à prendre en compte, admit-il.

Ma conversation avec Lagina me revint en mémoire. Nous avions toujours manqué de soldats avec notre combat au mur, mais les dragons avaient cessé d'attaquer. Et si ces hommes étaient en train de rentrer à la maison ?

— Ça veut dire que notre guerre contre les dragons est terminée ?

Des bouffées d'espoir inondèrent ma poitrine. Et si nous avions une chance de nous opposer enfin aux faës et de mettre fin au Choix ?

Il gloussa.

— Lagina. Elle te l'a dit ?

Mon estomac se noua. Je n'aurais pas dû dire ça. Je ne voulais surtout pas qu'elle ait des ennuis.

— Seulement que tante Katerina avait disparu de l'autre côté du mur. On a des nouvelles d'elle ?

— Elle est en sécurité. Et elle sera bientôt là avec des informations qui pourraient tout changer.

Il sourit, puis me tapota le genou.

— Une alliance ?

Cela semblait trop beau pour être vrai. Si nous avions mis fin à la guerre avec les dragons, nous aurions plus de ressources pour d'autres choses. Mais si nous faisions équipe avec les dragons, cela pourrait tout changer.

— Peut-être.

Il se pencha en avant et baissa la voix.

— Je suis content que tu sois venue. J'allais venir te trouver après ma réunion. J'ai quelque chose à te demander.

J'écoutai attentivement.

— Tout pourrait changer une fois que ta tante sera arrivée. Mais ça n'arrivera pas si Konos l'apprend. On a intercepté leurs espions qui allaient rapporter les changements au mur. On a gagné quelques semaines avant qu'ils ne se rendent compte qu'ils n'ont pas eu de correspondance. Le moment n'est pas idéal. Le roi des dragons a refusé d'attendre une visite officielle, donc ils sont en route pour venir ici. On doit se préparer à les accueillir dans l'ombre sans que personne de Konos ne découvre ce qu'on fait.

— Comment ils pourraient le découvrir ? demandai-je. Ce n'est pas comme s'ils allaient dans ton bureau privé.

— On ne sait pas trop comment fonctionne leur magie ni s'ils ont des espions dans le palais, expliqua-t-il.

— Qu'est-ce que t'es en train de me demander exactement ?

— J'ai besoin que l'ambassadeur soit occupé. Distrait. Il ne faut pas qu'il ait le temps d'explorer les lieux ou de s'introduire là où il ne devrait pas. Je sais que ce n'est probablement pas nécessaire, mais j'ai besoin que tu te rapproches de lui. Fais-lui croire qu'il a une amie dans cette cour, dit mon père.

— Tu veux que je le distraie ?

Mon estomac se noua. Je voulais éviter Ryvin, pas passer plus de temps avec lui. De plus, je venais de les menacer, lui et ses hommes. Il était impossible qu'il me laisse à nouveau m'acoquiner avec lui.

— Je crois que c'est trop tard pour ça. Je l'ai accusé d'avoir tué Mila.

— La mort de Mila fait l'objet d'une enquête, m'assura mon père. Mais tu ne dois en parler à personne, tu comprends ?

— Tu sais que c'était l'un d'entre eux et qu'ils doivent être punis. Mila était importante pour moi. Elle ne peut pas être oubliée comme ça.

— On ne peut pas se permettre de faire de la délégation des ennemis, prévint mon père.

— Ils sont déjà nos ennemis, fis-je remarquer. Et s'ils l'ont tuée, qu'est-ce qui les empêchera d'en tuer d'autres ?

— Je vais trouver une solution. Il ne faut pas qu'ils sachent qu'on est sur leur dos. On doit les distraire et les rendre heureux. Le Choix doit continuer comme d'habitude et on pourra ensuite enfin avancer pour en finir une bonne fois pour toutes.

— Tu crois vraiment que les dragons vont nous aider ? Tu crois vraiment que ça pourrait faire cesser le Choix ?

Je voulais y mettre fin tout de suite, sauver mon peuple de ce destin, mais j'accepterais l'espoir partout où je pourrais l'avoir.

— Il faut faire des sacrifices pour que les choses changent.

Son expression devint sévère.

— On s'est occupé de la famille de Mila et elle recevra tous les droits que sa mort lui confère. Mais on ne doit plus en parler. Je te demande de ne plus y penser, s'il te plaît.

— D'abord David, maintenant Mila…

Je luttai contre les larmes qui menaçaient de couler.

— Je ne sais pas ce que t'attends de moi. J'ai tué David pour eux et ils m'ont remerciée en tuant Mila. Comment est-ce que je suis censée ignorer ça ?

— En servant ton peuple. Ton royaume. Ta famille.

— Je croyais que c'était ce que je faisais quand j'ai sauvé l'ambassadeur.

Ma poitrine me faisait mal et je n'arrivais pas à me débarrasser de l'expression de trahison de David alors que je le regardais mourir. Il méritait mieux. C'était lui qui avait tenu tête à la délégation de Konos, et je les avais choisis au détriment de mon propre peuple.

— Ne me demande pas de les choisir une nouvelle fois, dis-je. Je ne peux pas.

Mon père tendit la main et me caressa les cheveux comme il le faisait lorsque j'étais enfant. Je m'éloignai. Je ne me sentais pas digne de ce contact bienveillant.

— J'ai fait une erreur.

Je ne m'étais même pas permis de penser ces mots, et maintenant que je les avais prononcés à voix haute, j'avais l'impression que ma poitrine allait s'effondrer sous l'effet du chagrin.

— Je comprends pourquoi tu l'as fait. Et pourquoi tu ne m'as rien dit.

Il soupira.

— Je suis désolé de l'admettre, mais je le savais déjà.

Il me fit un faible sourire.

— Comment ?

— L'ambassadeur m'a raconté ce qui s'était passé. Il m'a dit qu'il t'avait promis qu'il s'assurerait que les sœurs de David soient prises en charge alors que tu rendais ce qu'il pensait être ton dernier souffle, expliqua-t-il.

— T'étais déjà au courant pour nos gardes ? demandai-je.

Il hocha la tête.

— C'est réglé. Et je garderai le secret de David, à moins que tu ne veuilles que je change son statut en traître et que j'expulse sa famille ?

Je secouai la tête.

— Ça explique les funérailles privées.

— Istvan connaît la vérité. Je ne pouvais pas autoriser une cérémonie publique pour l'honorer, mais je n'ai pas pu me résoudre à refuser ta demande alors que tu étais inconsciente dans ta chambre. Quand j'ai cru que tu ne te réveillerais peut-être pas…

Sa voix faiblit et il se racla la gorge.

— Changeons de sujet. C'est du passé.

— Et s'il y en a d'autres ? D'autres traîtres ? demandai-je.

— Je te l'ai dit, c'est réglé. Tu n'as aucune raison de t'inquiéter. Tu vas continuer à faire ton devoir. Divertis l'ambassadeur jusqu'à ce qu'ils partent. Il est vital qu'ils ne soient pas au courant des changements à notre frontière.

— Je te l'ai dit, c'est trop tard pour ça.

— Non, ça ne l'est pas. L'ambassadeur aurait pu te laisser mourir. Il t'a portée jusqu'ici lui-même. Il a monté la garde à ta porte. Un homme ne fait pas ça à moins d'éprouver certains sentiments pour une femme, expliqua-t-il.

Je levai un sourcil sceptique. Il était manifestement avec quelqu'un d'autre lorsque j'avais trouvé Orion dans sa chambre, et aujourd'hui, il avait une autre maîtresse avec lui.

Peut-être s'agissait-il de la même femme les deux fois. Quoi qu'il en soit, son affection ne me visait pas.

— Tu ne comprends pas. Il devait essayer d'empêcher la mort d'un membre de la famille royale sous sa garde. Je suis sûre que ça aurait été mal vu pour notre alliance. D'ailleurs, il était avec une autre femme quand je l'ai vu aujourd'hui.

— Seulement parce qu'il ne peut pas être avec toi.

Je déglutis difficilement, et une petite partie de moi se réjouit de cette idée. Je repoussai ce sentiment le plus loin possible. Je refusais de laisser cette attirance physique obscurcir mon jugement.

— Il te pardonnera de lui avoir crié dessus, dit mon père avec assurance. Tu es la seule à pouvoir le faire. Les hommes abandonnent toute raison pour une femme qu'ils désirent. S'il te court après, il ne cherchera rien d'autre.

— Tu me demandes de le séduire.

Quelque chose d'étrange s'empara de mes entrailles. De la peur mêlée à un désir étourdissant. Comment allais-je lutter contre les sentiments étranges que j'éprouvais pour l'ambassadeur ?

— Fais ce qu'il faut. On n'aura qu'une seule chance de convaincre les dragons, mais si leur convoi est attaqué par des faës avant qu'ils n'arrivent, c'est fichu.

— Le timing est très mauvais.

Pourquoi fallait-il que les dragons soient en route maintenant ?

— Ça fait des années qu'on travaille là-dessus. Je ne saurai jamais pourquoi ils ont finalement accepté qu'on se rencontre maintenant, mais on n'aura pas d'autre chance.

— Tu te rends compte de ce que tu me demandes ?

C'était une chose de me sentir attirée par l'ambassadeur, c'en était une autre d'être poussée vers lui par mon propre père.

— Je n'aime pas l'idée d'être un pion dans ce jeu.

— On joue tous notre rôle dans le jeu du sang et du sel.

Il me prit la main et la serra.

C'était un rappel brutal du devoir et de la fragilité de l'humanité. Nous étions les derniers survivants, liés par notre sang humain commun et protégés par la mer. Notre histoire était pleine de conflits, mais les récits de notre rassemblement, de nos sacrifices, étaient ce qui nous maintenait en vie.

— Et s'il ne veut pas me revoir ? demandai-je.

— Alors cette tâche reviendra à l'une de tes sœurs, dit-il.

— Non.

Je me levai.

— Pas mes sœurs. Elles restent loin de toute la délégation de Konos. Jure-le-moi. Je ferai ça pour toi si tu me promets de ne pas leur demander ça.

Il se leva et son visage se durcit.

— Je ferai ce que je dois pour mon royaume, Ara. Tu n'es pas la souveraine ici.

J'avais dépassé les bornes. C'était quelque chose que je faisais rarement. La plupart du temps, je m'en tirais à bon compte. Je n'étais pas en lice pour le trône et je restais à l'écart. Mais il y avait des règles, des protocoles, des attentes. Je n'étais pas à l'abri de son statut. Aucun de nous ne l'était. Je hochai la tête en baissant les yeux.

— Je suis désolée, papa.

Je levai les yeux vers lui et croisai son regard.

— Je le ferai. Mais s'il te plaît, ne les mêle pas à ça.

— Alors fais-le bien. Ne m'oblige pas à recourir à d'autres moyens.

Je détestais cela. Je détestais ce qu'il me demandait de faire.

— Fais ton devoir. Distrais-le pour qu'il t'observe au lieu d'observer Athos, dit-il.

Je hochai la tête. Je comprenais mon rôle. J'avais dit que je ferais tout ce qu'il fallait pour sauver mon peuple. C'était l'occasion de prouver que j'irais jusqu'au bout. Pour la première fois, il y avait de l'espoir pour Athos de trouver un moyen de sortir du traité avec les faës. Je ferais n'importe quoi pour mettre fin au Choix.

Même si cela signifiait que je devais me sacrifier.

CHAPITRE 18

Je sirotais mon vin en laissant le goût familier enrober ma langue. C'était mon troisième verre et je me sentais déjà un peu étourdie. Il m'en faudrait peut-être encore plus pour faire ce que mon père m'avait demandé. Il valait mieux que je ne m'en souvienne pas. Ou que je ne sois pas consciente de mon propre corps le moment venu.

La cour était magnifique ce soir. La décoration était encore plus somptueuse que lors de la réception de bienvenue que nous avions organisée une semaine auparavant. Des lanternes recouvertes de papier coloré pendaient aux arbres et projetaient des lumières dans un arc-en-ciel de couleurs. Elles avaient été récemment importées de l'est, apportées par l'un des courageux commerçants qui s'étaient risqués à voyager à travers les terres faës de Telos.

De longues tables étaient recouvertes de nappes en soie dorée, d'autres marchandises importées des territoires faës. Je ne m'étais jamais arrêtée pour réfléchir à la part du luxe qui m'entourait et qui provenait du commerce avec nos ennemis de l'autre côté de la mer. Je supposais que c'était autant l'élément moteur qui nous poussait à envoyer des tributs que la prévention de la guerre. Nous nous étions habitués à ce luxe, mais je doutais qu'il affecte les citoyens ordinaires de quelque manière que ce soit.

Je passai mes doigts sur la nappe en admirant la façon dont le tissu scintillait sous la lumière rose d'une lanterne au-dessus de moi. C'était magnifique, mais le coût était bien trop élevé. Rien de tout cela n'était nécessaire.

Des odeurs d'épices exotiques me parvinrent aux narines tandis que des serviteurs apportaient des plateaux de nourriture. Je reculai de la table afin de leur laisser de l'espace pour poser les plats qui débordaient de façon impressionnante. Combien de ces épices venaient d'au-delà de notre royaume ? Combien de ce avec quoi j'avais grandi était dû au sacrifice de notre peuple ?

Les commerçants risquaient leur vie pour acheter ces marchandises. Ce n'était pas seulement Telos, c'était la mer elle-même. Au-delà de notre rivage, il y avait des sirènes, des dragons de mer et des monstres qui se cachaient dans les profondeurs. La moitié des navires qui se risquaient au voyage ne revenaient jamais. Et puis il y avait le Choix et les tributs. Dans quelle mesure cela nous permettait-il d'accéder à leurs rivages ?

D'autres visiteurs arrivaient, et je me frayai un chemin à travers la foule qui s'épaississait, tout en gardant un œil sur Ryvin. Si mon père avait raison, il me pardonnerait peut-être mes actes d'aujourd'hui. S'il avait tort, j'allais avoir du pain sur la planche.

Je détestais le fait de le chercher ainsi. Je détestais revenir sur ma parole. Mais j'étais déterminée à faire mon devoir. Si nous avions une chance de faire la paix avec les dragons et un moyen de défier les faës, mon petit sacrifice en vaudrait la peine.

Avec la nouvelle des dragons et du plan de mon père, je me demandais ce qui allait changer pour Athos. Serions-nous capables de vaincre les faës ou utiliseraient-ils la force pour établir un nouveau traité ? Cela mettrait-il fin à nos routes commerciales ou cela suffirait-il enfin à établir une véritable paix ? Une paix où nous n'enverrions pas les nôtres à la mort ?

Cela semblait être un rêve impossible. Des générations d'Athoniens avaient assisté, impuissants, à l'envoi en terre inconnue de leurs enfants et de leurs proches. Après l'attaque en ville, je savais qu'ils n'allaient pas permettre que cela continue éternellement. Ils avaient atteint leur point de rupture et mon père semblait être arrivé à la même conclusion.

Mais qu'est-ce qui avait provoqué ce changement chez les dragons ? Et quel impact cela aurait-il sur notre avenir ? Nous étions en guerre avec eux depuis la fondation d'Athos. Qu'est-ce qui avait finalement mis fin aux combats ?

Je ne pouvais même pas imaginer ce que ma tante Katerina avait fait pour les convaincre de dialoguer, mais j'étais très curieuse de voir de près un dragon métamorphe. Je me demandais s'ils étaient comme les loups métamorphes, capables de se fondre parfaitement avec les humains lorsqu'ils n'étaient pas sous leur forme de dragon.

L'énergie de la foule changea et me tira de mes pensées. De petits halètements et le bruissement de tissus me firent me retourner pour voir le roi et la reine se joindre à la réception, suivis de mes sœurs.

La reine avait insisté pour utiliser le protocole traditionnel pour cette fête en arrivant par ordre de succession, ce qui signifiait que j'avais été exclue. Je n'avais même pas protesté lorsque Lagina était passée dans ma chambre pour m'en informer. C'était mieux ainsi. Je pouvais me cacher dans l'ombre en espérant que personne ne remarquerait ma présence. Peut-être que moins de gens le remarqueraient lorsque je traînerais l'ambassadeur hors de la fête pour le divertir, comme mon père l'avait demandé.

Mon estomac était noué et se tordait d'anticipation et d'effroi. Pour être honnête, j'avais envie de l'ambassadeur. Mais pas de cette façon. Pas en tant qu'outil pour le contrôler. Je me sentais sale, mal. Mais en même temps, chaque interaction avec lui était mal, n'est-ce pas ?

Peu importait que mon corps réagisse à son contact, il restait mon ennemi. Je devais m'en souvenir. Le sexe était un outil. Une arme. Tout comme une épée. C'était quelque chose que je pouvais manier pour le bien de mon royaume.

Je sirotais mon vin en observant mon père, la reine, puis mes sœurs passer devant moi. Mon père attira mon attention et hésita un instant devant moi tandis qu'un éclair de compréhension passait entre nous. L'interaction fut si rapide que je doutais que quelqu'un d'autre l'ait remarquée, mais je pouvais sentir la signification derrière son regard. Je devais rentrer dans le rang, faire mon devoir, distraire l'ambassadeur.

Ophelia gardait le regard en avant en direction du trône, sans même jeter un coup d'œil aux courtisans qui s'inclinaient dans son sillage. Je devais admettre qu'elle rayonnait de puissance. Personne n'osait la contrarier lorsqu'elle se comportait ainsi. Je pris note d'ajouter cela à ma liste croissante de choses que j'avais apprises d'elle. Peut-être que cela me servirait un jour ou l'autre.

Lagina me fit un signe de tête et un sourire compatissant en passant devant moi. Comme si elle voulait me dire « Désolée d'être ici alors que t'es là ». J'inclinai la tête pour lui faire un semblant de révérence et ses épaules se détendirent visiblement. Elle paraissait satisfaite de voir que je n'étais pas contrariée. Comment pourrais-je l'être ? Je n'avais aucune envie de jouer son rôle et je me réjouissais de ma place en arrière-plan. Je n'avais jamais aimé qu'on me dévisage ou qu'on murmure à mon sujet. Lagina s'en sortait à merveille, et je savais qu'elle serait une reine extraordinaire le moment venu.

L'aider était peut-être une option pour moi plutôt que d'aller au mur. Avec la possibilité d'une paix, je n'aurais probablement pas besoin de me rendre à notre frontière. J'aurais besoin d'un nouveau plan. Servir Lagina me donnerait un but. Je n'avais jamais vu une femme occuper un poste de garde royale, mais pourquoi ne pas me laisser la protéger ? Je demanderais à mon père après avoir fait mes preuves auprès de l'ambassadeur. Il allait me devoir une fière chandelle après cela.

Cora me fit un clin d'œil, puis tendit la main et effleura mes doigts en passant. Sophia suivait dans un superbe péplos argenté. Elle était comme la mer au clair de lune, radieuse et paisible.

Elle s'arrêta devant moi, puis passa son bras dans le mien et m'entraîna auprès d'elle avant de reprendre sa marche.

— Sophia, non, murmurai-je en retirant mon bras du sien.

— Je ne monterai pas là-haut sans toi, dit-elle.

Des murmures retentirent autour de nous, et je savais que nous étions en train de provoquer une scène. Le reste de la famille était déjà sur l'estrade et Ophelia m'observait avec des yeux plissés.

— Vas-y, Sophia, dis-je en la poussant légèrement.

— T'es ma sœur. Je me fiche de ce que dit le protocole, répondit-elle en me tirant le bras.

Moi qui voulais me fondre dans le décor ce soir, c'était raté. Je jetai un coup d'œil vers les trônes devant lesquels mon père et la reine se tenaient en attendant que toute la famille soit en position avant de prendre place. Lagina et

Cora se tenaient à côté d'eux, toutes deux incroyablement tendues.

J'aperçus alors Ryvin, près de l'estrade, la tête légèrement penchée sur le côté, comme s'il étudiait l'interaction entre Sophia et moi. Des palpitations nerveuses envahissaient ma poitrine et je ne supportais pas l'idée qu'il puisse tirer quelque chose de cette interaction.

Je plaquai un sourire sur mon visage et liai mon coude à celui de Sophia. Elle arborait une expression d'autosatisfaction tandis que nous poursuivions notre route vers les trônes et que nous montions toutes les deux sur l'estrade, bras dessus, bras dessous. Je restai à côté d'elle pendant qu'elle prenait place à côté de Cora. Mes autres sœurs gardaient les yeux tournés vers l'avant et regardaient les invités, mais je pouvais pratiquement sentir leur anxiété et leur désir de se tourner vers moi.

Mon père me sourit chaleureusement, puis leva les bras vers la foule rassemblée. Je regardai devant moi en tenant toujours maladroitement mon verre de vin à la main. Mes joues étaient brûlantes, et je me demandais si je n'étais pas rouge à cause de l'alcool.

— Bienvenue, chers invités. Vous êtes tous nos amis les plus chers et nos plus grands alliés. À la fin de cette semaine, nous célébrerons un autre Choix réussi qui solidifiera notre alliance avec le roi des faës pour neuf années supplémentaires. Ce soir, nous célébrons la paix de ces neuf dernières années avec la délégation de Konos.

Mon père fit un geste vers l'endroit où se tenait Ryvin. Plusieurs de ses hommes se trouvaient derrière lui. Tous avaient l'air misérables face à la foule qui les dévisageait.

Le regard de Ryvin croisa le mien et je jurerais que ses yeux gris étaient plus sombres qu'ils ne l'avaient jamais été.

Il semblait vraiment furieux. Apparemment, il ne s'était pas remis de notre confrontation.

Ma tâche risquait d'être plus difficile que je ne l'avais prévu. Je pris une longue gorgée de mon vin, sans me soucier du fait que j'enfreignais le protocole. Je l'avais déjà suffisamment enfreint en me tenant simplement ici avec mes sœurs.

Les lèvres de Ryvin tressaillirent, et j'eus l'impression qu'il me trouvait un peu amusante. Peut-être que je pourrais finalement réparer les dégâts que j'avais causés plus tôt dans la journée.

Je voulais continuer à le détester. Je voulais l'éviter. Mais je ne le ferais pas. Je ferais le nécessaire pour mon peuple. Mon estomac se noua tandis que je réfléchissais à la suite des événements. J'avalai le reste du vin en deux grandes gorgées, puis abaissai ma main de sorte que la coupe pendît le long de mon corps. C'était comme ça que je pourrais aider Athos. Ce n'était pas la façon dont j'imaginais sauver mon peuple, mais j'allais saisir cette chance.

Mon père parlait toujours, mais je n'entendais rien. Ma tête bourdonnait à cause du vin et ma vision était un peu floue. Au moins, Ryvin était beau. Sans vêtements, c'était l'homme idéal. Je me mentirais à moi-même si je disais que je n'étais pas au moins curieuse de savoir ce qu'il valait en tant qu'amant.

Il était impossible que mon visage ne rougisse pas à présent, car une chaleur croissante s'installait rapidement dans mon ventre.

Le vin faisait son travail, et j'avais du mal à me rappeler pourquoi je n'avais pas simplement baisé Ryvin. Certes, je détestais tout de lui, mais il serait parti dans une semaine. Si j'étais obligée de le divertir, autant en tirer du plaisir. Ainsi, je n'aurais plus jamais à le revoir. De plus, tous ceux qui savaient ce que j'avais fait l'oublieraient dès que de meilleurs ragots circuleraient.

Ryvin baissa la tête en une révérence et je détachai mon regard pour réaliser que mon père avait fini de parler et que les invités rassemblés, ainsi que mes sœurs, étaient tous en train de s'incliner devant leur roi. Je suivis le mouvement et inclinai la tête modestement, à l'instar de mes sœurs.

Mon père prit place, puis Ophelia s'assit. Chacune de mes sœurs embrassa la joue de mon père à tour de rôle, puis se déplaça pour embrasser la main de leur mère. Je fis de même à contrecœur.

Lorsque je pris la main d'Ophelia, elle saisit mon poignet et me tira en avant pour que ses lèvres soient près de mon oreille.

— Je te surveille. Fais un pas de travers et je ferai en sorte que tu sois envoyée dans un temple si vite que ça te donnera le tournis.

— Ce n'est pas à toi de prendre cette décision, répondis-je.

— Je suis enceinte, roucoula-t-elle. Ton père fera tout ce que je lui demande pour me rendre heureuse.

Mes yeux s'écarquillèrent et je jetai un coup d'œil à son ventre comme si je pouvais y voir un signal visible de l'enfant dans son utérus. Elle me fit le sourire de quelqu'un qui savait qu'il avait gagné.

— Prends soin de l'ambassadeur, comme ta pute de mère a pris soin de ton père.

Je serrai les dents et dus me retenir de la gifler. La frapper devant tous les nobles de notre royaume était déjà assez dangereux. Si mon père savait qu'elle était enceinte et que je la frappais, je me condamnais au temple à coup sûr.

— Attention, Princesse, si j'ai un garçon, ton père t'oubliera, chuchota-t-elle avant de me lâcher.

Je me redressai sans prendre la peine de lui baiser la main, puis quittai l'estrade. La musique démarra et la foule se leva. Le cérémonial officiel de salutation était terminé. J'étais certaine que les gens avaient observé l'interaction entre Ophelia et moi, mais elle était restée discrète et prudente en me parlant. Même mon père n'avait pas semblé remarquer ce qui s'était dit entre nous.

Le pire, c'était qu'elle avait raison. Si elle était enceinte, mon père l'adorerait et ferait tout pour l'apaiser. Non pas par amour pour sa femme, mais par amour pour son futur enfant.

La partie concernant le fait d'avoir un fils m'avait également piqué au vif. Même si mon père aimait ses filles, je savais qu'il souffrait de ne pas avoir de garçon pour perpétuer la lignée au sens traditionnel du terme. Lagina pourrait être reine, mais elle serait la première femme de l'histoire de notre famille à régner. J'étais certaine que mon père ne nous aimerait pas moins s'il avait le fils qu'il avait toujours voulu, mais un petit garçon serait une distraction. Assez pour qu'Ophelia puisse obtenir exactement ce qu'elle voulait en ce qui me concernait.

La seule chose qui m'empêchait de partir en vrille était le fait que je savais quelque chose qu'Ophelia ignorait. Nous étions sur le point d'entrer en guerre. Et la guerre l'emporterait sur tout le reste. Y compris l'arrivée d'un prince.

CHAPITRE 19

Ryvin n'attendait pas près de l'estrade, et ses hommes avaient réussi à se fondre dans la foule. La salle était inondée de couleurs. De nombreux invités de ce soir étaient en violet, la teinture la plus rare et la plus chère, pour faire étalage de leur richesse. Le tissu bleu nuit de la création de Magda me faisait me démarquer. Un ciel nocturne au milieu d'une mer arc-en-ciel. C'était un visuel qui correspondait bien à ce que je ressentais à propos de tout ce qui m'entourait. Les fibules dorées rondes et brillantes attachées à chacune de mes épaules se détachaient comme une paire de lunes sur le tissu sombre.

Me disant que je finirais par tomber sur l'ambassadeur, je regardai autour de moi à la recherche de mes sœurs. Lagina était entourée d'un groupe d'hommes d'âge et d'importance variables. Un rapide coup d'œil me permit de constater qu'ils étaient tous célibataires. Bien qu'elle ait dépassé l'âge habituel de se marier et qu'elle n'ait jamais annoncé son intention de le faire, elle était toujours très demandée.

Elle m'avait dit un jour qu'elle attendait le grand amour. C'était insensé de penser qu'elle aurait une chance d'y parvenir. Nous savions toutes les deux que ce n'était qu'une question de temps avant qu'elle ne soit forcée de se marier pour pouvoir produire un héritier. Si notre père montrait le moindre signe de maladie ou de ralentissement, elle serait mariée dans les quinze jours.

J'aperçus Cora se faufiler avec un homme brun, Tomas sûrement, mais ils étaient déjà dans l'ombre quand je la repérai. C'était elle la plus intelligente. S'éloigner de la fête aussi vite que possible. La reine avait publiquement annoncé l'intention de Cora de se marier, alors elle était souvent très sollicitée lors de ces événements.

Je mis une minute à localiser Sophia, mais je finis par la trouver près d'une fontaine à l'autre bout de la cour. Mon pouls s'accéléra lorsque je remarquai qu'elle parlait avec Ryvin. Je ne voulais pas qu'elle s'approche de lui. Je ne voulais pas qu'elle s'approche des délégués de Konos.

Je me frayai rapidement un chemin à travers la foule en m'excusant lorsque je me heurtais à quelqu'un, mais sans arrêter ma progression. Le rire de Sophia était léger et musical, le genre de rire qui faisait sourire même les personnes les plus grincheuses. Sauf que pour l'instant, il me faisait me renfrogner. Je ne voulais pas qu'*il* la fasse rire.

— Qu'est-ce que vous croyez faire ? demandai-je en m'avançant devant ma sœur pour pouvoir me rapprocher de Ryvin.

Ses lèvres se retroussèrent en un sourire amusé.

— Je suis en train de discuter avec une femme charmante. Vous êtes impolie.

— Ara, Ryvin se comporte en véritable gentleman, dit Sophia.

Je l'ignorai et gardai les yeux rivés sur l'ambassadeur.

— Je croyais vous avoir dit de laisser mes sœurs tranquilles.

— Je croyais que vous aviez dit que vous ne vouliez plus jamais me parler, répliqua-t-il.

— Si vous devez parler à quelqu'un, je préfère que ce soit à moi. Laissez-la en dehors de tout ça, dis-je.

— Ara, t'es ridicule, dit Sophia en me poussant sur le côté d'un geste plus agressif que nécessaire.

Cela me fit sursauter et je fis un pas de côté pour mieux la voir.

— Soph, s'il te plaît. Il y a plein d'autres personnes à qui parler ici.

— On est censées être diplomates et accueillantes, tu te souviens ?

— Je serai diplomate. Va retrouver tes amis.

Elle soupira.

— Je t'aime, Ara, mais je n'ai plus douze ans. Ça fait longtemps que je ne suis plus une enfant.

Elle passa son bras dans celui de Ryvin.

— On y va ?

— Ravi de vous avoir revue, Ara, dit Ryvin avant d'entraîner ma sœur à l'écart.

J'allais le tuer.

Peu importait ce que voulait mon père, j'allais l'assassiner. Je risquerais la colère du roi des faës lui-même si cela signifiait le tenir éloigné de ma sœur.

— Du vin, Votre Altesse ? demanda un serviteur.

Je saisis le verre et avalai une énorme gorgée. Je ressentais déjà les effets de l'autre vin que j'avais bu, mais au rythme où allaient les choses, j'allais être en bien meilleure forme si j'oubliais tout ce qui allait se passer ce soir.

Plusieurs nobles me demandèrent de danser, mais je les rejetai tous. Tout ce que je pouvais faire, c'était regarder Sophia et Ryvin qui tournaient autour de la piste de danse. Elle avait l'air radieuse. Heureuse et pleine de vie. J'avais l'impression que mes entrailles étaient comme de la lave en fusion.

Ryvin allait se lasser de Sophia et quand il le ferait, je foncerais dans la brèche. Je devais le distraire ce soir, mais mon nouvel objectif était de le tenir éloigné de mes sœurs.

— Ça fait combien de verres maintenant ?

Quelqu'un saisit mon verre de vin et je me retournai pour voir un homme vêtu de la tunique cramoisie familière indiquant qu'il venait de Konos. Il posa le verre sur le plateau d'un serviteur qui passait par là.

— Vous allez être trop ivre pour danser si vous continuez comme ça.

— C'est peut-être ce que je recherche, répondis-je.

Il me tendit la main.

— Alors vous ne verrez pas d'inconvénient à ce que je sois un piètre danseur.

Je fronçai les sourcils, puis regardai en arrière pour voir que Ryvin et Sophia se déplaçaient toujours gracieusement sur la piste de danse.

— Il danse avec elle uniquement pour vous énerver après ce que vous avez fait aujourd'hui.

Je me retournai vers le garde.

— C'est lui qui a ouvert la porte tout nu. Et l'un des vôtres a tué ma servante. Ne vous avisez pas de faire comme si ce n'était pas grave.

L'homme se pinça les lèvres, comme s'il se retenait de parler. Mes yeux se plissèrent.

— Vous savez quelque chose.

Il secoua la tête.

— Tout ce que je sais, c'est qu'aucun de nos hommes n'a tué votre servante.

— Vous êtes tous une bande de menteurs, dis-je.

Il me tendit à nouveau la main.

— On trouve des menteurs dans tous les royaumes, chez toutes les créatures, milady.

— Vous voulez dire que c'était quelqu'un d'ici ?

Je plaçai machinalement ma paume dans la sienne, trop concentrée sur la conversation pour résister une nouvelle fois à l'étiquette. Je me rendis compte de ce que j'avais fait lorsqu'il m'entraîna sur la piste de danse. J'arrêtai de bouger.

— Je n'ai pas envie de danser.

— Dansez. Parlez. C'est plus difficile pour les gens d'entendre, dit-il. En plus, on va énerver Ryvin.

Cela me permit de me remettre en mouvement.

— Seulement parce que je veux entendre ce que vous avez à dire. Il vaudrait mieux que ce soit intéressant.

Je n'allais pas admettre que j'aimais l'idée de mettre l'ambassadeur en colère.

— Je m'appelle Vanth, au fait.

Il déplaça sa main vers le creux de mon dos et se cala impeccablement sur les pas de la danse.

— Ara, répondis-je. Je n'ai pas besoin de titres.

Il sourit.

— Je vous aime bien.

— Ne vous faites pas d'idées, le prévins-je.

— Je n'ai pas envie de mourir. On sait tous ce qui est arrivé à Orion, ajouta-t-il.

Je fredonnai. C'était surprenant. D'habitude, ce genre de choses était dissimulé. Je n'avais pas réalisé que Ryvin s'en servirait comme exemple.

— Qu'est-ce que vous vouliez me dire, exactement ? insistai-je, impatiente de mettre fin à notre danse.

Je me sentais déjà un peu étourdie alors que nous enchaînions les mouvements. L'alcool rendait un peu plus difficile une danse qui était d'habitude aussi facile que de respirer.

— Je vous ai vue réconforter Adrian après qu'on nous a attaqués, dit-il doucement.

— Adrian ? demandai-je en fronçant les sourcils.

— Le loup, expliqua-t-il.

— Adrian.

Je prononçai le nom doucement, comme une prière. Il m'avait défendue. Il m'avait sauvé la vie. Et je n'avais pas pris le temps de pleurer sa perte. Un sentiment de culpabilité m'envahit. J'avais été tellement occupée à m'inquiéter pour David, puis pour Mila, que je l'avais oublié. J'étais une personne épouvantable. Il venait peut-être de Konos, mais il m'avait traitée avec plus d'attention que mon propre peuple.

— C'était un bon combattant, un bon ami, dit-il.

— Je lui dois la vie. Je n'ai aucun moyen de lui rendre la pareille.

— Votre présence à ses côtés lorsqu'il est entré dans le monde souterrain était une compensation suffisante, Princesse.

Vanth me fit tourner sur moi-même sans manquer un seul pas.

— Vous avez menti, dis-je. Vous n'êtes pas un mauvais danseur.

— Vous êtes ivre, fit-il remarquer. Vous n'êtes pas en mesure de juger.

Je souris et baissai un peu ma garde avec lui.

— Parlez-moi de votre ami Adrian. C'était un métamorphe ?

Vanth hocha la tête.

— Tout comme moi.

Je tressaillis et dus me forcer à ne pas m'éloigner.

— Vraiment ?

— Vous réalisez qu'aucun d'entre nous dans la délégation n'est humain, n'est-ce pas ?

— Je m'en doutais, mais je n'ai aucun moyen de le savoir, pas vrai ?

— J'oublie toujours à quel point les sens humains sont

limités. Je pensais à coup sûr que vous seriez capable de déterminer ce qu'est chacun d'entre nous.

— Pourquoi est-ce que j'aurais une telle compétence ?

Il haussa les épaules.

— Quelque chose dans la façon dont vous n'avez pas paniqué quand vous avez calmé Adrian, je suppose.

— Je suis désolée pour votre ami. Il était très courageux.

— L'un des meilleurs hommes que j'ai connus, déclara Vanth.

La chanson se termina et des applaudissements polis retentirent autour de nous. Je m'éloignai de mon partenaire, puis inclinai la tête dans un geste indiquant que j'en avais fini.

— Merci pour la danse.

Je cherchai Sophia et Ryvin du regard avant d'attendre que Vanth ne réponde.

Ils n'étaient plus là.

Je me tournai vers Vanth.

— Il est où ? Où est-ce qu'il a emmené ma sœur ?

Il secoua la tête.

— Je ne sais pas.

— Vous avez été envoyé pour me distraire, ricanai-je, irritée d'être tombée exactement dans le même stratagème que celui que j'étais censée utiliser.

— Je voulais simplement danser avec une belle femme, prétendit-il.

— Ne soyez pas condescendant avec moi. Je sais que Ryvin vous tient tous en laisse.

— Vous ne savez rien de lui, déclara Vanth. Si vous êtes intelligente, vous profiterez de ce sursis pour fêter le fait que vous n'êtes plus dans sa ligne de mire.

— Mais ma sœur l'est, elle, fulminai-je. Où est-elle ?

— Je ne sais vraiment pas. Mais s'il vous plaît, faites-moi

confiance. S'il est passé à autre chose, laissez-le faire. La dernière chose que vous voulez, c'est qu'il vous désire.

— Ce serait un gentil avertissement si je pouvais faire la paix avec le fait de laisser ma sœur partir à ma place, mais je ne peux pas. Vous avez des frères et sœurs, Vanth ? demandai-je.

Il secoua la tête.

— C'est rare qu'un métamorphe ait ne serait-ce qu'un enfant en bonne santé.

— Est-ce que vous auriez pris la place d'Adrian ? demandai-je.

Vanth se crispa et son expression devint glaciale. Je reculai d'un pas, de peur d'avoir poussé le bouchon trop loin. Il hocha alors la tête.

— Oui.

— Alors vous comprenez pourquoi j'ai besoin de savoir où se trouve ma sœur.

Il soupira par le nez, puis fit un geste du menton vers les jardins.

Putain.

Si elle était seule avec lui là-bas, il était peut-être déjà trop tard.

CHAPITRE 20

Un parfum de sauge et de thym embaumait l'air et prenait le pas sur les odeurs de nourriture à mesure que je m'éloignais de la fête. Il n'y avait pas de lumière ici ; la lune était mon seul éclairage alors que je me dirigeais vers les haies touffues.

Le jardin était divisé en trois parties. La première était un coin salon avec une fontaine au centre. Plusieurs bancs en pierre étaient disséminés un peu partout, joliment encadrés par de grands arbres. Des parterres de fleurs étaient disposés avec art pour agrémenter l'espace. C'était magnifique pendant la journée, mais le soir, c'était déprimant. Les fleurs avaient perdu leur couleur, et la lumière de la lune donnait à l'ensemble des teintes plus ternes.

La fontaine gargouillait et la brise faisait bruisser le tissu de mon péplos. Mes sandales crissaient sur le chemin de gravier et alertaient tous ceux qui se trouvaient à portée de voix de mon approche. Je retirai mes chaussures et les posai près de la fontaine. Les petits cailloux n'étaient pas les plus confortables sous mes pieds, mais je voulais être silencieuse. Je devais savoir ce que Ryvin faisait avec ma sœur, et je n'allais pas les prévenir de mon arrivée.

Mon esprit s'emballait et envisageait les possibilités dans une boucle sans fin. Sophia avait-elle été séduite par le regard de l'ambassadeur et était-elle partie de son plein gré, ou s'agissait-il de représailles contre mes actions ? Pire encore, mon père avait-il menti ? Avait-il fait de nous toutes des distractions pour Ryvin ? Quatre femmes qui se jetaient sur un seul homme rendraient certainement sa concentration difficile. Surtout si nous le cachions les unes aux autres. Avait-il déjà couché avec l'une de mes sœurs ? Était-ce son plan ? Mettre chacune d'entre nous dans son lit ?

Je me frayai un chemin à travers la deuxième partie, qui était surtout utilisée par le personnel. La plupart des herbes et des légumes pour les cuisines étaient cultivés ici. Le jardin était si bien entretenu et si florissant que les parfums des herbes l'emportaient sur ceux des fleurs. Je ne m'aventurais pas souvent dans cette zone, mais elle était reliée aux vergers, où la plupart des couples se rendaient pour s'éclipser.

Des centaines d'arbres se profilaient devant moi, comme des sentinelles sombres sur fond de ciel étoilé. Des oliviers, des figuiers et des pêchers remplissaient mon champ de vision. Pendant la journée, ils semblaient si paisibles et ouverts. Maintenant, je me demandais comment je pourrais trouver quelqu'un parmi les branches et les ombres bizarres qu'elles projetaient à la lumière de la lune.

En grandissant, nous avions tous entendu beaucoup d'histoires de rendez-vous sauvages dans le verger du palais. L'idée que ma sœur rejoigne cette liste était trop insupportable. En tout cas, pas avec Ryvin. Elle méritait quelqu'un de tendre et d'attentionné. Elle n'était pas farouche comme Cora, ni impulsive et détachée comme moi. Sophia était celle qui avait le plus de chances de trouver un partenaire amoureux. Pourrait-elle vivre avec elle-même si elle agissait selon les ordres de notre père ?

Elle était si délicate, si optimiste sur le monde. Je ne voulais pas qu'elle fasse quelque chose qui ne lui plaisait pas.

Et si c'était ce qu'elle voulait ? Et si elle pensait que l'ambassadeur la voulait ? Que ferait-elle une fois qu'il serait rentré chez lui après l'avoir séduite ? Se sentirait-elle trahie ? Essaierait-elle de l'accompagner ?

Ma poitrine se serra. C'était ma pire crainte. Je ne voulais perdre aucune de mes sœurs. Surtout pas au profit de Konos. Et surtout pas Sophia. Elle était comme le soleil. Elle s'étiolerait et mourrait sous les nuages lugubres de Konos. Lagina pourrait s'en sortir. Même Cora pourrait probablement y survivre. Pas Sophia. Elle était faite de joie pure ; l'antithèse de tout ce que j'étais.

Se faufiler entre les arbres dans l'obscurité était plus difficile que je ne l'imaginais. Je marchai un moment avant de tomber sur un couple enlacé. Ce n'était pas eux que je cherchais, alors je continuai. Après plusieurs autres rencontres qui ne correspondaient pas à ce que j'espérais trouver, je commençai à me demander si Vanth ne m'avait pas donné de mauvaises indications. Une bulle de soulagement se forma en moi. Peut-être qu'ils n'étaient pas du tout venus ici.

C'est alors que quelqu'un m'attrapa par-derrière et plaqua sa main sur ma bouche avant que je ne puisse crier. Je balançai mon coude en arrière et frappai mon agresseur à l'estomac, puis me tortillai pour essayer de me libérer.

— Arrêtez de bouger, Astéri, et écoutez-moi, dit la voix rude de Ryvin dans mon oreille.

Je sentis son souffle chaud contre mon cou. Je me débattis, et il coinça mes bras le long de mon corps en me serrant incroyablement fort avec un seul bras. Frustrée, je tentai de mordre sa main, mais il la tenait suffisamment serrée pour que je ne puisse pas faire de dégâts.

— Je vous ai dit d'arrêter de bouger. Pour une fois dans votre vie, écoutez-moi, s'emporta-t-il.

Furieuse, je m'immobilisai, puis jetai un coup d'œil autour de moi à la recherche de ma sœur. Si elle était là, elle n'était pas dans mon champ de vision.

— J'en ai assez de me battre avec vous.

Il retira sa main de ma bouche.

— Laissez-moi partir, sifflai-je.

À ma grande surprise, il me relâcha.

— Où est Sophia ?

— Pourquoi est-ce que je le saurais ? répondit-il en haussant les épaules.

— Parce que vous dansiez avec elle et que vous avez disparu tous les deux.

— J'ai dansé avec elle parce que je savais que ça vous exaspérerait.

— Vous êtes un connard.

Je secouai la tête, puis passai à côté de lui en m'assurant de lui donner un coup d'épaule au passage.

Il m'attrapa le haut du bras.

— Où est-ce que vous pensez aller ?

— Le plus loin possible de vous.

Je savais que j'étais censée le distraire et jouer les gentilles filles, mais il y avait quelque chose en lui qui me mettait tellement en colère. Je ne pouvais pas me faire confiance pour rester. Demain, je pourrais faire face à cela avec le désintérêt froid dont j'avais besoin pour être intelligente à ses côtés.

Des doigts forts se refermèrent sur le haut de mon bras et me tirèrent jusqu'à ce que je m'arrête. Je jetai un coup d'œil en arrière, les yeux plissés. J'ouvris la bouche pour le maudire, mais je fus rapidement réduite au silence lorsque ses lèvres s'emparèrent des miennes.

Je le repoussai, mais il m'entoura de ses bras et me rapprocha de lui. Pendant un instant, je restai stupéfaite, puis je réagis en l'embrassant à mon tour, au même rythme affamé et frénétique que lui. Je réalisai alors ce que j'étais en train de faire et m'éloignai. Sa bouche s'écrasa à nouveau sur la mienne et sa langue s'enfonça entre mes lèvres entrouvertes.

Mon sang était en fusion, ma peau picotait et l'humidité grandissait entre mes cuisses. Mon corps avait tellement envie de ça, mais je savais que ce n'était pas bien. Je savais que j'avais déjà franchi trop de limites avec lui. J'essayai de rompre le baiser, mais il se pencha vers moi et augmenta la pression. Je me débattis et me tortillai pour échapper à son emprise jusqu'à ce que je sois enfin libre.

Je le giflai alors au visage.

Peu importait ce que j'étais censée faire. Il me rendait folle. Je ne pouvais pas faire ça.

Surtout parce que je savais que si je commençais, je n'allais pas pouvoir m'arrêter. J'étais censée le distraire, mais je ne contrôlais rien quand j'étais avec lui. Si je laissais faire, je me perdrais complètement.

J'avais envie de lui plus que je n'avais jamais eu envie de quelqu'un. Tout mon corps brûlait de désir, mais je devais le combattre.

Il gloussa et émit un grondement sourd avant de me regarder fixement. Ses yeux semblaient briller au clair de lune et me faisaient penser à un chat. Je regrettai soudain de ne pas avoir demandé à Vanth ce qu'était exactement Ryvin. Était-il aussi un loup ? Cela expliquerait l'absence de crocs.

Il frotta une main sur sa joue, puis sur son menton. Il me regardait comme si j'étais son prochain repas. L'expression était si intense que je faillis gémir.

Je détestais avoir envie de lui. C'était si difficile de lui résister alors que chaque fibre de mon être réclamait de le toucher. De le supplier de me toucher.

J'étais brisée.

Je n'étais pas censée avoir envie de lui.

Le séduire était une chose, mais le désir qui me traversait était une luxure débridée. Ce n'était pas la curiosité transformée en plaisir que j'avais eue avec David. Avec lui, il n'y avait pas de contraintes. Pas d'émotions. C'était amusant, détaché, vide. Ce n'était jamais réel. Et j'avais toujours le contrôle.

D'une manière ou d'une autre, au cours des quelques jours que j'avais passés à détester Ryvin, j'avais fini par le désirer. S'il me le demandait, je le laisserais briser toutes mes défenses. Je lui céderais tout. Cela m'effrayait au plus haut point.

— Je vous ai dit que je ne voulais rien avoir à faire avec vous, crachai-je. Et je vous ai dit de ne pas vous approcher de ma sœur.

— J'ai dansé avec votre sœur, rien de plus. Et pour votre gouverne, elle est absolument charmante. Je ne vois pas du tout comment vous pouvez être liées toutes les deux.

— Pourquoi est-ce que vous persévérez à me torturer de la sorte ?

Mon cœur martelait dans ma poitrine et j'avais l'impression de brûler de l'intérieur. Une rafale me donna la chair de poule, mais je n'avais pas froid.

Il se pencha si près de moi que je pouvais le sentir, malgré les fleurs odorantes qui nous entouraient. Ses mots sortirent doucement. Son murmure graveleux était comme une caresse de ses doigts le long de ma colonne vertébrale.

— Vous êtes ma personne préférée à torturer.

Quelque chose se brisa.

Je me jetai sur lui, saisis ses joues entre mes mains et

attirai son visage vers le mien. Lorsque nos lèvres se rencontrèrent, ce fut comme une explosion ; tout ce désir refoulé se mélangeait à une rage débridée. Je détestais cet homme, mais je ne pouvais pas m'en passer. Je ne pouvais pas rester loin de lui.

Ses mains glissèrent le long de mon corps jusqu'à ce qu'elles s'arrêtent au creux de mon dos. Il m'attira contre lui. Nos corps étaient si proches que je pouvais sentir qu'il bandait déjà à fond.

— Ça ne change rien, dis-je entre deux halètements.

— Arrête de lutter contre ce que tu veux, Astéri.

Il mordit ma lèvre inférieure et je gémis en renversant la tête en arrière.

J'emmêlai mes doigts dans ses cheveux et me rapprochai encore plus de lui. C'était comme si je n'arrivais pas à être suffisamment près. Notre baiser se poursuivit, frénétique et furieux. Sa barbe irritait mes joues et mes lèvres étaient déjà gonflées, mais j'avais besoin de plus. Sa langue s'aventura dans ma bouche pour tâter le terrain. Je répondis agressivement. Nos langues se rencontrèrent et s'emmêlèrent aussi brutalement que nos lèvres.

Ses doigts s'enfonçaient dans mes fesses, sans relâche et avec force. Il y avait un besoin derrière sa poigne, un besoin que je comprenais. Je laissai tomber mes mains sur les bords de sa tunique, puis rompis notre baiser pour l'aider à l'enlever.

Nous étions tous les deux à bout de souffle et bougions sans dire un mot alors que nous nous déshabillions le plus rapidement possible. Pendant un instant, nous restâmes là à nous regarder l'un l'autre au clair de lune. Son corps était aussi parfait que dans mes souvenirs. Il était fort et svelte, élégant et brutal. Comme s'il avait été sculpté dans le marbre avant qu'un des dieux ne lui insuffle la vie.

Je me couvris la poitrine, car j'avais soudain l'impression de ne pas être à la hauteur par rapport à lui. J'avais moins de courbes douces et plus de muscles qu'une femme n'était censée en avoir. J'avais des cicatrices dues à d'anciennes blessures et je n'arrivais pas à la cheville de sa beauté.

Il s'approcha de moi comme une panthère tandis que ses yeux scintillaient dans la lumière. Il était avide. Il m'évaluait et observait chaque centimètre carré de mon corps. Il saisit mes poignets et ramena mes bras le long de mon corps avant de le parcourir de haut en bas. Sa langue sortit pour lécher sa lèvre inférieure.

— T'es si belle, putain.

Mon souffle se bloqua dans ma poitrine et je croisai son regard, à la recherche de signes de mensonges, de jolies paroles d'un courtisan exercé.

Il me saisit brutalement le menton et me fit lever le visage pour que je le regarde.

— Je vais goûter chaque centimètre de toi et te laisser toute tremblante quand j'en aurai fini avec toi.

Ses lèvres étaient sur moi avant que je puisse répondre, et toutes les pensées gênantes qui persistaient disparurent. Nos mains travaillaient avec frénésie. Elles touchaient, caressaient et griffaient la moindre parcelle de peau que nous pouvions atteindre tandis que notre baiser atteignait un crescendo furieux.

Les mains de Ryvin passèrent de mes joues à mes hanches. Elles glissèrent sur mes côtes et finirent par se frayer un chemin jusqu'à mes seins en feu. Il les pressa et les pétrit de façon brutale et possessive. Il pinça chaque mamelon et je haletai. Lorsqu'il approfondit le baiser, je gémis alors que de la douleur se mêlait au plaisir et que tout me paraissait encore plus intense.

Une tension s'installa dans mon ventre et j'enroulai ma

jambe autour de sa taille pour essayer désespérément de ressentir plus de friction.

Il rompit le baiser et approcha ses lèvres de mon oreille.

— Petite coquine, pas si vite.

Je gémis lorsqu'il retira ma jambe de sa hanche.

Il s'éloigna de moi avec un petit rire, ce qui me laissa un sentiment de vide et de frustration.

— Je t'avais dit que tu me supplierais.

Je le dévisageai en serrant les dents. Je refusais de le supplier. Je refusais de lui donner cette satisfaction. Il me fallut toutes les fibres de mon être pour ne pas me jeter sur lui. S'il s'éloignait maintenant, je pourrais le poursuivre.

Je pourrais même le supplier.

Mon corps voulait désespérément le toucher à nouveau. Sentir sa peau contre la mienne. Le sentir en moi.

— Je pense que cette lueur dans tes yeux est peut-être la plus mortelle que j'ai vue de ta part, me taquina-t-il.

Je me déplaçai plus vite que je ne l'aurais cru possible et sautai sur lui avant d'enrouler mes deux jambes autour de sa taille. Il saisit mes fesses et sa bouche trouva la mienne avec un gémissement qui me dit qu'il en avait autant envie que moi. J'enfonçai mes ongles dans son dos et m'accrochai si fort qu'il ne pouvait pas me lâcher.

Je ne me reconnaissais pas. J'étais une femme possédée, désespérée, insatiable. J'avais besoin de tout ce qu'il pouvait me donner.

Lorsque mon dos heurta la terre meuble, je relâchai enfin ma prise. Ryvin était à genoux entre mes cuisses et j'eus le sentiment que c'était un homme qui n'était jamais à genoux pour personne. Ma poitrine gonfla et quelque chose de chaud s'infiltra dans mon âme.

Non.

Je ne pouvais peut-être pas lutter contre l'attirance

physique, mais il était hors de question que je le laisse entrer dans mon cœur.

— Je ne te supplie toujours pas, dis-je.

— Je n'ai pas encore terminé.

Il baissa la tête et je sentis alors sa langue frôler le bourgeon sensible entre mes cuisses.

Je haletai.

— Qu'est-ce que tu fais ?

— Arrête de parler, Astéri.

C'était un ordre.

Il me lécha à nouveau, et je tressaillis. La sensation était pur plaisir, mais différente de ce que j'avais connu jusqu'à présent. Je me hissai sur mes coudes et me dégageai.

— Arrête.

Ses sourcils se froncèrent.

— Tu n'aimes pas ça ?

— Je ne sais pas.

C'était déroutant. Je n'avais jamais rien connu de tel.

— Tes anciens amants ne prenaient pas le temps de te donner du plaisir ? demanda-t-il.

J'aimais bien faire l'amour avec David. C'était amusant et facile, mais tout ne tournait jamais autour de moi. J'y trouvais souvent du plaisir, mais pas toujours.

— Laisse-moi te faire du bien, dit-il doucement.

Son changement de ton me prit au dépourvu. C'était trop intime, trop familier.

— Pourquoi ?

— Parce que sinon, comment est-ce que je suis censé te ruiner pour les autres hommes ?

Le voilà. Voilà le connard que je connaissais.

Des ombres sombres se glissèrent autour de nous et j'aspirai une bouffée d'air en me rappelant les ombres que j'avais vues autour de lui auparavant.

— Tu me fais confiance ? demanda-t-il.

Est-ce que je lui faisais confiance ? Il était mon ennemi. Il n'était même pas humain.

— On arrête tout de suite si tu veux, proposa-t-il.

De la panique s'empara de moi.

— Non. Ne t'arrête pas.

Son sourire était félin.

— Alors arrête de te débattre ou je vais devoir t'obliger à arrêter.

— Tu peux essayer, le défiai-je.

Il passa une main entre mes jambes et effleura mon clito avec son pouce. Je me crispai, peu habituée à cette sensation. Comment se faisait-il que je n'avais jamais rien ressenti de tel auparavant ? Mes expériences passées se résumaient à de rapides allers-retours. Rien de comparable.

Ryvin continua de caresser et de faire des cercles autour du bourgeon sensible, et je me mordis la lèvre inférieure pour m'empêcher de gémir.

— Maintenant, sois une bonne fille et laisse-moi vénérer ce corps magnifique.

Lorsqu'il baissa à nouveau la tête, j'essayai de rester immobile, mais la sensation était si bouleversante que je me redressai.

— Vilaine fille, me réprimanda Ryvin. Tu veux que j'arrête ?

Je secouai la tête. C'était si différent, mais si bon. Je ne voulais pas qu'il arrête.

Les ombres qui tourbillonnaient autour de nous se rapprochaient. Plusieurs d'entre elles glissaient sur mon torse et mes bras comme des serpents de fumée. Mon cœur s'emballa et j'essayai de bouger, mais elles me maintenaient en place. J'avais les yeux écarquillés et la panique faisait accélérer mon pouls, mais sa bouche était de nouveau sur moi pour me distraire. Je me crispai une nouvelle fois, mais les ombres m'empêchaient de bouger. Mon corps se tendit et se tordit tandis qu'il me léchait et me suçait.

Mes doigts s'enfoncèrent dans la terre, à la recherche de quelque chose à saisir alors que la pression augmentait. Il glissa lentement un doigt en moi et je haletai tandis que la double sensation dissipait ma résistance.

Je cédai. Mon esprit se détendit et j'accueillis le plaisir.

— C'est ça, Astéri, abandonne-toi à moi.

Un autre doigt se glissa à l'intérieur et se recourba jusqu'à ce qu'il touche un endroit qui fit se cambrer mon dos. Sa langue taquina mon clito et ses doigts se mirent à pomper. La pression augmenta et devint de plus en plus intense à mesure que ma respiration s'accélérait.

— Arrête de lutter contre moi.

C'était trop. Mon corps était submergé ; la pression était trop intense. Soudain, ce fut comme si une explosion me traversait et envoyait une onde de choc de plaisir qui fit frémir tout mon corps. En sueur et haletante, je dus fermer les yeux pour récupérer alors que des vagues de petites répliques me traversaient.

Je frémis, puis rouvris les yeux pour découvrir l'expression satisfaite de Ryvin. Il était de nouveau à genoux, emprisonné par mes jambes.

— Bonne fille.

Les ombres s'éloignèrent et je me hissai sur les coudes.

— Je n'avais jamais ressenti quelque chose comme ça avant.

— On ne fait que commencer.

Il saisit ma cheville et tira. Mes fesses nues traînèrent sur la terre jusqu'à ce que mon intimité touche presque ses genoux.

Je savais qu'il voudrait se libérer à son tour, et c'était

quelque chose dont j'avais beaucoup plus l'expérience. Bien qu'aucun homme n'ait jamais eu sa bouche sur moi aussi intimement, j'avais certainement appris comment satisfaire un homme avec mes lèvres. Je tendis la main vers sa bite et Ryvin m'attrapa le poignet.

— Je n'en ai pas encore fini avec toi.

J'étais follement excitée et la promesse d'en avoir plus fit monter la température entre mes cuisses.

— Alors laisse-moi te toucher.

— Ça ressemble beaucoup à une supplication.

Il me mordilla le lobe de l'oreille et je gémis par réflexe.

— Je ne te supplie pas, haletai-je. Je te rends la pareille. Ça s'appelle être polie.

— Depuis quand tu te soucies d'être polie avec moi ?

Ses lèvres se déplacèrent jusqu'à mon cou. Ses lèvres, ses dents et sa langue descendirent jusqu'à ma clavicule.

Ma respiration devint saccadée, et je sentis l'humidité s'accumuler entre mes cuisses.

Ses mains étaient sur mes hanches et il me souleva sans effort pour m'installer sur ses genoux. C'était maintenant moi qui le chevauchais. Un petit élan de puissance jaillit en moi. Je pouvais prendre le contrôle dans cette position. Je me frottai à lui, impatiente de sentir sa bite en moi.

— Pas encore, Astéri.

Il saisit l'arrière de ma tête et me tira vers lui jusqu'à ce que nos lèvres s'écrasent à nouveau les unes contre les autres. Je l'embrassai avec empressement, incapable de me passer de lui. Mes hanches bougèrent et ondulèrent contre lui.

Il gémit dans ma bouche.

— Tu vas me faire jouir.

— Alors laisse-moi faire, soufflai-je.

Je me soulevai en m'appuyant sur mes genoux pour pouvoir me repositionner. Il ne se débattit pas cette fois-ci alors que je planais au-dessus de lui. Le bout de sa queue frôla mon entrée, et ce fut comme si le temps ralentissait. Je la guidai vers moi à l'aide de ma main, tout en gardant mes yeux rivés sur les siens.

Sa poitrine se soulevait et s'abaissait tandis que ses mains étaient toujours posées sur mon dos. C'était comme s'il mémorisait tout cela, comme s'il absorbait tout. Ou peut-être que c'était juste moi. Je voulais conserver ce moment pour toujours, graver ses yeux argentés et son beau visage dans ma mémoire.

Des sonnettes d'alarme retentirent dans mon esprit, comme pour m'avertir que je me laissais entraîner trop loin. Cela devenait rapidement trop personnel, trop intime. Je le voulais. Je voulais tout de lui. Et pas à cause du plaisir qu'il me procurait, mais pour des raisons que je n'étais pas prête à m'avouer.

Ce n'était pas censé se passer ainsi. Je perdais le contrôle.

Je me perdais moi-même.

— Astéri…

Ses sourcils se froncèrent légèrement et j'entrevis de l'inquiétude. De la vulnérabilité.

Ce n'était pas possible. Ce n'était que du sexe.

J'abaissai mes hanches rapidement et sa bite s'enfonça en moi. Il gémit, son dos se cambra et ses doigts s'enfoncèrent dans mon dos. J'aspirai une bouffée d'air alors qu'il m'étirait de la meilleure façon qui soit. Je commençai lentement à bouger, à faire tourner mes hanches, à les soulever et à les abaisser. Chaque mouvement me procurait un plaisir qui ne cessait de s'intensifier.

Ses hanches travaillaient avec les miennes tandis que ses mains exploraient ma peau et que sa bouche laissait une traînée de baisers sur toutes les parties sensibles de mon corps.

Il était incroyablement chaud et froid à la fois. Son corps bougeait avec le mien comme si nous étions entraînés dans une danse que nous étions les seuls à connaître. C'était si différent de tout ce que j'avais connu par le passé. C'était comme si tout en moi lui répondait par instinct. Comme si je pouvais anticiper chacun de ses mouvements.

Nous bougions à l'unisson en nous touchant et en nous goûtant. Mes sens étaient en ébullition. J'étais extrêmement consciente des picotements que ses doigts laissaient sur ma peau, je goûtais le vin qu'il avait bu dans son baiser et je capturais son odeur de sel de mer. J'étais consumée ; je vivais trop de choses à la fois.

Ses doigts parcoururent mon dos et me firent frissonner. Il me rapprocha ensuite de lui avec ses mains rugueuses et exigeantes. Nos bouches se rencontrèrent avec frénésie et s'entrechoquèrent avec un désespoir qui correspondait à la tension croissante dans mon corps. La pression monta, et je haletai et gémis lorsqu'il approfondit le baiser. Nos langues se rencontraient, s'emmêlaient et se battaient pour dominer. Nous nous embrassions comme nous nous battions. Des forces inverses semblaient en jeu ; la haine se mêlait à quelque chose d'autre, quelque chose auquel je ne voulais pas donner de nom.

Soudain, il saisit mes cheveux et me fit détourner la tête. Haletante, je baissai les yeux vers lui et remarquai la lourdeur de son regard. C'était un pur prédateur. Son regard était intense et revendicateur. Je pouvais sentir le pouvoir derrière ce regard et cela me terrifiait.

— Ara…

Je ne le laissai pas terminer. Je me penchai et le fis taire avec ma bouche tout en bougeant mes hanches plus rapidement. Il gémit. Ses mains agrippèrent des poignées de mes cheveux et tirèrent légèrement tandis que nos langues reprenaient leur combat.

La douleur qui se mêlait au plaisir croissant me rendait folle. Je respirais par à-coups ; mon corps était comme un feu d'artifice prêt à s'enflammer.

— Jouis pour moi, dit-il doucement.

Je cédai.

Et j'explosai.

Mon dos se cambra et je criai lorsque mon orgasme me transperça en envoyant des vagues de plaisir qui se propagèrent dans tout mon corps. C'était d'une intensité inouïe, et mes yeux se mirent à se révulser.

Des mains puissantes soutenaient mon dos. C'était la seule chose qui m'empêchait de tomber. Haletante et parcourue de fourmillements, j'ouvris les yeux et il me souleva pour que je sois à nouveau assise. Il s'approcha de moi avec un sourire satisfait, jusqu'à ce que nos fronts se touchent. Tout ce qui m'entourait s'évanouit. Il n'y avait que nous deux ici ; tous les autres habitants du monde n'existaient plus. Nous nous regardâmes silencieusement, avec pour seul bruit notre respiration.

— Je n'en ai pas fini avec toi, grogna-t-il en rompant notre silence.

Je n'étais pas sûre de savoir quelle quantité d'énergie il me restait, mais je ne comptais pas refuser d'en avoir plus.

Je me retrouvai soudain sur le dos, avec Ryvin entre mes jambes. Il tendit mes bras au-dessus de ma tête avec un sourire malicieux. Une traînée de froid dériva sur mes poignets et je sursautai, surprise par la sensation. Je tentai de lever les bras, mais ils étaient cloués au sol.

J'ouvris la bouche pour dire quelque chose, mais ses lèvres se refermèrent sur mon mamelon et je gémis, trop distraite pour m'en préoccuper. Ses doigts glissèrent le long de mon ventre jusqu'à ce qu'ils atteignent mon clitoris. Entre ses lèvres, sa langue et ses doigts, je ne pus m'empêcher de me déhancher et de cambrer le dos encore et encore. Je mourais d'envie de le toucher ; l'impossibilité d'utiliser mes bras me rendait folle.

J'étais haletante et je surfais sur la vague d'un autre orgasme, mais je devais résister à l'envie de le supplier.

— Libère mes bras.

— Je ne pense pas, non.

— Je veux te toucher.

— Pas encore.

C'était vraiment un connard.

Lorsque sa tête se retrouva à nouveau entre mes jambes, je faillis perdre complètement les pédales. L'envie de passer mes mains dans ses cheveux noirs ou d'enfoncer mes ongles dans son dos me rendait vorace.

Sa langue taquina mon clito tandis que ses doigts s'enfonçaient en moi. Je luttai contre la montée de l'orgasme en haletant et en gémissant, jusqu'à ce que je n'en puisse plus. Je criai et mes hanches s'agitèrent sauvagement tandis que j'atteignais à nouveau l'orgasme.

Ryvin planait au-dessus de moi, ses hanches installées entre mes cuisses, ses bras de chaque côté de mon corps et ses yeux argentés rivés sur les miens. J'allais me briser en deux si je ne pouvais pas le toucher.

— Relâche-moi, répétai-je. S'il te plaît.

Il sourit.

— Ça ressemble une supplication, Princesse.

C'en était une. J'avais désespérément envie de le toucher. Mais je ne pouvais pas le lui dire.

— C'est juste que je n'aime pas me sentir piégée.

— T'es encore plus belle quand tu mens.

Je sentis le froid se dissiper et tentai de bouger mes bras.

Ils se libérèrent, et je ne perdis pas de temps pour l'attraper et le tirer à moi. Nous nous rencontrâmes dans un baiser vorace tandis que mes mains agrippaient, caressaient et touchaient chaque centimètre de lui que je pouvais. Il plongea ensuite sa bite en moi et je gémis dans sa bouche.

Je le serrai contre moi, poitrine contre poitrine, en sentant son souffle chaud contre mon cou tandis qu'il me couvrait de baisers. L'avidité avec laquelle nous avions commencé revint et nos hanches et nos mains firent des mouvements voraces, comme si nous ne pouvions pas nous rassasier l'un de l'autre. Comme si nous devions prendre tout ce que nous pouvions obtenir. Comme si c'était notre seule chance.

Ma respiration s'accéléra alors que la tension montait. J'enfonçai mes ongles dans son dos et, au moment où je perdais à nouveau le contrôle, je sentis sa bite s'épaissir en moi. Il se libéra avec un gémissement.

Ryvin se pencha vers moi, haletant et en sueur, et m'embrassa doucement. Tendre, doux, intime. Ma gorge se serra, et je pris ses joues dans mes mains pour prolonger le baiser avant de me détourner.

Je ne pouvais pas laisser cela signifier quoi que ce soit, mais j'avais le sentiment que tout avait changé.

CHAPITRE 21

—Je vais me coucher. Seule, dis-je, même si j'avais désespérément envie d'attraper sa main et de l'entraîner dans ma chambre pour une autre partie de jambes en l'air.

On aurait pu penser que cela m'aurait apaisée, mais tout ce que cela avait fait, c'était me donner encore plus envie de lui. Je savais que si je ne m'éloignais pas, je tomberais à nouveau dans ses bras.

— Après tout ça, tu veux toujours me garder à distance ? demanda Ryvin en riant.

— Ça ne change rien entre nous et ça ne doit pas se reproduire, le prévins-je. Je n'approuve toujours pas ce que tu fais ici, et je ne l'approuverai jamais.

— T'as été très claire à ce sujet.

— T'as déjà décidé qui tu prendras ?

Je détestais l'idée de devoir regarder un groupe des nôtres quitter la ville, mais si mon père pouvait s'assurer que c'était la dernière fois, peut-être que leurs sacrifices en vaudraient la peine.

— En fait, ce n'est pas moi qui choisis.

Ryvin enfila son pantalon et mon regard se baissa pour

apercevoir une dernière fois son sexe encore gonflé avant qu'il n'attache le cordon.

Je forçai mes yeux à revenir sur son visage.

— C'est qui, alors ?

— Morta sait ce qu'on cherche, expliqua-t-il.

— Comment est-ce qu'elle choisit ?

Était-ce au hasard, alors ? Permettre à une femme aveugle de désigner des personnes ? Était-ce mieux ou pire que si Ryvin le faisait lui-même ?

— C'est son don. Elle sait qui doit partir, dit-il.

Je frissonnai, pas sûre de vouloir savoir quel genre de magie se cachait sous cette façade enfantine.

— Tout est décrit dans le traité d'origine. On ne fait que suivre les règles établies par ton roi.

Il passa sa tunique par-dessus sa tête.

— Et le tien ?

— Crois-le ou non, cet accord profite plus à ton peuple.

— Comment c'est possible ? Je ne vous vois pas sacrifier les vôtres à je ne sais quelle bête qui rôde sur Konos.

— On en perd trop à notre manière. Souvent, pour mettre fin à des rébellions animées par le désir de revendiquer ta ville.

— Pourquoi ne pas les laisser faire pour que vous n'ayez plus à nous protéger ? demandai-je.

— J'y ai songé, mais les tributs sont nécessaires et bons pour le moral, répondit-il avec une expression complètement impassible.

Il n'avait aucune réaction émotionnelle concernant le massacre de vies humaines.

Cela me rappela à quel point il était dangereux. Ayant soudain froid, j'enroulai mes bras autour de moi. Ma fine robe ne me protégeait guère de l'air frisquet du soir.

— Qu'est-ce que t'es ?

Les mots sortirent tout seuls, sans aucune édulcoration.

Il lissa sa tunique, puis glissa ses pieds dans ses sandales avant de s'avancer vers l'endroit où je me trouvais. D'un mouvement doux, il passa le dos de sa main de ma tempe à mon menton.

— Ne t'inquiète pas pour moi. Je serai sorti de ta vie dans quelques jours. Parfois, il vaut mieux ne pas savoir certaines choses.

Je m'éloignai de son contact, puis fronçai les sourcils.

— Je peux supporter plus que tu ne le penses.

— Je sais. Mais j'aime la façon dont tu me regardes. Comme si t'essayais de décider si tu veux planter une épée dans ma poitrine ou enfoncer ta langue dans ma gorge.

Il venait de résumer ce que je ressentais pour lui mieux que je ne pourrais le faire. Même maintenant, alors que mon corps se prélassait encore dans la rémanence de l'orgasme, je me demandais si mettre fin à sa vie serait bénéfique pour mon peuple.

— Ara, qu'est-ce que tu fais ici ?

Je me retournai, les joues en feu, pour faire face à Cora. Elle affichait un sourire complice.

— Tiens, tiens. C'est une surprise.

— Ce n'est pas ce que tu crois, dis-je.

— Je suppose que t'as pris à cœur la demande de papa d'occuper l'ambassadeur. Il sera content.

Cora trébucha et gloussa lorsque son partenaire la rattrapa.

— Ravi de te revoir, Ara, bredouilla Tomas.

Ils étaient tous les deux ivres, et j'espérais qu'ils ne se souviendraient pas de cette rencontre dans la matinée.

— J'étais sur le point de partir. Amusez-vous bien, tous les deux.

Je me détournai de ma sœur et me dirigeai vers le palais.

J'entendis ses gloussements se calmer tandis que je m'éloignais à toute vitesse de l'ambassadeur.

— C'est donc de ça qu'il s'agit ? dit Ryvin derrière moi d'un ton amusé. Tu voulais me distraire ? Je me demande bien de quoi. Qu'est-ce que le roi d'Athos pourrait bien vouloir cacher au point d'envoyer sa fille jouer les putes avec moi ?

Mes yeux s'écarquillèrent et je me retournai.

— Comment oses-tu !

— J'ai tort ? On ne t'a pas demandé d'utiliser ton corps pour me divertir ? Quel genre de père demanderait une chose pareille ? Surtout quand tu montres clairement que tu me méprises.

Je le dévisageai, la mâchoire crispée et les poings serrés. Il avait raison. Mon père n'aurait jamais dû me demander ça. Mais je savais que j'aurais refusé si une partie de moi ne désirait pas Ryvin.

— Tu ne sais rien.

— Je sais que tu luttes contre ta propre nature. Je sais qu'il y a des ténèbres en toi qui cherchent désespérément à sortir. Elles t'appellent, et tu suffoques à chaque fois que tu résistes.

— Ne me sors pas tes conneries de Konos. Il ne se passe rien avec moi. Je fais juste ce que je peux pour aider ma famille et mon peuple.

— Tu me traites de monstre, mais ton propre père t'envoie me séduire.

Il secoua la tête.

— Les humains agissent comme s'ils valaient mieux que nous alors qu'ils sont tout aussi corrompus et immoraux.

— Tu m'as embrassée en premier.

Je le regardai fixement en le mettant au défi de me contredire.

— T'avais envie de moi. Si j'avais su que ce n'était pas du libre arbitre, je n'aurais jamais continué. Je suis peut-être fait de ténèbres, mais je t'ai juré que je ne te ferais jamais de mal et j'honorerai ce serment.

Ma respiration était saccadée. Mes émotions étaient tumultueuses, en pleine dégringolade. Comment se faisait-il que je puisse le regarder et le croire ? De la colère irradiait de lui comme des vagues sombres qui alourdissaient l'air autour de nous. Il était furieux, mais je n'avais pas l'impression que cette colère était dirigée contre moi. Je devrais être terrifiée, mais ce n'était pas le cas. Je savais au fond de moi qu'il ne me ferait jamais de mal, comme il le prétendait.

Mais ce n'était pas possible. J'étais allée vers lui par devoir. Rien de plus. Tout ce que je ressentais devait être faux. C'était la façon dont mon instinct de conservation m'aidait à faire ce que je devais accomplir. Je ne pouvais pas faire confiance à mes propres émotions. Pas en ce qui le concernait. Cela n'allait pas bien se passer pour nous deux, maintenant que la vérité était connue. J'allais devoir dire à mon père de trouver un moyen de mieux cacher ce qu'il était en train de faire. L'ambassadeur allait être à l'affût de tout ce qui sortait de l'ordinaire à présent.

— Quand tu seras prête à admettre ce que t'es, je serai là à t'attendre, dit-il.

— Je ne te dois rien, répondis-je d'une voix tremblante.

— Bien sûr que non, Votre Altesse.

Je me crispai ; je détestais l'utilisation de mon titre officiel sur ses lèvres. Je n'allais probablement pas entendre à nouveau ce surnom agaçant.

— Bonne nuit, ambassadeur.

Je tournai les talons et m'éloignai avant de dire quoi que ce soit que je regretterais.

De la déception s'enfonça comme un poids dans mon

estomac, mais je la repoussai en me rappelant que je le détestais depuis le début. Pourquoi devrais-je me soucier de savoir s'il connaissait la vérité ? C'était la raison de tout cela, n'est-ce pas ? Je trouverais un moyen d'aider mon père à empêcher que Konos ne découvre quoi que ce soit. Il devait y avoir un autre moyen. Je supposais que la seule bonne chose à en tirer était que Ryvin ne ferait pas confiance à mes sœurs non plus. Il se méfierait si l'une d'entre elles se jetait dans ses bras.

Lorsque j'atteignis la fontaine, je fis une pause pour remettre mes sandales abandonnées. Ryvin n'était nulle part en vue.

Bien.

La dernière chose dont j'avais besoin, c'était qu'un homme s'attache émotionnellement à moi. Je devrais probablement remercier Cora. Si j'avais poursuivi ce plan, ça aurait peut-être été moi qui aurais dû refuser un voyage à Konos.

Alors pourquoi cela me faisait-il si mal de savoir que je ne parlerais probablement plus à Ryvin avant qu'il ne parte ?

Alors que je retournais dans ma chambre, une pensée me revint sans cesse à l'esprit. Ryvin avait raison sur un point : mon père n'aurait jamais dû me demander de faire ça.

Ma tête me lançait et j'appuyai ma paume sur mon front en gémissant tandis que j'essayais de me rappeler exactement quelle quantité d'alcool j'avais bue la nuit précédente. Puis je me souvins de ce que j'avais fait d'autre la nuit précédente.

— Putain.

Je sortis prudemment du lit et remarquai qu'une servante était dans ma salle de bains en train de remplir la baignoire d'eau. Elle travaillait en silence et se déplaçait lentement, probablement pour essayer de ne pas me réveiller tant que tout n'était pas prêt.

C'était tout le contraire de Mila. Elle m'aurait déjà réveillée avec un air entendu. Elle aurait déjà entendu les rumeurs sur la nuit précédente. D'une manière ou d'une autre, Mila savait tout sur tout le monde. Elle ne demandait jamais franchement, mais je voyais bien qu'elle savait toujours ce que j'avais fait.

Mon cœur me faisait plus mal que ma tête.

Et la nuit précédente, j'avais couché avec l'ennemi. Peu importait que Ryvin ait juré que ses hommes n'avaient jamais touché Mila, je savais ce que j'avais vu. Ces blessures par perforation n'étaient pas naturelles.

— Bonjour, Votre Altesse, dit la servante. Vous avez bien dormi ?

J'émis une sorte de grognement affirmatif, puis me frottai les yeux avant de me redresser péniblement. La pièce tourna et une vague de nausée me traversa. Je couvris ma bouche avec ma main et fermai les yeux jusqu'à ce que la sensation s'atténue.

— Je m'appelle Clara, dit-elle. Je m'occuperai de vous pendant l'absence de Mila.

Mes sourcils se froncèrent. Mila n'était pas absente, elle était morte. Et elle ne reviendrait jamais. Je savais que mon père ne voulait pas que l'on connaisse les circonstances de sa mort, mais pourquoi prétendait-il qu'elle était absente ? Ce n'était pas comme si la ville était si grande qu'elle pourrait se cacher pour toujours. Les gens remarqueraient sa disparition.

— Est-ce qu'on vous a dit combien de temps elle serait partie ?

Clara secoua la tête.

— Non, Votre Altesse.

Bien sûr que non. Je me souvins brièvement de toutes les

nounous de mon enfance. Elles étaient toujours parties rendre visite à leur famille ou avaient mis fin à leur fonction pour une raison ou une autre. Mais aucune d'entre elles n'était jamais revenue. Et si Mila n'était pas la première à connaître une mort aussi atroce ? J'essayai de me souvenir des dates du Choix et de voir si elles correspondaient au défilé incessant de nounous.

Ma tête me faisait mal et je pressai la paume de ma main sur mon front. J'avais trop la gueule de bois pour réfléchir à ce genre de choses. J'essaierai de demander à Lagina plus tard. Elle se souviendrait peut-être de plus de détails.

— Au risque d'outrepasser mes droits, dit Clara, je vous ai apporté un remède qui pourrait soulager votre tête. Si vous avez mal à la tête, du moins.

Elle brandit une petite fiole en verre avec un liquide rose à l'intérieur.

— Vous en avez entendu parler ? demandai-je.

Je savais qu'elle faisait référence au vin que j'avais consommé, mais je me demandais si la nouvelle de ma présence dans les jardins avec l'ambassadeur s'était répandue. N'importe qui aurait pu passer et nous ne l'aurions jamais remarqué.

Ses joues rougirent et la couleur s'étendit à son cou et à ses oreilles.

— Je sais juste qu'on boit beaucoup lors de ce genre d'événements.

Je lui pris la fiole des mains.

— Je sais que vous en avez entendu parler. Je sais à quelle vitesse les nouvelles se répandent.

Je débouchai la bouteille, puis avalai le liquide d'une traite.

— Merci.

— Vous voulez que je vous lave les cheveux ?

La plupart du temps, je demandais à me baigner seule, mais aujourd'hui, c'était sans doute une bonne idée d'accepter de l'aide.

— Merci.

Clara me guida jusqu'à la baignoire et je m'enfonçai avec reconnaissance dans l'eau chaude. Elle y versa un peu d'huile, puis parsema la surface de pétales de fleurs. Les odeurs familières de camomille et de lavande m'apaisèrent presque instantanément.

Je fis glisser le bout de mes doigts sur la surface de l'eau en laissant mon corps se détendre. La tension se relâcha et mes bras me parurent soudain trop lourds pour que je les soulève. Je les abaissai dans l'eau en observant la façon dont les pétales séchés dérivaient, tourbillonnaient et flottaient autour de moi comme de petits nuages.

Ce qui se trouvait dans ce remède avait éliminé mon mal de tête et mon esprit semblait glorieusement vide. Toute l'inquiétude et le stress disparaissaient. Je ne me souvenais pas de la dernière fois où je m'étais sentie aussi détendue. Je m'enfonçai plus profondément dans l'eau et laissai mon corps s'assouplir en résistant à l'envie de me redresser. L'eau tiède clapotait contre mon menton et quelque chose à l'arrière de ma tête essayait de se frayer un chemin, comme un avertissement en sourdine, mais je ne pouvais pas m'en préoccuper pour l'instant. C'était trop paisible, trop calme. Mes yeux étaient lourds et je n'arrivais pas à trouver une seule raison pour qu'ils restent ouverts.

Avec un soupir, je les laissai se fermer. Je ne me sentais plus maître de mes membres. Je flottais simplement, et tout ce à quoi je pouvais penser, c'était à quel point j'étais légère. Et à quel point j'avais sommeil.

Clara versa de l'eau tiède sur ma tête et commença à faire mousser le savon.

— Je ne sais pas si vous vous souvenez de moi, mais on s'est déjà rencontrées.

— Hum ? fredonnai-je, car parler me paraissait être trop de travail.

— David nous a présentées. C'est mon cousin. Enfin, c'était mon cousin, je suppose, vu qu'il est mort maintenant.

Un soupçon de panique essaya de se manifester, mais il s'estompa rapidement. Ses paroles semblaient si lointaines, comme si elles étaient prononcées depuis l'autre bout d'un long tunnel.

— Bonne nuit, Princesse.

Je sentis une pression sur mes épaules et m'enfonçai sous la surface sans résister.

— Je ne peux pas te laisser seule une seconde, hein ?

La voix était familière, mais si lointaine. En colère. Pourquoi était-il autant en colère ?

Mes yeux papillotèrent, mais je ne parvins pas à les ouvrir complètement. La tête penchée sur le côté, j'essayai de bouger, mais je ne pouvais pas me contrôler. Un bref moment de terreur fut rapidement écrasé par un sentiment de calme. Des émotions s'agitaient au fond de mon esprit et essayaient de remonter à la surface, mais tout ce que je pouvais faire, c'était m'affaler vers l'avant tandis que quelqu'un me tirait hors de la baignoire.

Mes pieds touchèrent la surface dure de la pierre poreuse, mais je ne pouvais pas me mettre debout. J'étais penchée en avant et tout mon poids était contre une poitrine ferme tandis que mes bras pendaient le long de mon corps.

— Tue la servante, ordonna la voix.

Un gémissement, puis un cri vite étouffé avant le bruit d'un corps heurtant le sol.

Cela paraissait de mauvais augure, mais je ne pouvais pas me résoudre à m'en préoccuper. J'essayai d'ouvrir à nouveau les yeux, mais c'était trop difficile, alors je cessai de m'en donner la peine. Au lieu de cela, je me laissai fondre dans l'étreinte chaleureuse de celui qui me tenait.

Je savais qu'il m'était familier. Je savais que je le connaissais, mais tout était trop flou. Mais cela n'avait pas d'importance de toute façon. Réfléchir me demandait trop d'efforts.

Mes jambes devinrent légères, et je me déplaçai. Quelqu'un me portait.

— Va chercher Ahmet. Tout de suite. On a besoin de son sang avant que la princesse ne meure.

J'avais l'impression que mes paupières étaient scellées et je sentais que j'étais dans un nouvel endroit. Mon lit, peut-être ? J'abandonnai toute résistance et sombrai dans l'oubli.

CHAPITRE 22

Tout me faisait mal.

J'avais l'impression que tout mon corps brûlait de l'intérieur.

J'avais envie de crier, mais ne pouvais que me recroqueviller sur le côté en saisissant mon ventre qui se tordait. Quelque chose n'allait pas. N'allait pas du tout.

Haletante et trempée de sueur, je me tournai vers l'autre côté pour essayer de trouver une position qui pourrait atténuer l'agonie que je ressentais.

Rien n'y fit.

Puis tout remonta. Je me tournai au-dessus du bord du lit et vomis, encore et encore, jusqu'à ce qu'il n'y ait plus rien.

Un linge frais essuya la sueur de mon front, puis ma bouche. Je me détendis un peu en ressentant enfin un certain soulagement. J'entendis quelqu'un bouger, peut-être en train de nettoyer le désordre que je venais de faire. Combien de personnes se trouvaient dans ma chambre ?

J'ouvris les yeux et il me fallut un moment pour m'adapter à l'obscurité et voir ce qui se passait dans la pièce. Une lanterne brillait sur mon bureau et éclairait faiblement mon lit. Je n'avais pas besoin de la lumière pour savoir qui essuyait mon front. Je pouvais le sentir. Cela n'avait aucun sens, mais j'avais su que c'était lui avant même d'ouvrir les yeux.

Je regardai autour de moi à la recherche de signes de Mythiuss ou de mes sœurs. Ils n'étaient pas là. Ryvin trempa le tissu dans un bol d'eau, puis l'essora avant de l'appliquer sur mon front.

Deux gardes se trouvaient à ma porte, tous deux ses hommes. Je reconnus l'un d'eux comme étant Vanth, l'homme avec qui j'avais dansé la nuit précédente. Était-ce la nuit précédente ?

— Qu'est-ce qui s'est passé ?

Ma voix sortit comme un croassement.

— Quelqu'un a attenté à ta vie, dit Ryvin.

— Quoi ?

— Ta servante. Elle t'a donné quelque chose à boire, tu te souviens ?

Il parlait calmement ; son ton était plus doux que je ne l'avais jamais entendu.

— Je m'en souviens. Quelque chose pour ma tête. À cause du vin de la veille.

Mes sourcils se froncèrent alors que j'essayais de me rappeler ce dont je me souvenais pour la dernière fois.

— Elle m'a aidée à entrer dans le bain, et ensuite j'ai sombré, n'est-ce pas ? Et tu… Comment tu l'as su ?

— Je suis venu te parler de quelque chose et je t'ai trouvée, dit-il.

— Je devrais être morte.

S'il n'était pas venu dans ma chambre, je le serais. Et la servante ? Elle avait l'air si gentille. Comment avais-je pu me tromper à ce point ?

— Elle est morte, si tu te poses des questions sur ta servante, dit Ryvin.

Je me frottai les tempes et fermai les yeux. Mes émotions

étaient enchevêtrées. Je détestais qu'elle soit morte, mais elle avait essayé de me tuer. Et j'avais déjà vu Ryvin tuer quelqu'un en mon nom une fois. Cela devenait une habitude que je n'appréciais que moyennement.

— Pourquoi est-ce que les gens n'arrêtent pas d'essayer de me tuer depuis que t'es arrivé ? demandai-je en tentant vainement d'adopter un ton de plaisanterie.

— Tu n'auras plus à t'inquiéter de ça très longtemps.

J'entendis des éclaboussures d'eau et sus qu'il avait laissé tomber le linge dans la bassine.

— J'ai demandé à ton père d'avancer la cérémonie du Choix. Elle aura lieu demain soir, et ensuite on partira.

J'ouvris les yeux. N'était-ce pas exactement ce que je voulais ? Je n'avais pas réussi à garder mon calme en sa présence, et après les propos de Cora, il savait que j'essayais de le distraire. Son départ anticipé était bien mieux qu'une obligation de l'apaiser. Je devrais être heureuse d'avoir trouvé une solution. Cela résolvait tout. Ma confusion au sujet de Ryvin et la promesse que j'avais faite à mon père.

Alors pourquoi mon pouls s'emballait-il sous l'effet de la panique à l'idée de le voir prendre le large ?

— Où sont mes sœurs ?

Cela aurait dû être ma première question. Si quelqu'un essayait de me tuer, il en avait forcément après ma famille aussi.

— Mon père ? Et pourquoi est-ce que tes hommes et toi êtes avec moi ? Pourquoi est-ce que je n'ai pas de gardes du palais ?

Je sortis mes pieds du lit et réalisai que j'étais en chemise de nuit, ce qui signifiait que quelqu'un m'avait habillée. Mais il y avait des problèmes plus importants pour l'instant. La personne qui m'avait vue nue était le cadet de mes soucis.

D'autant plus que j'avais le pressentiment que c'était probablement Ryvin qui m'avait habillée.

Ryvin s'éloigna pour me laisser un peu d'espace. Je me levai, puis oscillai lorsqu'une vague de nausée m'envahit et me força à me rasseoir. Je fermai les yeux jusqu'à ce que ça passe.

Ayant enfin l'impression de reprendre le contrôle, je regardai l'ambassadeur.

— Dis-moi ce qui se passe ici, bordel !

— Ton père n'est pas au courant de l'attaque, admit Ryvin. On a fait savoir à une autre servante que tu ne te sentais pas bien et que tu voulais être seule. Personne ne sait qu'on est là.

— Ma famille ?

— Ils vont bien. Ils vaquent à leurs occupations habituelles.

— Personne d'autre n'a été attaqué ? demandai-je.

Il secoua la tête.

— Je ne comprends toujours pas pourquoi t'es là, dis-je.

— Maintenant que t'es réveillée et que tu rejettes le poison, je n'ai pas besoin de rester.

— Le poison.

Je secouai la tête.

— Je ne comprends toujours pas.

— Je pense que quelqu'un a découvert la vérité sur David.

Mes yeux s'écarquillèrent.

— Je l'ai dit à mon père, mais il le savait déjà. Peut-être que quelqu'un nous a entendus ?

— Eh bien, ne le dis à personne d'autre et tout ira bien.

Ses yeux semblèrent briller avant de devenir plus sombres.

— Je me suis occupé du problème.

— Qu'est-ce que t'as fait ?

Je n'aurais pas dû demander.

— Je t'ai dit que je te protégerais.

Il se leva.

— Tu devrais te reposer. Je dirai à ton père que tu m'as distrait toute la journée, comme il te l'avait demandé. Il devrait être content de toi.

Ma mâchoire se crispa. Il y avait de la peine dans son ton, mais je ne devais pas m'en préoccuper. Je ne pouvais pas m'en préoccuper. Tout ce qui s'était passé entre nous avait été ce qui devait être fait. Ce n'était pas comme si l'idée d'utiliser ses filles comme monnaie d'échange avec des familles puissantes était nouvelle. La seule différence, c'était que je n'étais pas forcée de me marier. C'était du moins ce que je me répétais pour tenter de justifier les actes de mon père.

— Ne bois plus de poison. Je ne peux pas garantir que je serai là la prochaine fois.

Il se dirigea vers la porte et ses gardes se séparèrent pour lui permettre de sortir en premier.

Dès qu'ils furent tous partis, je m'enfouis sous mes couvertures, incapable de résister à l'épuisement qui me tiraillait. Sa présence et ce que je venais de vivre avaient ajouté de nombreuses questions à mon esprit, mais je n'étais pas sûre de vouloir connaître toutes ces réponses.

La lumière du soleil pénétra dans ma chambre et j'entendis le bruit de quelqu'un qui se déplaçait. Je me redressai trop vite, jetai mes draps sur le côté et sortis de mon lit. Étourdie et légèrement déséquilibrée, je dus me servir de mes bras pour me stabiliser un instant avant de me retourner pour voir une femme reculer d'un plateau qu'elle venait de poser sur mon bureau.

— Je ne voulais pas vous faire sursauter, Votre Altesse, dit la servante en s'inclinant avec les yeux baissés.

— Vous êtes qui ? demandai-je.

— Je m'appelle Iris. On m'a envoyée pour m'occuper de vous pendant que Mila est partie prendre soin de sa mère malade.

C'était donc l'excuse qu'ils avaient donnée. Et c'était pour Mila. Qu'en était-il de l'autre femme qui était venue ici la nuit dernière ? Avait-elle été envoyée par le personnel ? Ou était-elle entrée en douce avec l'intention de me faire du mal ?

— Je vous ai apporté du thé. Comment est-ce que vous vous sentez ? On m'a dit que vous aviez pris la journée pour vous reposer hier et que vous auriez peut-être besoin d'aide pour vous préparer aujourd'hui.

— J'étais malade, dis-je un peu trop vite. Je vais mieux aujourd'hui. Je peux me débrouiller.

— Bien sûr, Votre Altesse.

Iris fit une révérence, puis se retira et me laissa seule dans ma chambre.

Je regardai le thé avec méfiance et l'évitai pour me diriger directement vers ma salle de bains. Je décidai que je n'avais pas envie de prendre un bain. Je me lavai et m'habillai rapidement afin de pouvoir quitter le confinement de ma chambre. Ryvin m'avait dit que mes sœurs étaient en sécurité, mais je devais les voir de mes propres yeux.

À mon grand soulagement, mes trois sœurs étaient assises dans la salle du petit-déjeuner à mon arrivée.

— Bon retour parmi nous, Ara, taquina Cora. Ça fait plaisir de voir que ce n'était pas moi cette fois-ci.

— Je suis contente que tu te sois amusée pour changer, dit Sophia.

Lagina mâchait lentement et m'observait d'un regard qui en disait plus long que n'importe quel mot. Elle savait exactement ce que j'avais fait cette nuit-là. Et avec qui j'avais été. Je voyais bien qu'elle essayait désespérément de ne pas me juger, mais cela la déchirait.

Je m'installai sur la chaise en face d'elle.

— Dis ce que t'as à dire avant d'exploser.

Elle avala, puis prit une gorgée d'eau.

— Je ne dirai rien.

J'attrapai le plus petit gâteau au miel. J'avais une drôle de sensation au niveau de l'estomac. Je ne savais pas très bien si j'avais faim ou si j'avais encore besoin de vomir.

— Dis ce que t'as sur le cœur maintenant. Tant qu'il n'y a que nous et personne d'autre dans les parages.

— Oui, Gina, dis-le, encouragea Cora.

— Ara n'a rien fait de mal, dit Sophia, toujours aussi médiatrice.

— Je n'arrive pas à croire que tu l'as baisé, cracha Lagina.

La déclaration sortit à peu près de la même façon que si quelqu'un avait été privé d'oxygène et aspirait sa première bouffée d'air frais.

J'arrachai un petit morceau de mon gâteau et le fourrai dans ma bouche en attendant qu'elle ajoute quelque chose.

— Après tout ce que t'as dit, tous ces jugements sur le Choix, tu l'as laissé t'avoir ? L'ambassadeur ? Leur chef. Je veux dire, je pourrais peut-être comprendre si t'avais fait ça avec l'un des gardes…

— Certains d'entre eux sont séduisants, ajouta Cora avec un haussement d'épaules.

— Je veux dire, papa a dû demander à Sophia de prendre

le relais parce que tu n'arrivais pas à l'occuper et tu décides que la seule façon de le faire, c'est de le baiser ? Qu'est-ce qui ne va pas chez toi ?

Elle laissa tomber le petit pain qu'elle tenait dans son assiette.

— T'as fini ?

J'arrachai un autre morceau de mon gâteau et le fis rouler entre mes doigts, trop distraite pour manger.

— Je n'arrive pas à croire que t'aies fait ça. Tu ne fais pas toujours le deuil de David ?

Là, je laissai tomber mon gâteau et serrai les poings.

— Premièrement, ne me parle plus jamais de lui.

Ses lèvres s'entrouvrirent et elle aspira un léger souffle de surprise face à mon ton.

— Deuxièmement, avec qui je couche ne te regarde pas. Et la façon dont je m'acquitte de mes devoirs envers notre famille n'est pas à débattre. J'ai été chargée de le distraire. J'ai fait mon travail.

Je ne pouvais pas me résoudre à admettre que notre père m'avait demandé d'aller aussi loin que nécessaire. Ou que pendant la fête, dans les jardins, j'avais eu autant besoin de Ryvin que d'air. J'avais eu le choix et maintenant je devais vivre avec ça.

— J'aurais pu continuer à danser avec lui, Ara. Tu n'étais pas obligée de faire ça, dit Sophia. Je suis heureuse d'aider.

— Je ne veux pas que tu t'approches de lui, m'emportai-je.

Elle se crispa.

— Je suis désolée, Sophia. Mais Lagina a tout à fait le droit d'être contrariée par la présence de l'une de nous près de lui. Mieux vaut moi que n'importe laquelle de vous trois.

Je dévisageai chacune de mes sœurs à tour de rôle.

— Vous m'entendez ? Laissez-moi faire ça pour notre famille. Laissez-moi être utile pour une fois.

— T'es utile, Ara. Tu te prépares à aller au mur, dit gentiment Lagina, qui retrouvait son calme habituel. Je suis désolée pour ce que j'ai dit. J'ai dépassé les bornes.

Je la regardai, à la recherche d'un quelconque signe de malhonnêteté. Elle n'avait pas l'air de cacher quoi que ce soit. Elle n'était pas au courant. Elle ne savait rien des dragons ni de ce qui allait arriver. Elle ne savait pas que notre père m'avait demandé d'occuper l'ambassadeur à ce point. Le roi planifiait la guerre et il l'avait laissée en dehors de tout ça.

Je me levai.

— Excusez-moi. J'ai bien peur que mon estomac ne soit pas encore prêt pour le petit-déjeuner.

— Ne pars pas, Ara. Je suis désolée. Je ne le pensais pas, dit Lagina.

— Je sais et je comprends.

Probablement plus qu'elle ne le saurait jamais. Elle était seulement énervée parce qu'elle s'inquiétait pour moi, et je l'aimais pour cela. Nous étions toutes les deux très différentes à bien des égards, mais nous étions toutes les deux liées par un sens aigu du devoir et nous nous inquiétions l'une pour l'autre. Un de ces jours, nous reformerions peut-être la connexion que nous avions lorsque nous étions plus jeunes, mais pour l'instant, nous étions à des endroits différents, même si nos objectifs étaient les mêmes.

Je me rendis au bureau de mon père avant de pouvoir changer d'avis. Je ne savais pas trop ce que j'allais lui dire. Allais-je lui dire ce que j'avais fait avec Ryvin ? Ou comment les choses s'étaient terminées avec lui, ou encore qu'il était revenu dans ma chambre la nuit dernière pour me sauver la vie ? Devrais-je lui dire que Cora avait dévoilé mes intentions ? Tout cela avait-il de l'importance maintenant qu'ils avaient demandé à déplacer le Choix ?

Je n'avais aucune idée de ce que je devrais dire, mais je savais que je devais faire autre chose que rester assise dans la salle du petit-déjeuner à attendre.

La porte du bureau était fermée, mais plusieurs gardes étaient postés à l'extérieur. La plupart d'entre eux étaient de nouvelles recrues. Cela avait été la tendance ces derniers temps. Il y avait tant de nouveaux gardes. Était-ce parce qu'ils avaient tous quitté le mur pour venir ici ? Cela expliquerait l'apparence débraillée de beaucoup d'entre eux. Les normes devaient être différentes au mur.

— Que pouvons-nous faire pour vous, Princesse ? demanda l'un des gardes.

Il était plus âgé et arborait une barbe noire striée de blanc. La plupart des gardes étaient rasés de près ou entretenaient une barbe courte. Il devait avoir été recruté récemment, mais au moins, il savait qui j'étais.

— Je dois parler à mon père, dis-je.

Le garde hocha la tête, puis frappa deux fois à la porte. Celle-ci s'ouvrit rapidement et le visage d'Istvan apparut par le petit interstice.

— Princesse ?

— Je dois parler à mon père, répétai-je.

La porte se referma et mes narines se dilatèrent sous l'effet de la colère. La porte s'ouvrit alors plus largement et Istvan inclina la tête tout en faisant un geste du bras vers l'intérieur de la pièce en guise de bienvenue.

J'aurais été moins surprise d'être renvoyée.

À l'intérieur, mon père était penché au-dessus de son bureau tandis que des conseillers se tenaient de part et d'autre de lui. Ils regardaient des piles de documents, dont certains étaient jaunis par l'âge. La porte se referma brutalement derrière moi, ce qui fit lever les yeux de toutes les personnes présentes.

Le front ridé de mon père s'adoucit et il retourna le document qu'il était en train de lire.

— Ara, ma fille chérie. Qu'est-ce que je peux faire pour toi ?

— J'ai juste besoin d'une minute, dis-je en jetant un coup d'œil aux autres occupants de la pièce.

— C'est à propos des sœurs et de la mère de David ? demanda-t-il.

— Qu'est-ce qu'elles ont ?

Ce n'était pas pour cela que j'étais venue, mais mon estomac se noua face à la sympathie que je lus sur le visage de mon père.

— Qu'est-ce qui s'est passé ?

— Une terrible tragédie. Leur maison a brûlé la nuit dernière. Il n'y a eu aucune survivante.

— Quoi ?

Soudain, un souvenir brumeux se matérialisa. La servante qui m'avait empoisonnée. N'avait-elle pas parlé de David ? Je sentis mon visage perdre toute couleur. Ryvin. Il m'avait dit qu'il s'était occupé de tout. Était-ce ce qu'il voulait dire ?

C'était lui qui avait fait ça. Ou bien ses hommes.

— Je suis désolé, ma chérie. Je sais que tu t'inquiétais pour elles après le décès de David.

— C'est vrai, dis-je.

Mais peut-être que je ne m'étais pas inquiétée pour les bonnes raisons. Était-il possible qu'elles soient à l'origine de l'attaque dont j'avais fait l'objet ? Ryvin pensait certainement qu'elles avaient quelque chose à voir avec ça ou au moins qu'elles représentaient une menace.

Le pire, c'était que je savais que je ferais la même chose si la situation était inversée et que quelqu'un avait tué l'une de mes sœurs. Je n'hésiterais pas. Je voudrais me venger de leur assassin. Et c'était ce que j'étais. Elles s'en étaient prises à moi pour avoir ôté la vie à l'un des leurs.

Ma poitrine se resserra. Je le méritais, n'est-ce pas ?

— De quoi tu voulais me parler ? demanda mon père en me sortant de mes réflexions.

— De la tâche que tu m'as confiée, dis-je lorsque mon esprit revint à la question que mon père m'avait posée.

Je ne voulais pas parler du fait que j'avais frôlé la mort. Pas maintenant. Pas quand je savais que les coupables étaient déjà probablement morts.

— Il est au courant.

Mon père se leva.

— Tout le monde dehors.

J'attendis en silence que la pièce se vide. Mon père fit le tour de son bureau pour se placer à côté de moi.

— Il est au courant de quoi exactement ?

— Que j'ai été chargée de le distraire.

— Mais c'est tout ?

Je hochai la tête.

— Cora nous a surpris ensemble dans le jardin…

— Je vois.

Mon père se racla la gorge, visiblement mal à l'aise avec le sujet.

— Tu t'es bien débrouillée, et je suis désolé de t'avoir imposé ce fardeau.

— Je ne peux pas le distraire davantage, admis-je.

— C'est pour ça qu'il a demandé qu'on avance le Choix ?

J'acquiesçai.

— Tu vas le faire, n'est-ce pas ? Pour qu'on en finisse avec Konos pour l'instant ?

— Les préparatifs sont déjà en cours. La cérémonie aura

lieu ce soir, confirma-t-il. Tu t'es bien débrouillée, Ara. Mieux que je n'aurais pu l'espérer.

Ses louanges me paraissaient creuses. Vides. Il y avait tellement de conflits dans mon cœur. Toutes mes interactions avec l'ambassadeur étaient un stratagème, mais ce n'était pas le sentiment que j'avais si j'étais honnête avec moi-même.

— Et les tributs ? S'il te plaît, dis-moi qu'on peut faire quelque chose pour arrêter ça.

Si nous étions si près de déclencher une guerre, pourquoi ne pas risquer de mettre Konos en colère maintenant ? Nous pourrions épargner tant de vies innocentes.

— J'ai bien peur qu'on ne puisse rien y faire cette année, mais tu comprends ce que leur sacrifice nous apportera à tous, dit-il.

— Pourquoi ? Pourquoi est-ce qu'on ne peut pas refuser ? Renvoyer la délégation sans eux. Les laisser venir avec leurs armées si c'est ce qui va se passer de toute façon.

— On a besoin de plus de temps et les tributs le gagnent pour nous. Je sais que ce n'est pas ce que tu veux entendre, mais rappelle-toi qu'ils seront les derniers.

Je déglutis pour ravaler la boule dans ma gorge. Ses paroles avaient du sens, mais je ne pouvais pas m'empêcher de penser que je ne valais pas mieux que ceux que j'affrontais si je permettais que cela se produise. Y avait-il quelque chose que je pouvais faire ? Et si j'avais poussé les choses encore plus loin avec Ryvin ? Aurait-il refusé les tributs pour moi ? Et si je m'étais portée volontaire à leur place ?

Il était trop tard pour tout cela maintenant. Il n'y avait aucune chance que l'ambassadeur veuille me revoir. La raison pour laquelle il s'était donné la peine de me sauver la vie était un mystère.

— Tu n'es pas obligée de rester pour la cérémonie si c'est

trop, proposa-t-il. Tu veux partir pour un moment ? Rester dans un temple ?

Son ton était doux, et cela me fit me raidir. J'avais l'impression de m'être appuyée contre des morceaux de verre brisé. Chaque parcelle de moi était en état d'alerte.

— C'est ce que tu veux que je fasse ? Que je parte ? demandai-je.

— Bien sûr que non. C'est juste qu'Ophelia a mentionné que tu voudrais peut-être être éloignée des hommes pendant un certain temps après ce qu'on t'a demandé de faire.

— On ? Depuis quand Ophelia faisait partie de ses plans ?

— Ce que *je* t'ai demandé de faire, clarifia-t-il.

— Je ne servirai jamais dans un temple.

— Il n'y a pas de honte à mener une vie tranquille.

Ses mots me donnèrent le tournis. Était-ce le plan pour moi une fois que tout serait terminé ? Le mur n'était plus une option, et je n'étais pas nécessaire. Qu'adviendrait-il de moi après le Choix ? Tout allait changer si nous entrions en guerre.

— On pourra en discuter davantage plus tard, dit-il. Repose-toi un peu aujourd'hui. Tout sera beaucoup plus clair après la cérémonie de ce soir.

CHAPITRE 23

La matinée n'était qu'une brume. J'errais dans le palais, l'esprit en guerre. Logiquement, je comprenais le sacrifice que faisaient les tributs, mais je me sentais tout de même mal. Le palais était en pleine effervescence. Tout le monde se préparait pour la cérémonie de ce soir. Cela faisait des mois qu'ils s'y préparaient, mais avec le changement soudain de date, tous les plans minutieux étaient bouleversés.

Mon estomac se nouait à l'idée des personnes dont le nom allait être appelé. Si le fait d'avancer la cérémonie favorisait les objectifs de mon père, cela donnait à tous ces tributs moins de temps pour se dire au revoir. Combien d'entre eux avaient des projets pour cette semaine ? Des dernières visites à la famille et aux amis ? Des repas préférés prévus, des sorties ou des activités… n'importe quoi pour profiter de ce qui pourrait être leurs derniers jours à Athos.

Tous les tributs avaient été dépouillés de cela. Leurs familles rentreraient chez elles ce soir dans des maisons vides, sachant qu'elles ne reverraient jamais leurs proches. Ceux qui étaient épargnés passeraient la nuit à s'offrir du luxe et à danser jusqu'au lever du soleil. Comment pouvais-je faire partie de tout cela ?

Peut-être étais-je aussi mauvaise que l'avaient prétendu les hommes qui m'avaient attaquée. Qu'avais-je fait pour les aider ? J'avais couché avec l'ambassadeur de Konos.

Si nous faisions une alliance avec les dragons, cela pourrait être le dernier Choix. Cela sauverait tant de gens de mon peuple, mais je ne pouvais pas sauver ceux dont les noms seraient appelés ce soir. Peut-être pouvais-je faire quelque chose. Je pourrais peut-être dire un dernier mot à Ryvin et lui demander une échappatoire. Il devait bien y en avoir une, non ? Dans toutes les histoires de faës, il y avait toujours une échappatoire.

En me rendant au déjeuner, j'aperçus des gens qui affluaient déjà dans l'enceinte du palais, à quelques heures de la Cérémonie des Tributs. Les gardes distribueraient de la nourriture et des cadeaux tout l'après-midi, jusqu'à l'événement principal au coucher du soleil, lorsque la délégation de Konos annoncerait les noms des tributs. Je ne savais pas s'il y en aurait quatorze ou cent. Tout ce que je savais, c'était que je ne me sentais pas bien.

— Tu devrais manger, Ara, encouragea Sophia en me tirant de mes pensées.

Je détachai mon regard de la fenêtre où je contemplais distraitement la mer bleue qui s'étendait au-delà.

— Toujours la gueule de bois ? me taquina Cora.

— Juste distraite, dis-je en attrapant le pichet pour me servir de l'eau. Ce n'est pas une journée qui m'enchante, tu sais.

— C'est presque fini, dit Lagina d'un ton apaisant.

Elle déposa un gâteau au miel dans mon assiette.

— Sophia a raison, tu devrais manger. Tu ne peux pas tout contrôler.

— Au moins, l'ambassadeur sera parti demain, dit Cora, la bouche pleine de nourriture.

Je grognai. Cette pensée m'inspirait des sentiments contradictoires qui ne m'enchantaient pas. Une partie de moi n'avait pas hâte de lui dire au revoir, mais je savais que je m'en remettrais une fois qu'il serait parti.

— Écoute tes sœurs, dit mon père depuis l'endroit où il était assis en face de moi.

Je lui fis un sourire en me rappelant qu'au moins, nous étions débarrassés de la présence d'Ophelia. Mon père avait annoncé que la reine ne se sentait pas bien lorsqu'il était entré dans la pièce. D'habitude, il déjeunait avec elle et nous laissait, mes sœurs et moi, prendre nous-mêmes le repas de midi dans la salle du petit-déjeuner. Il était rare que nous ayons l'occasion de prendre un repas informel avec lui. Je devrais apprécier sa compagnie, mais je n'arrivais pas à apprécier quoi que ce soit aujourd'hui.

Je me forçai à prendre une bouchée du gâteau. Il avait un goût de cendre.

— Comment on peut faire ça ? Comment est-ce que j'ai pu rester les bras croisés sans rien dire la dernière fois que c'est arrivé ? Comment peut-on tous rester là sans rien faire ?

Mon père tendit son bras à travers la table et me tapota la main.

— Patience, ma fille. Les choses iront mieux après le coucher du soleil.

Je hochai la tête en serrant les dents, sans trop savoir comment c'était possible. Peut-être partagerait-il d'autres bonnes nouvelles sur l'alliance avec les dragons une fois que les voiles rouges des navires de Konos auraient disparu à l'horizon.

— Vous avez entendu que quelqu'un a repéré des œufs de tortue ? demanda Sophia. Vous imaginez ? On va peut-être revoir des tortues !

— Je ne suis pas sûre de croire les histoires des pêcheurs, avertit Cora.

— Ils disent que les mers sont plus calmes, qu'il y a moins d'attaques de monstres et que les sirènes ne sont plus aperçues si souvent, riposta Sophia.

— C'est possible. Il y avait des tortues de mer avant les monstres, expliqua mon père. Mais personne n'en a vu depuis des centaines d'années.

— Et si c'était vraiment des œufs de tortue, qu'ils éclosent et que plein de mignons bébés en sortent ? dit Sophia.

— S'ils commencent à éclore, on ira sur le rivage pour voir ça par nous-mêmes, promit mon père.

— Ce serait la preuve que notre accord avec le roi des faës en valait la peine, n'est-ce pas ? demanda Lagina. S'il y a moins de monstres dans la mer, ça montrerait qu'ils ont fait leur devoir en nous protégeant, non ? On pourra peut-être faire un tour en bateau un jour.

Je regardai longuement l'eau. Je n'avais jamais été sur les rives, et encore moins sur un bateau. C'était considéré comme trop dangereux. Qu'est-ce que ça ferait de sentir l'eau au bout de mes doigts ? D'enfoncer mes orteils dans le sable ? De me balancer au milieu des vagues depuis le pont d'un bateau ? Cela semblait être un rêve impossible.

Mon père changea rapidement de sujet.

— Vous avez entendu que votre mère prépare un bal pour vous, les filles ?

J'enfournai une autre bouchée de nourriture dans ma bouche, car je savais que je ne faisais pas partie de cette conversation ou de cette planification.

— C'est parce qu'elle se prépare à toutes nous marier, dit Cora d'un ton sombre.

— C'est important de s'unir à une famille solide, déclara Lagina.

— Je ne te vois pas aller au temple pour prononcer tes vœux, accusa Cora.

— Je trouve que c'est très romantique, déclara Sophia. Regardez l'histoire d'amour qu'ont eue nos parents.

Je faillis m'étouffer avec mon eau. Je me détournai de la table en toussant et en crachotant pour essayer de me reprendre en main. Tout le monde savait que mon père et Ophelia n'étaient pas amoureux.

Cora me tapota dans le dos, et je repris mon souffle.

— Désolée.

Lagina me regarda d'un air renfrogné.

— Il y a plusieurs sortes d'amour, Ara.

— Je n'ai rien dit, réussis-je à répondre malgré le chatouillement que je ressentais encore dans ma gorge.

— Je suis heureuse de faire mon devoir envers la famille le moment venu, ajouta Sophia.

— Eh bien, je pourrais envisager Tomas, dit Cora.

— On verra, dit mon père.

La conversation se poursuivit en passant à des idées de décoration et à des souvenirs de bals passés. C'était une bonne tentative de distraction, mais mon esprit vagabondait toujours vers la journée qui s'annonçait.

Finalement, mon père se leva.

— Je dois me préparer pour ce soir. Je vous verrai toutes à la cérémonie.

Nous nous levâmes et laissâmes notre père quitter la pièce avant de nous éloigner de la table.

— Tu crois vraiment que ma mère va bientôt me marier ? me chuchota Sophia alors que nous nous dirigions vers la porte.

— Je ne sais pas, répondis-je. Elle a peut-être abandonné pour Cora.

— Qui que ce soit, j'espère qu'il est gentil, dit-elle.

— Je m'en assurerai, promis-je.

Je suivis le mouvement et laissai ma nouvelle servante m'habiller d'un péplos doré scintillant. Engourdie, je restai assise en silence pendant qu'elle tressait et entortillait mes cheveux dans une coiffure élaborée.

Mon esprit tourbillonnait alors que je pensais à la cérémonie à venir. J'espérais à moitié entendre quelque chose de la part de mon père. Quelque chose pour arrêter tout ça. Mais nous continuions les préparatifs comme à l'accoutumée.

— Qu'est-ce que vous pensez de la tiare dorée qui va avec ? Celle avec les pierres bleues ? demanda Iris.

— Pas de couronne.

— Vous êtes tout de même un membre de la famille royale. Ça nous fait du bien de vous voir prendre votre place.

— Je n'ai pas de place ici, répondis-je avant de pouvoir m'en empêcher.

Je n'avais pas réalisé que c'était ce que je ressentais jusqu'à ce que je prononce ces mots. Tout avait été bouleversé dans ma vie au cours de la semaine écoulée. Tous mes plans minutieux s'étaient envolés.

Était-ce ce qui m'attendait ? Servir de divertissement et de distraction à tous ceux que mon père me désignait ?

Je frémis.

— On évitera la couronne, alors, dit doucement Iris.

Je savais qu'elle essayait d'être gentille, peut-être même qu'elle essayait de me connaître ou de se rapprocher de moi. Mais je n'allais pas laisser quelqu'un d'autre devenir proche de moi. La perte de Mila était trop fraîche, trop douloureuse.

— Vous êtes prête.

Iris fit un pas en arrière.

— Vous êtes magnifique. Cet ambassadeur ne pourra pas détourner son regard de vous.

C'était le jeu, n'est-ce pas ? Ce qu'on attendait de moi. J'en avais assez de jouer le jeu des autres.

— Je ne pense pas que je passerai du temps avec l'ambassadeur ce soir. Je veux juste en finir avec toute cette histoire.

— C'est une honte, la façon dont ça fonctionne, dit Iris. C'est une question de chance ou d'étoiles, n'est-ce pas ? Certains d'entre nous ne sont même pas éligibles. Comme vous et votre famille. Ou moi. J'étais trop jeune la dernière fois et trop vieille maintenant.

Elle secoua la tête.

— C'est un sentiment pesant, n'est-ce pas ? La culpabilité.

Je la regardai dans les yeux pour la première fois de l'après-midi. Son expression était authentique et elle avait exprimé quelque chose que je n'avais jamais réussi à cerner. Il y avait un sentiment de culpabilité lié au Choix. La culpabilité de ne rien pouvoir faire, et malgré le fait que je ne l'avais jamais admis, la culpabilité de ne pas être éligible comme tous les autres de mon âge.

— On ne peut rien contre les étoiles sous lesquelles on est né, Votre Altesse, dit-elle. Tout ce qu'on peut faire, c'est tirer le meilleur de ce que les dieux nous ont donné.

Je n'étais pas très douée pour parler aux dieux. Il m'arrivait de les invoquer, et je faisais des offrandes les jours de fête. Mais cela m'avait toujours semblé vide, et je mentirais si je disais que j'avais déjà senti leur présence dans ma vie. Je n'avais jamais trouvé logique que les dieux se soucient des problèmes des humains. Ils étaient immortels et avaient tout ce dont ils avaient besoin. Lorsque les monstres s'étaient manifestés et avaient presque éliminé les humains du monde, les dieux s'étaient tus. Ils auraient pu nous sauver. Ils avaient choisi de ne pas le faire.

Je me renfrognai.

— Je ne suis pas sûre que les dieux aient quelque chose à voir avec ma vie.

— C'est encore mieux, alors. Ça veut dire que vous pouvez forger votre propre chemin.

— Vous avez peut-être raison, Iris. Il vaut peut-être mieux qu'ils nous ignorent. Les dieux semblent n'apporter aux humains que des problèmes.

— Combattre les choses par soi-même est une source de force. Ce n'est peut-être pas facile de suivre ses propres étoiles, mais au final, c'est comme ça qu'on brille le plus.

Je souris.

— Merci pour ce rappel.

CHAPITRE 24

Des gardes du palais se tenaient en cercle près de l'entrée. Je tournai les talons et les contournai pour emprunter une autre sortie. Mes sœurs étaient encore en train de se préparer et assisteraient au rassemblement avec mon père et Ophelia. Au dernier Choix, Sophia était restée en arrière, car elle avait été trop jeune pour assister à la cérémonie. Je m'étais retrouvée coincée sur l'estrade lourdement gardée tandis que mon père et Ophelia étaient assis sur des trônes installés sur la pelouse pour l'occasion.

Je ne referais pas cette erreur.

Si je devais endurer le Choix, je le ferais à ma façon. Je savais que je ne pouvais pas rester plantée là et arborer une expression de désintérêt, comme c'était attendu de moi.

La cuisine était en effervescence. Les cuisiniers hachaient et préparaient. Certains glissaient des plateaux de pâte dans les énormes fours pour confectionner davantage de pain pour les gens.

Tous les boulangers de la ville avaient été engagés pour fournir des produits pour cet événement, mais le palais ajoutait aussi tout ce qu'il pouvait créer. Le festin se poursuivrait pendant des heures après que les tributs eurent été emportés.

L'ambiance morose de la cérémonie céderait la place à une célébration.

Pendant le dernier Choix, j'avais cru que c'était par gentillesse. Maintenant, j'étais assez âgée pour comprendre que c'était une façon d'assurer la complaisance. Un gage pour apaiser les gens qui étaient sur le point de voir trop de familles faire le sacrifice ultime. La fête qui suivait ne célébrait pas la paix comme on me l'avait appris. C'était un soulagement pour ceux qui n'avaient pas été sélectionnés.

Je me faufilai par la porte de la cuisine sans me faire remarquer et dépassai les serviteurs occupés à porter des plateaux de nourriture jusqu'à atteindre l'espace ouvert près du verger. Je détournai rapidement le regard des arbres pour chasser tout souvenir de ce que j'y avais fait avec l'ambassadeur. Une douleur sourde grondait dans ma poitrine, et je savais qu'une partie de moi voulait toujours être près de Ryvin. Je mis ce sentiment sur le compte de la peur de la cérémonie à venir et continuai à avancer en me disant que je ne voulais rien avoir à faire avec l'ambassadeur.

Alors que je sortais du palais, je voyais déjà la foule s'approcher de l'événement. Il y aurait des milliers de personnes ici ce soir. Toute personne majeure était tenue d'y assister, mais la plupart des habitants de la ville seraient là pour voir le spectacle et participer au festin.

La pelouse qui s'étendait entre les jardins du palais et les falaises rocheuses était transformée. Des torches brûlaient le long du périmètre et une estrade avait été érigée au centre, avec deux trônes pour le roi et la reine. De longues tables étaient garnies de nourriture, un luxe inaccessible à la plupart des citoyens d'Athos.

Des groupes de musiciens postés tout autour de l'espace tentaculaire jouaient de la musique par intermittence. Des milliers de personnes se mêlaient, mangeaient et dansaient.

L'atmosphère était énergique et optimiste malgré le fait que le soleil baissait à l'horizon.

Le début des festivités n'allait pas tarder.

— Tu ne devrais pas être seule ici, Votre Altesse.

Je me retournai, les lèvres déjà serrées l'une contre l'autre, et observai Ryvin.

Il était entouré de ses hommes, ce qui me fit reculer d'un pas.

Il portait sa tunique noire caractéristique, tandis que le reste des hommes étaient vêtus des tuniques cramoisies de Konos. Derrière eux, j'aperçus Morta. Elle portait une robe blanche fluide composée de plusieurs couches de tissu transparent. Elle donnait l'illusion de flotter dans un nuage. De tous les membres de Konos rassemblés, c'était elle qui m'inquiétait le plus. Je frémis.

— Je ne suis pas sûr de pouvoir te sauver ce soir si tu te retrouves en danger, dit Ryvin.

— C'est une menace ? demandai-je à voix basse, trop consciente des yeux de son entourage posés sur moi.

— Tu n'as rien à craindre de moi ou de l'un de mes hommes.

Je jetai un coup d'œil à Morta. Elle avait la tête tournée sur le côté et fixait un point invisible au loin avec ses yeux vides.

— Personne de Konos ne te fera de mal, précisa-t-il.

Je fronçai les sourcils et me retournai vers lui. Je détestais quand il semblait savoir exactement ce que je pensais.

— Vous partez tous après la cérémonie ?

— Demain aux premières lueurs de l'aube.

— Bien.

Il gloussa.

— C'est dommage que les choses n'aient pas marché

entre nous, Astéri. Tu dois apprendre à accepter tes sentiments plutôt que de les combattre.

— Il n'y a pas de sentiments entre nous, dis-je, comme si j'avais besoin de me le rappeler.

Il se redressa et l'humour dans son ton disparut.

— C'est ce que tu persistes à dire, Princesse.

Des pas lourds s'approchèrent et je me retournai pour faire face aux gardes qui arrivaient. Au milieu d'eux se trouvaient mon père, Ophelia et mes sœurs, tout sourire et respectueux de l'étiquette.

Mon père se détacha des gardes.

— Ara, tu ne devrais pas être ici toute seule.

— Je gardais un œil sur elle, dit Ryvin.

— Vous ne resterez pas ici éternellement, ambassadeur, dit mon père d'un ton glacial. Ara, il faut que tu arrêtes d'être aussi imprudente. Viens avec nous.

Il avait l'air inquiet, mais pourquoi ne le serait-il pas ? Certains citoyens voulaient tellement en finir avec le Choix qu'ils nous avaient attaqués, moi et la délégation de Konos. Pourtant, nous avions accueilli tous ceux qui voulaient se joindre à nous pour assister publiquement à l'annonce des tributs. De plus, il savait que Ryvin était au courant des ordres qui m'avaient été donnés de le distraire. Il pensait probablement que j'étais en danger à cause de l'ambassadeur lui-même. Curieusement, je ne pensais pas que quelqu'un de Konos me ferait du mal. Mon père s'était-il vraiment débarrassé des gardes qui voulaient du mal à Konos ou à ma famille ?

Tandis que je m'avançais aux côtés de mes sœurs, l'anxiété et l'impatience m'envahirent telles des créatures rampantes. Le Choix était déjà assez pénible, mais cette année, c'était encore pire. Je détestais l'idée que nous devions regarder notre peuple se faire arracher à sa famille, mais je devais me rappeler qu'il s'agissait de la dernière année. C'était la seule façon pour moi de surmonter cela.

Je jetai un coup d'œil autour de moi et cherchai involontairement Ryvin. Mes yeux trouvèrent les siens et je le fixai en sentant un poids inconfortable dans ma poitrine. Plus vite il serait parti, mieux ce serait.

Je détachai mes yeux de lui et suivis ma famille vers l'estrade. Je poussai un soupir de soulagement en levant les yeux vers le ciel. Le soleil commençait à descendre. J'avais redouté ce jour depuis si longtemps. Maintenant, tout ce que je voulais, c'était en finir et passer à autre chose. Peut-être que mon père m'autoriserait à participer à la guerre qui s'annonçait. Il avait partagé plus de choses avec moi qu'avec Lagina. Peut-être avait-il des projets pour moi qui n'impliquaient pas que je reste sur la touche.

Istvan nous attendait sur l'estrade et je m'installai à ma place derrière les trônes. J'avais l'impression de patauger dans de la boue jusqu'aux hanches ; mes mouvements étaient raides et lents. Mon esprit débordait de pensées et j'étais tellement distraite qu'il fallut me demander à plusieurs reprises de bouger ou de me repositionner.

— Qu'est-ce qui ne va pas ? chuchota Sophia.

Je secouai la tête pour indiquer que je n'étais pas d'humeur à parler.

Ses sourcils se froncèrent et ses yeux s'attardèrent, mais elle se tourna consciencieusement vers le prêtre dès qu'Istvan monta sur l'estrade.

Il aurait été beaucoup plus facile d'observer la scène depuis la foule, où je n'aurais pas eu à masquer mes réactions. Mais j'étais ici maintenant, alors j'allais devoir jouer le jeu. Mon cœur battait la chamade et mon pouls pulsait dans mes oreilles jusqu'à bloquer les bruits des gens qui m'entouraient. Istvan parlait, mais je n'entendais rien. Il me fallait toute mon énergie pour garder une expression impassible. Pour me distancer des humains qui étaient sur le point d'être extraits de la foule.

Une goutte de sueur glissait le long de mon dos, et je pouvais sentir la tension qui régnait autour de nous. C'était comme si l'air que je respirais était trop lourd. Quelque chose ne tournait pas rond.

— Vous sentez ça ? chuchotai-je.

— Quoi ? demanda Sophia.

— Chut, gronda Lagina.

Je me forçai à me concentrer et à saisir des bribes de ce que disait Istvan. Il parla de notre histoire, du traité que nous avions signé avec le roi des faës, et mentionna des choses comme l'honneur pour expliquer pourquoi les tributs devaient partir avec reconnaissance vers leurs nouveaux foyers.

Nous avions tous entendu ces récits. Toujours contradictoires. Jamais certains. Soit les tributs vivaient une vie de luxe, soit ils mouraient d'une mort atroce.

Peut-être vivaient-ils peu de temps avant d'être déchiquetés ou vidés de leur sang.

Personne ne le savait vraiment.

Mes ongles s'enfonçaient dans ma paume pendant que j'attendais. Je me sentais nauséeuse et en surchauffe. Ce n'était pas normal. Tout cela était mal.

Ryvin monta les escaliers et rejoignit Istvan sur l'estrade. Tous les bavardages et les conversations cessèrent. C'était comme si la foule entière retenait un souffle collectif.

Les tributs allaient être appelés par leur nom. Ils avaient été sélectionnés à un moment ou à un autre de leur visite, ou peut-être aujourd'hui, au cours des festivités qui précédaient la cérémonie. Cette journée allait anéantir de nombreuses familles. Je scrutai la foule et surpris plus d'une personne en train de pleurer. Sur d'autres visages, je lis de la joie et de l'impatience. Certains semblaient même excités.

Ma poitrine me faisait mal. Comment tant de gens pouvaient-ils rester là les bras croisés et prétendre qu'il s'agissait d'une fête alors que des citoyens d'Athos étaient sur le point d'être arrachés à leur vie, à leur famille, et envoyés sur cette île maudite ?

— Avec ces tributs, la paix entre nos royaumes s'étendra sur neuf autres glorieuses années, déclara Ryvin.

Des murmures polis et gênés s'élevèrent de la foule, mais je n'écoutais plus. Un mouvement attira mon attention, quelque part au fond de l'assistance. Des gens se déplaçaient comme des vagues ondulantes et la foule commença à se diviser en deux.

Des cris de surprise et des halètements confus furent rapidement remplacés par des hurlements angoissés lorsqu'un groupe d'hommes fit irruption dans la foule et se dirigea tout droit vers l'estrade. Leurs visages étaient déformés par des expressions de haine et de rage. Ils levaient les bras en brandissant des armes diverses et variées.

Les gardes de Konos, qui se tenaient sur le côté de l'estrade, se déplacèrent en bloc vers l'avant tandis que les gardes qui entouraient mon père se rapprochaient pour les engloutir, lui et la reine. L'un des gardes me bouscula et me fit tomber à terre avant de se diriger vers ma famille. Un pur chaos éclata, et je me relevai, bien décidée à m'assurer que mes sœurs étaient en sécurité. Les gardes se retournaient contre nous. Mon père ne s'était occupé de rien du tout. J'étais certaine que les gardes m'avaient poussée pour pouvoir atteindre les cibles les plus importantes.

— Gina, Cora, Sophia ! leur criai-je en me faufilant à travers un enchevêtrement de corps et en esquivant les assaillants qui se trouvaient déjà sur l'estrade.

Quelqu'un me percuta de plein fouet et me fit tomber de l'estrade. J'atterris durement, à moitié sur une autre personne.

— Lève-toi.

Ryvin me remit debout.

— Qu'est-ce que tu fais ? Mes sœurs sont là-haut !

Je me retournai vers l'estrade. Je voulais à tout prix entrer dans la mêlée et retrouver mes sœurs.

— Elles sont déjà en route pour le palais. Avec ton traître de père, siffla-t-il.

— Les gardes…

— Ils en ont après mes hommes. Ta famille est déjà en sécurité, m'assura-t-il.

Son ton calme contrastait étrangement avec les cris et le chaos qui régnait autour de nous.

Je remarquai un mouvement flou et, sans réfléchir, je poussai Ryvin sur le côté juste au moment où un assaillant fendait l'air d'une lame. Il nous manqua tous les deux, puis se retourna pour me faire face. Sa tunique bleue et son armure de cuir indiquaient clairement qu'il s'agissait d'un des gardes du palais.

Plusieurs autres hommes armés se précipitèrent vers l'avant et Ryvin fut emporté, l'épée dégainée, avant de se mettre à combattre ses assaillants.

Sans défense et confuse, j'observai le garde du palais. Je le connaissais. Il était au service de mon père depuis des années.

— Ne faites pas ça, Riks. On ne peut pas gagner ce combat. Ça ne fera qu'empirer les choses.

— Je n'étais pas sûr d'y croire quand ils ont dit que vous vous étiez retournée contre nous.

Il secoua la tête.

— Quel gâchis !

— Je ne me suis retournée contre personne. J'essaie de

protéger mon peuple. Vous savez ce que fera le roi faë si ses hommes ne reviennent pas ? Mon père a déjà des plans pour aider Athos. On ne peut pas prendre ce risque.

Je détestais avoir dit cela, mais je savais que je devais calmer le garde.

— Notre priorité doit être de nous assurer que ma famille est en sécurité, ordonnai-je.

— Ils sont déjà au palais, confirma-t-il. Mais on dirait qu'ils vous ont laissée mourir ici avec l'ennemi que vous chérissez tant. Je vais prendre un malin plaisir à vous tuer, sale pute de Konos.

L'homme émit un gargouillement et sa lame tomba au sol. Il s'agrippa à sa gorge avec les yeux écarquillés. Il s'étouffait, mais personne ne l'avait touché. Je vis une ombre se faufiler autour du corps de l'homme qui tombait à genoux. L'ombre s'estompa juste au moment où l'homme s'affaissait sur le sol, les yeux vitreux et déconcentrés, la poitrine immobile.

— Comment...

Ryvin était de nouveau à côté de moi et me tirait par le bras pour m'éloigner des restes ensanglantés de Riks.

— Enfuis-toi, Ara.

Ryvin me relâcha et retourna à la mêlée.

Je savais que je devais aller au palais, surtout si ma famille s'y trouvait déjà, mais je devais en avoir le cœur net. Riks était-il honnête ou essayait-il de me manipuler ? Je devais m'assurer que mes sœurs n'étaient pas là, abandonnées comme moi. Et si elles étaient blessées ? Et si elles étaient mortes ? Ma poitrine se contracta et je repoussai l'idée. Il fallait qu'elles aillent bien.

Je ramassai une épée tombée au sol, puis retournai sur l'estrade. Je devais m'assurer par moi-même que mes sœurs ne faisaient pas partie des morts.

Des gardes du palais, des citoyens et des gardes de Konos

se battaient dans une danse frénétique de corps et de mouvements. De l'acier s'entrechoquait et du sang giclait. Haletante et terrifiée, je me frayai un chemin à travers le combat jusqu'à ce que j'atteigne l'estrade.

L'un des trônes était sur l'herbe, l'autre penché sur le côté sur l'estrade. Des corps jonchaient la scène. J'en fis le tour en observant chaque visage mort.

Il n'y avait aucune trace des membres de la famille royale. Ils avaient disparu. Riks avait dit la vérité. Ils avaient été protégés et évacués juste au début de la bataille.

Et j'avais été abandonnée à la mort.

Quelqu'un poussa un hurlement et un cri de guerre fendit l'air. Je m'éloignai instinctivement du bruit tandis que plusieurs silhouettes sautaient sur l'estrade. Ils écartèrent à coups de pied les corps pour avoir l'espace de se battre, sans se soucier de la dignité des morts.

Un garde de Konos se battait courageusement dans un flou cramoisi. Il était entouré de combattants vêtus de tuniques ordinaires. Ils étaient maladroits avec leurs armes. Leurs pas étaient lourds et leurs mouvements saccadés et hésitants. Mais ils étaient nombreux. Figée au pied de l'estrade, je regardai avec horreur mon peuple, les citoyens d'Athos, encercler les gardes de Konos.

Malgré leur nombre, le garde vêtu de cramoisi éliminait ses adversaires un par un. J'étais à la fois impressionnée et horrifiée. Ses compétences ne ressemblaient à rien de ce que j'avais vu auparavant. Je savais à quoi ressemblait un bon combattant. J'avais assisté à d'innombrables heures de combat et d'entraînement au fil des ans. Mais là, c'était d'un autre niveau. Il devrait déjà être mort, si l'on se fiait aux probabilités. Au lieu de cela, il avait une chance de s'en sortir vivant.

L'un des Athoniens fonça sur le garde de Konos en se servant de son corps comme d'un bélier. Il fut rapidement éliminé, mais accapara l'attention du garde juste assez pour qu'un autre Athonien puisse s'approcher suffisamment pour enfoncer son épée dans le ventre de son ennemi.

Je ne vis pas de sang. Il devait se confondre avec sa tunique, mais je savais que l'arme avait frappé juste. Le garde de Konos tomba à genoux, et les Athoniens l'entourèrent pour le poignarder encore et encore jusqu'à ce qu'ils soient satisfaits. Je dus détourner le regard.

Lorsque je jetai un coup d'œil en arrière, je me rendis compte que j'avais fait une erreur. L'homme qui avait porté le coup fatal me regardait fixement. Il sauta de l'estrade en tenant une épée ensanglantée et en arborant un sourire mauvais.

— C'est vous qui gardez le lit de l'ennemi au chaud.

Un autre homme le rejoignit. Son uniforme l'identifia rapidement comme un garde du palais.

— Ne la touchez pas.

— Quoi ? On m'a dit qu'on pouvait tuer autant d'ennemis qu'on voulait, rétorqua le premier homme.

— La famille royale est interdite, et vous le savez, répondit le garde.

— C'est une bâtarde, de toute façon. Elle ne manquera à personne, dit l'homme.

— On ne doit pas faire de mal à la famille royale, répéta le garde.

Mes lèvres s'entrouvrirent et j'aspirai une bouffée d'air lorsque je pris conscience de la situation. Je fis un pas en arrière. Tout cela était organisé, tout comme l'attaque du carrosse. Mon père avait-il manigancé tout cela ? Les avait-il envoyés à mes trousses le jour où j'étais avec l'ambassadeur ? Était-ce pour cela que seuls des gardes de Konos s'étaient joints à nous ?

— C'est une traîtresse, cracha l'homme.

Je levai mon épée, prête à me battre.

— Le seul traître ici, c'est vous.

— Reculez. Il y en a encore d'autres à tuer, dit le garde.

L'homme enfonça son épée dans la gorge du garde, puis la retira rapidement. Il se tourna vers moi avant même que le garde ne touche le sol.

— À ton tour, sale pute.

Au moins, je savais quelle était ma réputation à Athos. Je dévisageai l'homme en levant mon épée.

— Je ne me laisserai pas faire facilement.

— Je serais déçu si c'était le cas.

Il s'élança et balança son épée avec une force brute dépourvue de grâce.

J'esquivai son attaque, puis pivotai en pointant mon arme sur lui. Je parvins à lui trancher le bras et à laisser une ligne cramoisie de sang.

Il s'avança vers moi à grands pas avec des mouvements saccadés et forcés. Il n'avait manifestement pas reçu d'entraînement formel. Il était plus fort que moi, et je savais que je ne devais pas le sous-estimer, mais il ne se protégeait pas. Il était tout en force et sans finesse. J'avais le sentiment que l'épée ne lui appartenait même pas. Dans un combat à mains nues, je serais probablement déjà morte.

Je tombai à genoux en me rappelant de me faire plus petite alors qu'un autre coup d'épée négligé se dirigeait vers moi. Il était instable sur ses pieds ; il perdait l'équilibre à chaque fois qu'il frappait. Je me relevai d'un bond, puis continuai à éviter ses attaques maladroites.

Il devenait de plus en plus furieux et faible à chaque

tentative de mettre fin à ma vie. Il haletait et de la sueur ruisselait sur son visage. Je pourrais sans doute en finir avec lui tout de suite, mais je voulais faire preuve d'intelligence. Quelques esquives de plus et il serait trop faible pour me voir arriver.

Soudain, une masse de fourrure et de dents passa devant moi et atterrit sur l'homme. L'épée vola en l'air et mon adversaire fut plaqué au sol tandis que le loup le clouait à terre.

— Je l'avais, criai-je.

À ma grande surprise, le loup sauta de l'homme à terre, puis me grogna dessus avant de se retourner vers l'ennemi. Il montra les crocs, puis fit claquer sa mâchoire. Il s'avança, l'arrière-train relevé, ressemblant en tous points aux monstrueux loups métamorphes de notre imagination. L'homme tombé au combat pleurait.

— S'il vous plaît, s'il vous plaît, je ne veux pas mourir, dit-il.

Je m'approchai de lui et le regardai.

— Faites la paix avec vos dieux.

— Non, non, j'ai une famille. Une femme, des enfants...

Ses yeux étaient remplis de larmes et il laissait échapper des sanglots haletants.

J'hésitai, mais aperçus un mouvement du coin de l'œil. L'homme en pleurs tendait la main vers son arme tombée au sol. C'était de la comédie. Il me croyait faible. Ma poitrine se mit à brûler de rage. J'en avais assez que tout le monde décide de qui j'étais et de ce dont j'étais capable. Je repoussai l'épée d'un coup de pied.

Ses yeux s'écarquillèrent de terreur, puis se plissèrent.

— Vous ne pouvez pas me tuer. Hadès vous punira dans l'au-delà.

— Vous d'abord.

J'enfonçai mon épée dans sa poitrine et dépassai la résistance de l'os en laissant ma colère me stimuler. Du sang gicla et recouvrit mes bras d'un liquide chaud écarlate. Je ne bronchai même pas. Cet homme m'aurait terrassée avec un sourire aux lèvres. Je ne ressentais que de l'indifférence à son égard et de la colère pour tous les autres.

Lorsque je voulus retirer l'épée, elle était tellement coincée dans son corps que je la laissai sur place. Je ramassai l'arme que le garde mort avait laissée tomber, puis regardai autour de moi en me préparant à un nouveau combat.

Le loup bloqua mon mouvement en grognant.

— Je n'ai rien contre vous, Vanth, dis-je en espérant qu'il s'agissait du même homme que celui à qui j'avais parlé auparavant.

Et qu'il pouvait me comprendre sous cette forme.

Il fit claquer ses crocs, puis pencha la tête, comme pour me faire signe. Je fis un pas en avant et pointai mon épée sur lui.

— Restez en arrière.

Il était clair que le loup essayait d'attirer mon attention.

— Quoi ? C'était de l'autodéfense. En grande partie.

Un sentiment de culpabilité me tordait les tripes maintenant que la colère que j'avais ressentie s'était estompée. Je l'avais tué. Alors qu'il était pratiquement sans défense. Le pire, c'était que je me sentais coupable de ne pas regretter mes actes plutôt que la vie que j'avais prise. Ryvin avait peut-être raison. Il y avait quelque chose de sombre en moi.

Le loup mordit ma robe et tira sur le tissu. Il était indéniable qu'il voulait que je le suive.

— Très bien. Allons-y.

CHAPITRE 25

Des cris de guerre nous enveloppaient tandis que les gardes du palais et les citoyens d'Athos se rapprochaient. Le loup tira sur ma robe pour m'éloigner du massacre en cours. La bravoure que j'avais ressentie s'estompait à mesure que je prenais conscience de la probabilité accablante que j'avais de me faire tuer. C'était comme lors de l'attaque du carrosse, sauf que cette fois, il y avait des centaines d'assaillants et il n'y avait aucune chance que l'on s'en sorte vivant.

— Sors-la d'ici ! cria Ryvin.

Il sembla se matérialiser de nulle part. Il disparut aussi vite qu'il était arrivé, emporté par une masse de corps qui l'engloutirent avec frénésie. Le bruit de l'acier qui s'entre-choquait, des jurons et de la chair contre la chair mettait tous mes sens en ébullition. Je fis un pas en avant en serrant mon arme, parcourue d'une envie irrésistible de l'aider.

Le loup me coupa dans mon élan et fit claquer ses crocs en signe d'avertissement.

— Qu'est-ce que je suis censée faire ?

Ryvin n'allait pas s'en sortir tout seul, et un coup d'œil autour de la scène chaotique me prouva que les tuniques cramoisies de son entourage étaient éparpillées, engagées dans des combats individuels.

Le loup tira sur ma robe et je fis machinalement un pas en arrière en observant l'attaque d'un air engourdi. Je ne pouvais pas rejoindre Ryvin ; je ne devrais même pas être là. Je devrais être au palais avec ma famille. Ils avaient été emportés par les gardes, mais j'avais été mise à l'écart, indésirable au sein du clan.

Ma gorge se serra tandis que je réalisais douloureusement quelque chose. J'avais beau me dire que je faisais partie de la famille royale, j'avais toujours été une étrangère. J'aimais mes sœurs, mais il y avait toujours eu une barrière entre nous. Quelque chose sur lequel je n'arrivais pas à mettre le doigt nous divisait. Ce devait être le fait que nous n'avions pas toutes le même sang. Je n'étais qu'à moitié royale.

Mais ce devait être un oubli. Tout s'était passé si vite qu'ils avaient dû penser que j'étais avec eux, n'est-ce pas ? Mon père n'aurait jamais permis que je sois mise en danger ; j'en étais certaine. S'il était clair que certains gardes s'étaient retournés contre moi après ce que j'avais fait avec l'ambassadeur, je devais croire que mon père éclaircirait la situation après le départ de la délégation de Konos. Ils ne pourraient pas m'en vouloir éternellement, n'est-ce pas ?

Une petite partie de moi me disait que je ne serais plus jamais en sécurité. Si j'étais vraiment considérée comme une traîtresse, qu'est-ce qui empêcherait les autres de me faire du mal ? Ma vie avait déjà été attaquée à deux reprises. Était-ce ainsi que les choses allaient se passer à partir de maintenant ?

Je repoussai ces pensées et me rappelai que je ne pouvais pas changer le passé. Tout ce que je pouvais faire, c'était survivre à ce moment et m'assurer que mes sœurs étaient en sécurité. Rester plus longtemps ne ferait que renforcer mon statut de traîtresse aux yeux de tous ceux qui remettaient en cause ma loyauté.

Je ne pouvais pas rester ici. Ce n'était pas mon combat. Et les hommes de Konos ne me concernaient pas.

Je me retournai vers Ryvin en essayant de faire abstraction de mon chagrin d'avoir été laissée pour compte. Il repoussait le combat loin de nous. Sa tunique noire n'était plus qu'un flou de mouvements tandis qu'il se battait contre des gardes du palais et des citoyens.

Chaque fois qu'il bougeait, chaque fois qu'il abattait quelqu'un, une autre silhouette prenait sa place et se jetait sur lui. Chaque fois, l'attaquant échouait et tombait à ses pieds. Je n'avais jamais rien vu de tel. J'avais regardé avec admiration le garde de Konos abattre plusieurs hommes, mais même lui avait trouvé la mort. Ryvin semblait à sa place sur le champ de bataille. Comme s'il se nourrissait de la mort et de la destruction.

Le loup tira sur ma jupe et je reculai lentement en suivant son impulsion tout en gardant les yeux sur l'ambassadeur. Son habileté était envoûtante et je n'avais plus l'impression d'être en danger.

Personne ne faisait attention à moi ; ils étaient tous trop concentrés sur l'ambassadeur et s'approchaient de lui en groupe, armes dégainées. N'importe qui d'autre serait mort depuis longtemps. Ryvin n'avait même pas l'air de transpirer.

Ses mouvements étaient fluides et si rapides qu'on ne voyait pas comment il faisait tomber ses adversaires. Ils se contentaient de courir vers l'avant, puis s'arrêtaient net. La traînée de corps entre nous s'allongeait à mesure que la distance qui nous séparait augmentait. Une partie de moi avait envie de courir vers lui, mais comment pourrais-je faire passer mon ennemi avant mon propre peuple ? Comment pourrais-je faire du mal à d'autres Athoniens ? J'avais déjà mis fin à trop de vies avec mon épée. Je marchais déjà sur la corde raide entre la trahison et la légitime défense. Je ne pouvais pas me permettre de montrer plus de bonté envers notre ennemi.

Le loup tira plus fort pour m'éloigner de l'assaut. Il était temps de partir. Même si je voulais rester et aider, quel camp choisirais-je ? Le loup venait de Konos et il essayait de me sauver. Une fois de plus, mon propre peuple avait tenté de m'ôter la vie.

J'étais plus menacée par les gens que j'étais censée aider que par nos ennemis. De la bile me monta dans la gorge. Peut-être que je n'étais pas autant sur le fil du rasoir que je le pensais. Peut-être que j'étais déjà une traîtresse.

Non. J'étais la fille de mon père. Une fille d'Athos. Je connaissais ma place. Je l'avais juste oubliée un instant. Ce qui arriverait à Ryvin ou à ses hommes était entre les mains de mon peuple.

Je cédai et suivis le loup en direction du château. Les bruits du combat résonnaient en arrière-plan comme une sorte d'orchestre cruel, mais je gardai le regard tourné vers l'avant. Il y avait trop de chances que je revienne sur mes pas si je jetais un coup d'œil derrière.

Soudain, quelqu'un me saisit et me tira en arrière. Ma robe se déchira et un morceau de l'étoffe dorée scintillante se mit à pendre entre les dents du loup. Je fus brutalement jetée sur le côté et atterris durement sur le sol rocailleux. L'épée que je portais fut projetée hors de ma portée.

Un garde du palais s'accroupit pour récupérer mon arme avant de reporter son attention sur le loup. C'était un homme corpulent dans un uniforme mal ajusté. L'armure de cuir qui recouvrait son torse et son dos ballotait au gré de ses mouvements, car les liens s'étaient défaits. Je soupçonnais qu'ils n'avaient jamais pu être attachés, vu sa corpulence. Il aurait eu besoin d'une armure énorme pour couvrir son ventre proéminent et sa large carrure.

Je me relevai, courus vers lui et lui assénai un coup d'épaule dans le dos pour essayer de le faire tomber. C'était comme si je me heurtais à un mur de pierre. Il ne bougea pas, et je faillis me retrouver à nouveau au sol, cette fois avec une douleur fulgurante à l'épaule.

Je frottai ma blessure en geignant. L'homme énorme se retourna et plissa les yeux.

— De quel côté êtes-vous, Princesse ?

— Cette créature m'aidait, dis-je. Elle me ramenait au palais.

— Je peux m'en charger, donc ses services ne sont plus nécessaires.

— Vous ne lui ferez pas de mal, ordonnai-je.

— C'est un métamorphe, Votre Altesse. Un des maux de Konos.

Je savais que je devais faire attention à ce que je disais et à ce que je faisais. J'écarquillai les yeux en feignant la surprise.

— Si c'est le cas, alors il a clairement changé de camp, vu qu'il m'aidait.

— Ou alors il essayait d'entrer en douce dans le palais pour tous vous tuer, vociféra-t-il.

Le loup s'élança vers le flanc charnu de l'homme qui n'était pas couvert par l'armure. Je reculai d'un bond avant que l'homme énorme ne me tombe dessus. Son attention se porta sur le loup et il se mit aux prises avec la créature tout en tenant ses deux épées.

Ses mouvements étaient maladroits et négligés. Les armes qu'il tenait dans ses mains l'empêchaient de se battre. Il tenta tout de même de s'en servir en essayant de poignarder ou de blesser le loup qui bougeait avec souplesse et légèreté. Le métamorphe avait toujours une longueur d'avance sur l'imposant garde.

Les cris qu'il poussa attirèrent l'attention sur nous et je reculai davantage, sachant que je n'allais pas pouvoir me défendre contre les combattants qui arrivaient. Pourquoi n'avais-je pas couru vers la protection des murs du palais dès le début de l'attaque ?

Je jetai un coup d'œil vers le palais. Je pourrais probablement m'en sortir si je courais, mais je laisserais Vanth à sa mort. Que pouvais-je faire pour l'arrêter ? Je ne pourrais pas me protéger sans arme, et encore moins le protéger.

Je voulais me considérer comme une combattante, mais je savais que je n'étais pas prête à affronter plusieurs hommes en colère, même s'ils étaient mal entraînés. Le loup n'allait pas s'en sortir beaucoup mieux sans renfort.

Merde.

Je me retournai vers le loup tombé à terre. Cela allait mal se terminer pour nous deux. J'avais franchi tellement de limites que je ne savais même plus qui j'étais. Mais je savais que je ne pouvais pas laisser mourir quelqu'un qui m'avait sauvé la vie sans faire le moindre effort pour l'aider.

— Enfuyez-vous, Vanth ! criai-je en m'élançant vers l'avant en espérant que le nom que je prononçais était le bon. Enfuyez-vous, stupide loup !

Je scrutai le sol à la recherche d'armes abandonnées en priant pour que quelque chose, n'importe quoi, aille dans mon sens.

Deux des hommes qui encerclaient Vanth changèrent de direction pour s'approcher de moi avec un regard de pur dédain.

— Je me demande si le sang royal est de la même couleur que celui des autres, dit l'un d'eux.

Il était plus petit que moi et avait des yeux de fouine. Ses longs cheveux couleur sable pendaient en mèches sales autour de son visage rouge.

Je reculai de nouveau tandis que ma respiration s'accélérait et que mon pouls s'emballait.

— N'avancez pas.

L'homme de petite taille approcha en faisant un sourire qui laissait entrevoir des dents pourries. Malgré le fait qu'il portait une tunique bleue qui indiquait qu'il était membre de la garde du palais, je savais qu'il s'agissait soit d'un imposteur, soit de l'une des recrues récentes. Même sans son apparence, la façon dont il portait son arme, lâche dans sa poigne et pendante le long de son corps, le trahissait.

— Je vous préviens.

J'essayai de rester calme et d'user de cette autorité dont j'avais vu Ophelia faire preuve, mais ma voix vacilla.

— Je croyais qu'on était censés préserver la vie de la famille royale, lança un autre homme.

Il avait l'air bien trop jeune pour se battre. Il devait être adolescent, tout au plus. Il portait une tunique bleue déchirée et ensanglantée, mais la dague qu'il portait était de mauvaise qualité, probablement une arme personnelle. Elle n'avait pas l'air d'être fournie par le palais.

— La reine n'a jamais dit qu'on devait la garder en vie, dit l'homme de petite taille en s'approchant. Elle a été très claire dans ses instructions. Elle, son mari et les trois vraies princesses.

Ma poitrine se serra. Ce n'était donc pas une erreur de m'avoir laissée derrière. C'était prévu.

Un glapissement angoissé retentit, et je me retournai pour voir le loup jeté à terre et un groupe d'hommes autour de lui, armes dégainées.

Non, ça n'allait pas se terminer ainsi.

Je passai en courant devant le petit homme et le garçon

qui essayaient de décider de mon sort. Ils poussèrent des cris de surprise à mon passage, mais je ne me retournai pas. Vanth avait besoin de mon aide.

Je repoussai un homme vêtu d'une tunique blanche tachée de sang et m'agenouillai près du loup vaincu pour le protéger avec mon corps.

— Laissez-le tranquille !

La poitrine du loup se soulevait et s'abaissait ; la créature respirait lentement et difficilement, mais elle respirait quand même.

— C'est un monstre. Écartez-vous ! cria quelqu'un.

— C'est vous les monstres ! répondis-je sans lever les yeux.

Je ne voulais pas voir ma mort arriver. Pour une raison que j'ignorais, je pensais que cela ferait moins mal si c'était une surprise. Ce n'était pas comme si la douleur allait se prolonger. Avec autant d'ennemis, je serais morte rapidement.

Mon pouls pulsait dans mes oreilles et ce mot, « enne-mis », tournait en boucle dans mon esprit. Était-ce bien ce qu'ils étaient ? Mon propre peuple. Des ennemis.

Je protégeais mon ennemi.

Mes pensées n'étaient qu'un amas de confusion. De quel côté étais-je désormais ? De quel côté était chacun d'entre nous ?

— Tuez la fille pour qu'on puisse achever la bête, dit quelqu'un.

Des cris éclatèrent autour de moi tandis que les hommes discutaient de ce qu'ils allaient faire. Était-ce bien ou mal de tuer une femme désarmée ? Auraient-ils des ennuis pour avoir tué la bâtarde du roi ? Le loup était-il encore une menace pour eux, aussi blessé soit-il ?

J'approchai mon visage de l'oreille du loup.

— Je suis là, lui dis-je d'un ton apaisant. Je ne les laisserai pas vous faire du mal.

C'était un mensonge. Ils pourraient facilement me transpercer et nous tuer tous les deux, mais j'étais trop reconnaissante à Vanth pour m'avoir protégée plus tôt. Ma propre famille m'avait laissée pour morte, mais il était resté. Il s'était sacrifié pour garder en vie une femme humaine qu'il connaissait à peine.

Mes sœurs n'étaient même pas revenues me chercher. Les avait-on empêchées de revenir ? Avaient-elles été entraînées contre leur gré ? Avaient-elles regardé si j'étais avec elles ? Quelqu'un avait-il remarqué mon absence alors qu'elles étaient emmenées en lieu sûr ?

Peut-être qu'on leur avait dit que j'étais déjà morte.

Je l'étais, non ?

Cela ne faisait que prolonger l'inévitable.

— Je suis désolée de ne pas être partie tout de suite, dis-je à voix basse.

Le loup gémit. Le son était à la fois triste et rassurant. C'était presque une reconnaissance de mes paroles, comme s'il essayait de me réconforter. Je ne savais pas ce qu'il pouvait comprendre sous cette forme, mais au moins, il n'était pas seul.

Quelqu'un poussa un cri, un hurlement aigu à glacer le sang avant de se transformer en gargouillis. Des cris et des pleurs me parvinrent et je levai les yeux pour voir les hommes autour de nous tomber les uns après les autres.

Du sang coulait de leurs yeux et de leur nez. Ils agrippaient leur gorge et cherchaient de l'air avant que du sang ne jaillisse de leur bouche ouverte et ne les fasse gargouiller et cracher, comme s'ils s'étouffaient avec leurs propres fluides.

Tremblante et terrifiée, je regardai avec horreur les hommes qui m'entouraient tomber au sol, les yeux écarquillés de terreur tandis que leurs corps se convulsaient plusieurs fois avant de s'immobiliser. Ils formaient un effroyable cercle de mort autour de moi.

Je me regardai et ma main se porta à ma gorge, puis à ma poitrine, et enfin à mes bras pour vérifier que je n'étais pas blessée. Comment se faisait-il que je sois encore en vie alors que tous les autres étaient morts ? Je me tournai vers Vanth et l'examinai. Le loup respirait lentement. Lui aussi était encore en vie. Qu'était-il arrivé aux autres ?

C'est alors que je réalisai que les bruits de la bataille avaient disparu. Je me levai lentement. Aucun nouvel attaquant ne chargeait. Personne ne bougeait vers nous. Même le vent ne soufflait pas. Tous les hommes qui nous avaient menacés étaient à terre, morts.

Je regardai autour de moi pour observer le champ de cadavres. J'étais entourée par la mort. Des corps immobiles et ensanglantés parsemaient le paysage à perte de vue. C'était comme si le chaos avait simplement pris fin en laissant tous ceux qui avaient du sang athonien morts.

À part moi.

Les seuls êtres en vie étaient vêtus de tuniques cramoisies. Les hommes marchaient lentement vers moi depuis leurs positions dispersées sur le champ de bataille.

Des bruits derrière moi détournèrent mon attention du champ de mort. Le loup déchu était pris de violentes convulsions. Ses membres tremblaient rapidement. La pauvre créature semblait souffrir intensément, haletant et grognant.

— Vanth !

Je me précipitai vers lui.

— Qu'est-ce qui ne va pas ? Comment est-ce que je peux vous aider ?

Je me mis à genoux à côté de lui. Je caressai sa fourrure

pour essayer de l'apaiser en lui murmurant des mots réconfortants.

— Je suis là. Tout va bien. Je ne vais nulle part.

Je remarquai alors que ses jambes s'allongeaient, que ses bras se brisaient et que ses os craquaient. Mes yeux s'écarquillèrent lorsque je réalisai ce qui se passait. Je me levai d'un bond, lui laissai de l'espace et regardai avec stupéfaction le corps du loup se transformer en forme humaine.

Le corps humain de Vanth remplaça le loup. Il se tenait debout, dos à moi. Sa chair était griffée et éraflée. Des ecchymoses fleurissaient déjà sur son dos nu et le long de ses jambes. Mais il était vivant.

Soulagée, je refoulai les larmes qui se formaient dans mes yeux. Je me sentais ridicule d'être si émue de le voir survivre, mais j'avais l'impression que nous étions de vieux amis.

Des ombres tourbillonnantes passèrent devant Vanth. Leur qualité sombre et éthérée contrastait de façon inquiétante avec la faible lumière dorée du crépuscule.

— Vous avez vu...

Je n'eus pas le temps de prononcer le reste des mots que les ombres s'entrechoquèrent et se transformèrent en une silhouette humaine. Elles se solidifièrent et leur opacité augmenta jusqu'à ce que les ombres se transforment en ténèbres solides qui prirent une forme humaine. Elles se dissipèrent et s'évanouirent comme de la fumée dans le vent, laissant Ryvin debout dans leur sillage.

— Quoi ?

Je venais de voir un loup se transformer en homme, mais là, c'était bien plus troublant. Les ombres avaient commencé comme un brouillard transparent qui se déplaçait au gré du vent. Comment cela avait-il pu devenir quelque chose ?

Le loup, je pouvais l'expliquer. J'avais grandi en entendant des histoires de métamorphes. Nous savions tous qu'ils existaient, même si nous n'en avions jamais vu. Mais une personne capable de devenir une ombre ne faisait partie d'aucune de mes histoires.

Je reculai en comprenant enfin ce que Ryvin avait voulu dire lorsqu'il m'avait prévenu qu'il valait mieux laisser certaines choses inconnues. Sa magie était terrifiante et plus puissante que tout ce que j'avais pu voir. Il aurait pu tuer tous ceux qui nous avaient attaqués à l'extérieur de l'Opale sans effort, mais il l'avait caché. Il avait sacrifié l'un des siens pour garder ce secret. Quoi qu'il soit, il s'était donné beaucoup de mal pour nous le cacher à tous.

— Qu'est-ce que t'es ?

Ryvin me dévisagea sans la moindre trace de bienveillance dans son expression. Je pouvais pratiquement sentir la rage et la haine qui émanaient de lui. D'un geste de la main, il invoqua d'autres ombres jusqu'à ce qu'elles s'épaississent à leur tour. Lorsqu'elles se matérialisèrent complètement, il tenait un paquet de tissu.

Il le lança à Vanth.

— Habille-toi. On a un roi à qui parler.

— On a perdu un des nôtres, informa Vanth à Ryvin en enfilant un pantalon. Darius.

Ryvin hocha la tête, puis s'éloigna. Je le suivis en ignorant les regards des autres membres de son groupe. Je remarquai que la plupart d'entre eux étaient couverts de sang et que leurs vêtements étaient déchirés et abîmés. Mais ils étaient vivants et debout, ce qui n'était pas le cas de centaines d'humains.

D'une manière ou d'une autre, ce petit groupe de moins de vingt personnes avait vaincu dix fois leur nombre.

Une boule se forma dans ma gorge.

Je ne devrais pas être ici avec eux.

Ryvin s'arrêta sur l'estrade et porta son attention sur le

garde de Konos tombé au combat. C'était là que tout avait commencé. Je l'avais vu mourir, entouré de confusion et de peur.

Je restai en retrait et regardai tous les gardes de Konos qui avaient survécu rejoindre leur chef et s'incliner un à un devant leur compagnon mort au combat. Après que le dernier eut présenté ses respects, Ryvin plaça une pièce sur chaque paupière, puis posa sa main sur la poitrine de l'homme.

C'était la même tradition que nous avions pour nos morts. Des pièces sur leurs yeux afin qu'ils puissent payer Charon pour traverser le Styx. Sans cela, son âme serait condamnée à errer seule pendant cent ans, sans but. Quelqu'un avait-il mis des pièces sur les yeux de David ? Ou sur ceux de Mila ? Ou sur n'importe quel autre corps faisant partie de la traînée qui semblait s'allonger autour de moi chaque jour ? Qui mettrait des pièces sur les yeux de tous les Athoniens morts dans cette bataille ?

J'avais l'impression d'être le témoin de quelque chose que je ne devrais pas voir. J'étais une étrangère qui surprenait un moment privé et intime entre de vieux amis. La gorge serrée, j'essayai de ne pas penser à la ressemblance avec nos coutumes. Les créatures de Konos étaient réputées être très différentes de nous, et pourtant, j'étais en train de les regarder honorer leurs morts, tout comme nous le faisions.

Ryvin murmura quelques mots à voix basse. Je me demandai si leurs prières étaient les mêmes que celles que nos prêtres prononçaient pour nos morts. Les ombres revinrent et enveloppèrent le défunt comme des nappes de fumée. Elles s'enroulèrent autour de lui jusqu'à ce qu'elles se referment sur elles-mêmes et laissent l'estrade vide.

J'aspirai une bouffée d'air, à la fois terrifiée et stupéfaite. C'était de la magie puissante, et je savais que mon royaume avait fait une très grosse erreur en contrariant Ryvin.

CHAPITRE 26

— C'est ça que t'essayais si désespérément de protéger ? demanda Ryvin en s'avançant vers moi. Ces lâches qui attaquent sans crier gare ?

— Vous prenez nos gens.

L'argument commençait à se faire vieux et j'avais l'impression d'avoir du sable dans la bouche.

— Et ta famille t'a laissée derrière pendant qu'ils fuyaient pour se mettre à l'abri.

Il saisit brutalement le haut de mon bras et me tira vers lui.

Tête baissée, je retins mes larmes. Je n'allais pas le laisser voir à quel point j'étais bouleversée. Nous marchâmes vers le palais. Mes pieds trébuchaient sur le sol inégal et j'avais du mal à suivre le rythme rapide de Ryvin.

Il ne se dégageait de lui aucune douceur, aucune inquiétude. Le monde qui m'entourait avait fondu en un instant. Comme si tout ce qui s'était passé jusque-là avait été feint. Comme si son masque avait glissé et que je le voyais enfin pour ce qu'il était vraiment.

Aucun mot de mon vocabulaire ne pouvait définir ses

capacités. Je savais que ce n'était ni un métamorphe ni un vampire, ce qui signifiait qu'il était un faë.

Ou pire encore.

Je ne pouvais pas envisager toutes les possibilités, c'était trop.

Deux gardes postés aux portes du palais se déplacèrent pour nous bloquer le passage. Leur armure bien ajustée et leur comportement discipliné indiquaient instantanément qu'ils étaient des membres expérimentés et dévoués de la garde.

Évidemment, mon père avait mis en place les meilleurs pour le protéger. Il avait envoyé les nouveaux gardes et tous ceux qu'il avait pu trouver au combat. Ils avaient tous été des agneaux sacrifiés.

Mon estomac se noua lorsque je réalisai à quel point mon père était semblable au roi des faës. Notre ennemi demandait quatorze âmes tous les neuf ans. Mon père venait de risquer la vie de centaines de personnes pour en sauver si peu.

Dans les cas, c'était mal. Je savais qu'il fallait chérir la vie, mais je ne pouvais pas m'empêcher de voir les parallèles entre mon propre royaume et celui des créatures qu'on m'avait appris à haïr en grandissant.

— Vous n'êtes pas les bienvenus ici, dit l'un des gardes.

— Écartez-vous, prévint Ryvin.

— Retournez à votre navire. Dites à votre roi qu'il n'y aura plus de paix entre nous, dit le garde.

Je me crispai. Plus de paix ? Qu'est-ce que mon père espérait accomplir en faisant cela ? Il m'avait dit que nous attendions une alliance avec les dragons. Cette possibilité avait une chance de succès. Mais ça, c'était du suicide. Dans quel but ? Pour empêcher l'envoi de tributs ? Pour provoquer les faës ? Il m'avait menti. J'avais joué un rôle étrange dans un puzzle que je ne comprenais pas. J'étais intervenue aveuglément pour aider ma famille alors que j'avais été abandonnée à ma mort.

— Je n'ai pas le temps pour ça.

Ryvin avait l'air de s'ennuyer. Il relâcha mon bras, puis leva le sien et fit des mouvements paresseux avec sa main. Un tourbillon d'ombres s'enroula autour de son poignet avant de serpenter vers les gardes.

Les hommes écarquillèrent les yeux avant de se mettre à hurler. Du sang se mit à couler sur leurs visages en ruisselant de leurs yeux et de leurs nez. Je détournai le regard, car je savais ce qui allait suivre. Lorsque leurs cris se transformèrent en gargarismes et en bruits de suffocation, je plaquai mes mains sur mes oreilles et fermai les yeux. Il y avait déjà eu trop de morts, et je n'étais pas sûre de pouvoir en supporter davantage.

Pour la première fois, j'étais reconnaissante de ne plus aller au mur comme je l'avais espéré. J'avais vu assez de sang versé pour toute une vie.

La poigne rude de Ryvin se resserra à nouveau autour de mon bras et retira ma main de mon oreille juste au moment où le bruit sourd des corps s'écrasait sur le sol. Je grimaçai, mais forçai mes yeux à s'ouvrir en prenant soin de ne pas regarder les gardes. Les visages ensanglantés que j'avais vus lorsque j'étais avec Vanth sous sa forme de loup étaient gravés dans ma mémoire et hanteraient mes cauchemars. Les choses terribles que j'avais vues aujourd'hui s'ajouteraient à une liste croissante d'atrocités qui avaient commencé à l'arrivée de Ryvin et de ses hommes. Beaucoup d'entre elles avaient été commises par moi-même.

Ryvin franchit les portes en me traînant pratiquement tandis que ses hommes se déployaient de part et d'autre de nous et marchaient silencieusement aux côtés de leur chef. Chacun d'eux était plus mortel que dix gardes du palais, mais l'ambassadeur lui-même était d'un autre niveau. Je me demandais s'il aurait pu éliminer tout le monde sur ce terrain à lui seul.

Un frisson me parcourut ; j'étais certaine de connaître la réponse. Les combats s'étaient brusquement arrêtés à la seconde où il avait décidé qu'il était temps d'y mettre fin. La quantité de pouvoir qu'il détenait était terrifiante, mais pour l'instant, sa présence ne faisait que m'agacer. Je détestais m'être inquiétée pour lui. Je détestais avoir ressenti des choses pour lui.

Je retirai mon bras d'un air de défi.

— Je peux marcher toute seule.

À ma grande surprise, il me relâcha sans un mot.

Je savais à quoi je devais ressembler en entrant dans mon foyer avec ces créatures. Tout comme elles, mes vêtements étaient déchirés et j'étais éclaboussée d'un sang qui ne m'appartenait pas. Qu'est-ce que cela faisait de moi ? Quoi qu'il en soit, je n'étais plus la même femme qu'avant leur arrivée. Je ne savais pas trop ce que je deviendrais après leur départ.

La prochaine série de portes que nous franchîmes nous fit pénétrer dans le palais lui-même. Les gardes reculèrent pour ne pas commettre la même erreur que les autres. Ils nous laissèrent passer en silence et je sentis une odeur d'urine. Mon nez se fronça. L'un des gardes s'était pissé dessus.

Pour être honnête, c'était lui le plus malin.

Nous devrions tous être terrifiés.

Je savais que je devrais trembler de peur, mais cette peur était enfermée derrière une incrédulité insensible et une envie irrésistible de simplement rester en vie. Comme un animal qui se savait acculé, ma seule option était de prétendre que j'étais plus dangereuse que je ne l'étais vraiment. Je gardais le menton haut et me comportais avec autant de dignité que possible.

Ajoutez à cela le fait que je n'avais aucune idée de ce qui m'attendait, et je ne pouvais rien faire d'autre que bloquer mes émotions. Penser à quelque chose de trop profond m'enverrait dans une spirale dont je n'étais pas sûre de pouvoir revenir. Quel genre de douleur ressentirais-je si je m'attardais sur le fait que ma famille m'avait abandonnée à la mort ? À quel genre de folie pourrais-je succomber si je n'enterrais pas toute la convoitise et les émotions enchevêtrées que je ressentais pour Ryvin ? Comment réagirais-je lorsque je devrais enfin payer pour toutes les vies que j'avais prises ?

Je repoussai toutes mes pensées dans les profondeurs de mon âme et continuai d'avancer en me concentrant sur le bruit de nos pas contre le marbre poli. Je deviendrais aussi froide et insensible que l'ambassadeur.

Nous nous dirigions tout droit vers la salle du trône.

Les portes massives étaient fermées et six gardes se tenaient devant elles. Je les regardai se saisir la gorge sans aucun sentiment. L'un après l'autre, ils se mirent à saigner et tombèrent, et leurs crânes craquèrent en heurtant le sol.

Je ne détournai pas le regard. Je ne clignai même pas des yeux. Je ne ressentais plus rien.

Lorsque les portes s'ouvrirent, je suivis les autres, effrayée par ce que je verrais ou ce que je ressentirais une fois que j'aurais retrouvé ma famille.

Des gardes se précipitèrent vers nous, mais ils s'effondrèrent presque immédiatement lorsque ces ombres sombres se glissèrent autour d'eux pour leur voler la vie sans effort.

Alors que les corps touchaient le sol, je cherchai mes sœurs du regard. Ce n'était pas une surprise qu'Ophelia veuille me tuer, et même si je détestais l'admettre, j'imaginais bien mon père me laisser derrière lui. Pas volontairement, mais par souci de protéger sa lignée. Cela me faisait mal, mais je pouvais l'accepter.

Ce que je ne pouvais pas accepter, c'était que mes sœurs s'éloignent volontairement et me laissent me débrouiller seule.

Mon père et Ophelia se levèrent, surpris par la mort soudaine de leurs gardes. Peut-être même effrayés par le fait que leurs ennemis aient survécu et soient parvenus jusqu'au cœur du palais.

— Gardes ! cria Ophelia.

Les portes latérales s'ouvrirent et d'autres gardes affluèrent. Les ombres revinrent. Ryvin ne broncha même pas. Son expression resta impassible, détachée et vicieuse.

C'était une facette de lui dont je n'arrivais pas à croire qu'elle existait. Mais à présent, elle s'affichait au grand jour et je me demandais comment j'avais pu passer à côté.

Je réalisai alors que ma propre expression était probablement similaire. J'avais chassé mes émotions de peur d'en ressentir davantage. Était-ce ce qu'il avait fait ? Ou bien ne ressentait-il tout simplement pas les choses de la même façon que les humains ?

— Ça suffit ! lança mon père.

Les ombres se dissipèrent.

Ryvin enjamba les gardes abattus et s'approcha des trônes avec un regard inébranlable.

— Vous nous avez trahis.

Mon père ne tenta même pas de le nier. Sa mâchoire se crispa et de la sueur scintilla sur son front.

— Je devrais vous tuer, vous et toute votre famille, déclara Ryvin. Mettre en place de nouveaux dirigeants qui pourront respecter le traité.

— Vous êtes lié au traité, tout comme moi, alors vous ne nous ferez pas de mal, répondit mon père d'un ton résolu.

Je jetai à nouveau un coup d'œil autour de moi à la recherche de mes sœurs. Je sentis le détachement que j'avais eu tant de mal à cultiver s'évanouir tandis que l'inquiétude envahissait mon esprit. Où étaient-elles ? Si elles n'étaient pas là, cela signifiait-il qu'elles avaient aussi été abandonnées ? Ou avaient-elles été emmenées dans un temple ?

Des bruits de pas me firent me retourner, et je faillis pousser un cri de soulagement lorsque je vis mes sœurs se faire tirer dans la pièce par Morta. Ce soulagement fut de courte durée, car je savais que la femme qui les guidait était probablement aussi mortelle que les hommes qui s'étaient battus sur le champ de bataille.

Mes sœurs se tenaient la tête haute et, bien que je puisse voir les restes de larmes qui striaient leurs joues, aucune ne pleurait à présent. Elles attendaient les ordres en silence.

— Dieux merci, soufflai-je.

— Ara ! s'écria Sophia.

Elle fit un pas comme si elle allait courir vers moi, mais Morta l'attrapa et la tira en arrière.

— Reste où t'es, la prévins-je.

— Je les ai trouvées dans une pièce cachée, dit Morta. Il n'y avait même pas un seul garde avec elles.

— Non ! s'exclama mon père en se levant. Ne faites pas de mal à mes filles. Elles n'ont rien à voir là-dedans. Vous avez ce qu'il vous faut pour ma part du marché.

Ryvin me jeta un coup d'œil. Son expression se teinta de dégoût pendant un instant avant de retrouver son air stoïque et indifférent. Il lança un regard noir à mon père.

— Vous connaissez les conséquences de vos actes.

— Je vous ai déjà donné mon sacrifice, déclara mon père. Si je viole le traité, le paiement est clair. Je vous ai donné ma fille, non ? Elle a réchauffé votre lit et s'est offerte à vous, n'est-ce pas ?

Je fis un pas en arrière alors que ses paroles me frappaient comme un coup à l'estomac. Je le regardai avec incrédulité en retenant ma respiration. Ce n'était pas possible. Tout ce temps, c'était le plan ? Il m'avait demandé de divertir l'ambassadeur le jour de son arrivée. Était-ce la raison pour laquelle j'avais été poussée vers lui encore et encore ?

— Papa ?

Ma voix était tremblante. J'avais l'impression d'être à nouveau une enfant. Qu'on me punissait parce que j'avais fait une erreur. J'avais vite appris que la perfection était récompensée et que les erreurs n'étaient pas tolérées. Je m'étais nourrie de ses compliments. J'avais fait en sorte de ne rien faire qui puisse le décevoir. Cela n'était pas arrivé depuis bien longtemps.

— Ara, c'était nécessaire, dit-il sans aucune chaleur dans son ton.

— Non.

Un vent d'incrédulité s'abattit sur moi et m'engloutit tout entière.

— C'est pour ça que vous lui avez demandé de me séduire ? demanda Ryvin d'une voix amusée. Pour que je prenne l'enfant que vous étiez prêt à sacrifier.

— Comment est-ce que t'as pu faire ça, papa ? s'écria Lagina.

La pièce semblait trop grande et trop petite à la fois. Tout ce qui s'était passé depuis l'arrivée de Ryvin se confondait. Mon père m'avait encouragée à passer du temps avec l'ambassadeur depuis le début. Il m'avait envoyée seule avec lui. Nous avions été attaqués, mais il m'avait demandé d'en faire plus. De continuer à courir après l'ambassadeur. Pourquoi avait-il fait cela ? Comment avait-il pu me sacrifier si facilement ? Je croyais qu'il tenait à moi.

Je trébuchai en arrière tandis qu'un million d'interactions avec mon père défilaient dans mon esprit. Toujours gentil, toujours compréhensif... tant que je jouais le jeu. Les choses s'étaient-elles passées ainsi toute ma vie ? Je faisais ce qu'il demandait et j'étais récompensée par son amour. Aucune de mes sœurs n'avait besoin de faire quoi que ce soit pour lui. Tant que je servais mon but, il me laissait faire ce que je voulais.

Depuis combien de temps avait-il planifié cela ? Comment avais-je pu ne pas voir les signes ?

— T'as tout planifié. Tu n'étais même pas sûr de gagner. T'étais prêt à m'envoyer à ma mort dès le début.

J'étais abasourdie. Ma poitrine se serra et ma vision se brouilla à mesure que le sentiment de trahison en moi grandissait, jusqu'à ce que je ne voie plus que l'expression déçue de mon père.

— C'était un pari nécessaire, répondit-il. Le sang et le sel.

— Vous, les humains, avec votre sang et votre sel, fulmina Ryvin. Votre sang est faible et déloyal, et la mer ne vous a jamais protégés. Elle s'incline devant nous. Elle engloutit vos navires, déchire votre chair et bat vos rivages. Vous en avez peur, mais vous la considérez comme votre sauveur. Un peu comme vous priez les dieux. Vous n'êtes rien pour eux. Des pions. Des divertissements.

— Gardes ! appela mon père.

D'autres gardes accoururent, mais ils s'effondrèrent instantanément. Une fois au sol, des ombres se détachèrent de leurs corps. Ryvin n'avait même pas bougé.

— Quittez cet endroit. Prenez-la et partez. Mes conseillers et moi avons étudié ce traité. Il est à toute épreuve et je sais que vous ne pouvez pas me faire de mal. Vous ne pouvez pas vous en prendre à ma famille ou à Athos pour vous venger. Si vous le faites, le traité n'est plus valable et votre roi perd tout ce qu'il obtient de nous.

Mon cœur se brisa. C'était dans le traité ? Si c'était le cas, Ryvin avait raison quand il disait qu'il privilégiait les humains. Était-ce ce que mon père espérait ? Que la délégation de Konos se venge et rompe le traité ?

Une petite lueur d'espoir flotta dans ma poitrine. Peut-être que tout cela n'était qu'un pari et que mon père comptait là-dessus. Je serais alors libre. Nous serions tous libres. Il savait quels sacrifices je ferais pour mon peuple.

— Vous, plus que quiconque, savez que je ne transgresserai pas le traité, s'énerva Ryvin. Vous avez déjà fait pression sur nous et on n'a jamais craqué.

— Alors partez. Prenez vos tributs, prenez Ara, et sortez de mon royaume, dit mon père d'un ton froid dépourvu d'émotion.

— Vous avez utilisé votre fille sans aucune considération pour elle, dit Ryvin en secouant la tête. Et vous me traitez de monstre.

Je regardai mon père en fronçant les sourcils, à la recherche d'une réponse. Un mot gentil ou un signe de regret. Il n'y en avait aucun.

Avais-je toujours été considérée comme un outil pour lui, un moyen d'arriver à ses fins ? Avait-il toujours eu l'intention de me rejeter dès que cela lui servirait ? J'étais écœurée. Ma vie entière était bouleversée. Je croyais que je représentais quelque chose pour lui. Je croyais que je comptais. Mais il ne pouvait même pas me regarder.

Mes sœurs suppliaient notre père de revenir sur sa décision. Le suppliaient d'arrêter. Des larmes coulèrent sur mes joues. Elles n'avaient rien à se reprocher. Elles n'avaient aucune idée de ce que mon père avait prévu.

— Les tributs seront chargés sur le bateau ce soir, déclara Ryvin.

— Bien sûr, répondit mon père.

Je levai les yeux, surprise par la tournure que prenait la conversation. Ryvin allait-il laisser passer ça ? Je ne savais même pas s'ils prenaient quatorze tributs ou cent. Un sentiment de culpabilité me tordit l'estomac lorsque je réalisai que je n'avais même pas pensé à ce qu'il adviendrait d'eux. Il y avait déjà tellement de morts et si nous n'obtempérions pas, ils nous extermineraient complètement. Le nombre de tributs n'avait plus d'importance maintenant que je savais à quel point notre ville était fragile aux mains des faës.

— Et je prendrai votre fille. Mais pas Ara.

Ryvin regarda vers les portes, où Morta attendait avec mes sœurs.

J'arrêtai de respirer.

CHAPITRE 27

— Non, ordonna mon père. Vous prendrez Ara. Ce n'est pas négociable.

— J'irai, dis-je lorsque ma voix revint.

Je me forçai à m'approcher de l'ambassadeur.

— Ce n'est pas à toi de faire ce choix, Princesse, dit Ryvin.

— S'il te plaît, ce n'est pas la peine de faire ça. J'irai volontiers à la place de mes sœurs, déclarai-je.

— Je sais, mais ce n'est pas à moi de prendre cette décision.

Il se tourna pour regarder l'embrasure de la porte et je suivis son regard.

Morta s'éloigna de mes sœurs et se dirigea vers le centre de la salle du trône avec aisance. Le tissu transparent de sa robe ondulait autour d'elle ; il bougeait et tanguait comme les vagues de la mer. Ses yeux d'un blanc laiteux observaient ce qui l'entourait, comme si elle voyait quelque chose que nous ne pouvions pas voir.

C'était pour cela qu'elle était ici, mais que nous ne la voyions jamais. C'était elle qui choisissait les tributs. Ils ne se contentaient pas de prendre l'une de nous en otage ; nous allions rejoindre les tributs et subir le même sort qu'eux.

— Ce n'est pas la peine d'évaluer les autres. J'irai, répétai-je en m'adressant cette fois à Morta.

— Une femme si courageuse.

Ses mots sortirent comme un chœur. Comme si elle parlait avec plusieurs bouches à la fois.

— Mais ce n'est pas à toi de prendre ces décisions.

— Vous ne pouvez pas. S'il vous plaît. On n'a rien fait de mal, dit Cora en s'éloignant de la porte pour se rapprocher de Morta.

Sophia pleurait dans les bras de Lagina.

Lagina était silencieuse, mais sa lèvre inférieure tremblait. Elle essayait de retenir ses émotions, de s'empêcher de faire une scène comme il nous l'avait toujours été demandé.

— Vous ne pouvez pas faire une exception ?

Je ne pouvais pas permettre qu'une de mes sœurs prenne ma place. Que deviendrais-je si je restais ? Mon père ne voulait pas de moi. Mon propre père s'était servi de moi comme d'une monnaie d'échange. Ophelia ne voulait pas non plus de moi. Et plusieurs gardes avaient essayé de me tuer. Même si cela me brisait le cœur, j'étais comme morte de toute façon si je restais à Athos.

— Non, dit Morta en tournant ses yeux vides et laiteux vers moi. Ce n'est pas ton tour.

— J'y vais, insistai-je. Je ne laisserai pas une de mes sœurs aller à Konos. Soit vous m'emmenez, soit aucune de nous n'ira.

— Arrête de parler, Princesse, gronda Ryvin.

— Celle-là.

Morta pointa un long doigt pâle en direction de mes sœurs.

— La plus jeune. C'est elle qu'on va prendre.

— Non !

Je m'élançai dans l'intention de me placer devant Sophia, mais je fus soudain figée sur place.

— Elle n'est même pas majeure ! s'écria Cora.

— Ça n'a pas d'importance, déclara platement Lagina.

— Fais quelque chose, exigeai-je. Arrête ça. Sophia ne peut pas partir.

Morta s'était soudainement matérialisée devant moi. Des doigts osseux enserraient mes poignets.

— Le destin a parlé.

J'arrachai mes bras de son emprise.

— Et j'ai parlé. Vous ne pouvez pas l'avoir.

— Vous ne la toucherez pas, ordonna mon père, mais personne ne se tourna vers lui.

— Si vous la touchez, je vous retrouverai. Je le jure devant les dieux, je vous retrouverai, crachai-je.

— Ara, arrête, dit Sophia d'une voix calme.

— Silence, Sophia, lança Ophelia, qui se joignait à la conversation pour la première fois. Ara s'est portée volontaire. Elle est de sang royal et c'est la préférée de son père. Elle devrait faire amplement l'affaire pour témoigner de notre respect.

— La décision est prise, dit Ryvin.

Mon père emprunta les escaliers qui descendaient de l'estrade et marcha nonchalamment vers Ryvin. Il s'arrêta devant l'ambassadeur avec une expression de défi.

— Le traité stipule clairement qu'un des enfants du roi sera sacrifié en guise de paiement. Il ne dit pas que c'est à vous de faire ce choix.

Je me crispai. « Sacrifié », pas « fait prisonnier ». Il s'attendait à ce que je meure. Quelque chose se fissura en moi et je sentis mes membres s'engourdir. C'était comme si toute combativité m'avait quittée. Mon propre père voulait me tuer. C'était son plan depuis le début.

— Vous n'êtes pas en position de négocier, vieil homme, dit Ryvin.

Soudain, mon père déplaça son poids, et je vis un éclat d'acier lorsqu'il sortit une dague cachée dans les plis de sa tunique. La lame scintilla, et il fit un pas en avant.

— Ne m'obligez pas à faire ça. Ne m'obligez pas à accomplir le sacrifice moi-même.

Il fixa son regard sur moi ; ses yeux brûlaient de détermination.

— Il faut que ce soit fait.

Mon père se rapprocha avec l'intention de me tuer, mais je restai là où j'étais, incapable de bouger.

S'il restait quelque chose de mon cœur à briser, il tomba en poussière. Il me tuerait pour éviter que l'une de mes sœurs ne connaisse ce sort. Je dévisageai mon père, l'homme qui m'avait élevée. Il savait que je ferais n'importe quoi pour mes sœurs. Cela avait toujours été clair. Je devais veiller à leur sécurité. On me l'avait inculqué depuis que j'étais enfant.

— Arrêtez, dit Ryvin en serrant les dents. La décision de Morta est irrévocable. Il n'y a pas moyen de la changer.

— Fais-le, sifflai-je.

Si me tuer était une échappatoire pour sauver ma sœur, je ne me battrais pas.

— Ils ne peuvent pas avoir Sophia.

Mon père bougea si vite que je haletai en me préparant à l'impact, mais au lieu de la morsure d'une lame, je fus poussée au sol tandis que Ryvin prenait ma place.

La dague trouva sa cible dans un éclair argenté et mon père l'enfonça profondément dans la poitrine de Ryvin. Je hurlai lorsque la dague empala l'ambassadeur et que du sang s'écoula de la plaie.

— Non !

Je tentai d'aller vers lui, mais une force invisible me

retint. Je me débattis pour me libérer et essayai désespérément de l'atteindre.

— Ryvin !

Je luttai contre mes liens invisibles tandis que mon pouls s'accélérait et que mon souffle s'échappait trop vite. Ryvin s'était-il vraiment jeté devant une arme pour moi ?

L'ambassadeur jeta un regard à mon père avec une expression de pure rage. Mon père recula en trébuchant.

— Cette lame ne vous était pas destinée.

Des cris éclatèrent autour de nous, mais je ne voyais pas mes sœurs. La pièce se remplissait d'ombres qui serpentaient autour de nous comme des rubans de mort. La température chuta et mes bras nus se couvrirent de chair de poule. Mon souffle se mit à sortir sous forme de nuages.

J'étais toujours sur le sol de marbre à lutter pour me libérer des liens invisibles qui m'entravaient. Un cri de surprise me fit lever les yeux et j'aspirai une bouffée d'air. Mon père planait au-dessus de moi à la verticale. Ses orteils se trouvaient à quelques centimètres du sol. Son corps était secoué de sanglots silencieux et ses yeux débordaient de larmes.

— Je suis désolé, Ara. Il fallait que ce soit toi. Tu étais la seule à avoir une chance…

— Papa ! s'écrièrent mes sœurs.

Elles hurlaient et pleuraient toutes les trois. Leur peur était palpable et les ombres s'intensifiaient.

— Ara !

Pouvaient-elles nous voir ? Regardaient-elles notre père essayer de mettre fin à ma vie ? Un sentiment de panique s'empara de ma poitrine et la serra comme un serpent qui étoufferait sa proie.

— Cora ? Sophia ? Gina ? Vous allez bien ?

— Ara ? T'es où ?

La voix était si lointaine que je ne pouvais pas distinguer à qui elle appartenait.

Les ombres s'épaississaient et je me demandais si elles se nourrissaient de la terreur qu'elles sentaient autour d'elles et se renforçaient à mesure qu'elles dévoraient notre détresse.

Je voyais Ryvin et mon père. Nous étions tous les trois dans un cercle de faible lumière, entourés par les ténèbres. Mon père sanglotait et semblait plus vieux que je ne l'avais jamais vu. Il avait l'air de s'être effondré sous la pression de tout ce qui s'était passé entre nous.

J'avais le cœur brisé. Il avait été prêt à me sacrifier, mais je l'avais accepté. Je le détestais pour avoir été si prompt à jeter ma vie aux oubliettes, mais je comprenais cet appel du devoir. Cette volonté de tout donner pour ceux que l'on aimait.

— S'il te plaît, arrête ça. Laisse-le partir.

Les yeux de Ryvin trouvèrent les miens, et je cherchai la moindre étincelle d'humanité, le moindre signe qu'il pourrait être amené à trouver de la compassion.

Des larmes coulaient sur mes joues.

— S'il te plaît.

L'ambassadeur détacha son regard du mien.

— Il voulait te tuer, mais tu me supplies de lui laisser la vie sauve ?

— C'est mon père, dis-je, mais mon esprit était en guerre avec mon cœur.

Les ombres se refermèrent autour de nous en un cyclone tourbillonnant autour de mon père, Ryvin et moi.

Mon père pleurait en marmonnant de façon incohérente. Des larmes et de la morve coulaient sur son visage. Le voir comme ça était trop. Je tressaillis. Je n'éprouvais que de la sympathie malgré ce qu'il m'avait fait.

— S'il te plaît, relâche-le.

— Demande-lui qui a tué ta servante, dit Ryvin.

Mes sourcils se froncèrent et je remarquai un changement immédiat dans les réactions de mon père. Ses larmes s'arrêtèrent instantanément et il tourna son regard vers moi. Il n'y avait aucune trace de remords dans ses yeux sombres. En fait, cela ne me rappelait que trop le regard détaché de l'ambassadeur.

— Papa ? De quoi il parle ?

J'étais toujours maintenue au sol par une force invisible, incapable de me lever et de lui faire face.

— Tu sais qui a tué Mila ?

— Dites-lui, l'encouragea Ryvin. Allez-y. Dites-lui.

— Papa ?

Ryvin arracha la dague qui était toujours plantée dans sa poitrine. Du sang jaillit, mais il ne sembla même pas perturbé par la blessure. Il s'avança vers moi avec désinvolture, puis saisit mon bras pour me faire me lever et me libérer enfin de tous les liens invisibles qui me retenaient au sol. Je trébuchai maladroitement, confuse et effrayée.

— Dites-lui, insista Ryvin. Ou je lui montrerai moi-même.

— Je ne vous dois rien, lança mon père.

Ryvin me trancha l'avant-bras, et je haletai en retirant mon bras.

— C'est quoi ce bordel ?

Une douleur fulgurante éclata à l'endroit de la blessure, et j'appuyai ma paume sur la coupure. Avant que je ne puisse prononcer un autre mot, Ryvin me saisit brutalement le menton et le fit pivoter de façon à ce que je regarde mon père. Son autre main tenait le couteau, dont la lame était couverte de mon sang et de celui de Ryvin.

Le visage de mon père se contorsionnait et il commençait

à transpirer. Il haletait désespérément, les yeux fermés, comme s'il souffrait.

— Qu'est-ce que t'as fait ? demandai-je en me tournant vers l'ambassadeur.

Il me fit lever la tête.

— Regarde.

Mon père poussa un hurlement. Le son inhumain qui s'échappait de sa gorge me fit frissonner. Mais ce n'était pas ce qui me fit aspirer une bouffée d'air et reculer jusqu'à être collée à Ryvin.

Non, c'était quelque chose de bien pire. Quelque chose de cauchemardesque.

Deux de ses dents s'allongèrent, tranchantes et dange-reuses. Il était impossible d'ignorer ce qu'étaient ces crocs. J'en avais déjà vu auparavant de trop près, quand j'étais avec Orion.

Mon père avait des crocs de vampire.

— Non.

Ce n'était pas possible. Comment mon père pouvait-il être un vampire ?

— Qui a tué sa servante, Votre Majesté ? demanda Ryvin.

— T'as tué Mila ?

J'avais l'impression de ne pas connaître l'homme en face de moi. Quels autres mensonges m'avait-on racontés ?

— C'est ce qui se passait chaque fois qu'une servante disparaissait ? Et toutes nos nounous ? Peut-être même les prêtres de la bibliothèque ?

Mon estomac se retourna, et je luttai contre la bile qui montait.

— Combien, papa ? Combien t'en as tué ? Comment est-ce que j'ai pu ne pas le voir ?

— Tu as toujours été bien trop maligne, mais tu ne vois que ce que tu veux voir. C'est ta plus grande faiblesse, siffla-t-il. Maintenant, relâchez-moi et faites-la disparaître de ma vue avant que je ne la vide de son sang.

— Vous ne la toucherez pas, prévint Ryvin.

— Vous n'avez aucun pouvoir ici. Si vous ne la prenez pas, je l'enverrai moi-même auprès d'Hadès et notre dette sera payée, cracha mon père.

Je ne reconnaissais même pas la créature qui se trouvait devant moi. Des larmes chaudes coulaient sur mes joues, mais je restais là, engourdie, à regarder l'homme qui m'avait élevée. Depuis combien de temps nous avait-il caché cela ? Était-il né vampire ou avait-il été transformé ?

Et qu'est-ce que cela signifiait pour moi ?

Je repoussai ces pensées. C'était trop. Je ne pouvais pas me laisser aller à me poser des questions. Pas maintenant. Pas alors que mon père montrait ses crocs et me lançait un regard si dédaigneux.

Sous cette forme, il n'était pas le père que j'avais toujours connu. C'était un étranger. Un monstre. L'une des créatures dont on nous avait mis en garde toute notre vie.

— Papa ?

Restait-il quelque chose de l'homme que j'avais connu toute ma vie ? Y avait-il quelque chose de réel ou n'était-ce que des mensonges ?

Il s'élança vers l'avant, les crocs exposés. J'écarquillai les yeux et hurlai en me plaquant par réflexe contre Ryvin.

Des ombres passèrent à côté de moi, remontèrent le long des jambes de mon père et le maintinrent en place. Il fit claquer sa mâchoire et griffa l'air comme s'il essayait de se frayer un chemin jusqu'à moi.

Des larmes coulaient sur mes joues et la terreur rendait ma respiration tremblante et saccadée. Il était comme un animal prêt à dévorer sa proie.

Les ombres se glissèrent le long des jambes de mon père,

puis s'enroulèrent autour de sa taille avant de se faufiler jusqu'à sa poitrine. Elles s'attardèrent autour de son cou, comme pour me permettre de regarder son visage une dernière fois.

Ses pupilles étaient dilatées, ce qui rendait ses iris d'un noir profond. Des lignes rouges remplissaient le blanc de ses yeux. Il continuait à grogner et à se débattre tandis que ces crocs scintillaient dans la faible lumière comme des balises de mort.

— Il ne te fera plus de mal, chuchota Ryvin en m'attirant dans ses bras.

Je ne sentais plus ses bras autour de moi. Je ne sentais plus rien. Je n'étais même pas sûre d'exister. Mon corps tout entier était engourdi ; mes émotions n'étaient plus qu'une coquille vide.

Un étrange sentiment de calme s'installa en moi alors que je regardais les ombres reprendre leur progression rampante jusqu'à ce que chaque centimètre de mon père soit envahi par les ténèbres. Les vrilles sombres l'enveloppaient comme un cocon. Elles pulsaient et tourbillonnaient comme s'il s'agissait d'une chose vivante qui respirait. Elles se comprimèrent jusqu'à se refermer, puis elles explosèrent en éventail autour de nous.

Tout devint sombre.

Surprise, je m'éloignai de l'ambassadeur et tendis la main à l'aveuglette dans l'obscurité. La lumière revint à mesure que les ombres se dissipaient, et je dus cligner des yeux plusieurs fois contre l'illumination. Mon père n'était plus là. Pas de corps, aucun signe de l'endroit où il se trouvait. C'était comme s'il n'avait jamais existé.

Ma respiration était tremblante et saccadée. Cela ne semblait pas réel. Si je n'avais pas déjà vu ce que ces ombres pouvaient faire, je croirais que c'était une ruse. Je croirais que mon père était toujours là, quelque part, mais je savais que ce n'était pas le cas.

Le pire, c'était que je ne ressentais toujours rien. Mon père était mort et je ne trouvais même pas en moi la force de pleurer sa disparition.

— C'était la seule solution, Ara, murmura Ryvin. Et maintenant, tu connais la vérité.

L'ambassadeur avait tué mon père parce que s'il ne l'avait pas fait, mon propre père aurait mis fin à ma vie. Il n'y avait plus de bien et de mal. Il n'y avait pas d'alliés ou d'ennemis. Je n'étais pas sûre qu'il y en ait jamais eu. Tout n'était qu'illusion. Rien dans ma vie n'était ce qui semblait être.

Des cris étouffés me tirèrent de mes pensées et je me retournai pour voir mes sœurs blotties les unes contre les autres. Heureusement, Morta n'était plus là et mes sœurs semblaient saines et sauves. Pour l'instant.

Je revins à mes sens. Le soulagement de voir mes sœurs en vie chassa l'indifférence. Je savais que je devrais faire la paix avec ce que j'avais vu un jour, mais je ne pouvais pas me permettre d'y penser pour l'instant. Mes sœurs avaient besoin de moi et j'allais être là pour elles.

Je me relevai du sol et courus jusqu'à elles pour les serrer fort dans mes bras. Nous nous étreignîmes toutes les quatre alors que nous étions toutes secouées par nos larmes. Je les tins ainsi jusqu'à ce que leurs pleurs commencent à s'apaiser.

— Je suis vraiment désolée, Ara, dit Lagina. Je n'ai jamais su. Je n'ai jamais su.

— On a tout entendu, chuchota Sophia. Je suis vraiment désolée.

— Il ne peut plus te faire de mal, ni à toi ni à personne d'autre, dit Cora.

— J'ai bien peur que nous manquions de temps, annonça Ryvin.

Mes sœurs et moi nous séparâmes alors que nous étions encore en train de reprendre notre souffle et d'essuyer nos joues.

Ophelia était assise sur son trône, tremblante et pâle comme un fantôme. Ryvin se tenait au centre de la pièce. À ma grande surprise, il avait l'air épuisé. Ses épaules étaient affaissées et il avait des cernes sous les yeux. L'utilisation de cette magie noire devait lui demander beaucoup d'énergie.

Je m'approchai prudemment.

— Qu'est-ce que t'as l'intention de faire ?

— Je vais prendre Sophia, dit-il. Vous autres êtes libres de faire ce que vous voulez.

— C'est moi que tu vas prendre, proposai-je à nouveau. Pas Sophia.

— Je te l'ai dit, ce n'est pas moi qui prends ces décisions, répondit-il.

— Alors fais en sorte que ça change, exigeai-je avant d'adoucir mon ton. S'il te plaît.

Des pas retentirent sur le sol en marbre et nous nous retournâmes tous les deux pour voir Lagina traverser la pièce. Elle s'approcha du trône vide où mon père était assis quelques minutes auparavant. Elle hésita seulement un instant, puis nous fit face et verrouilla ses yeux sur l'ambassadeur avant de s'asseoir.

— Maintenant que mon père n'est plus là, j'assume son titre. Ma première tâche est d'assurer la continuité de la paix entre Athos et Konos.

Lagina se comportait comme une reine. Comme j'avais vu sa mère agir toute ma vie. C'était comme si elle était née dans ce rôle et qu'elle avait toujours été reine.

— Votre Majesté.

Ryvin s'inclina bas avec respect.

L'engourdissement revint. Que se passait-il ? Comment

pouvait-elle entrer dans ce rôle si rapidement après tout ce qui venait de se passer ?

Ophelia se leva avant de se laisser tomber dans une révérence, et je remarquai que mes autres sœurs lui emboîtaient le pas. Je me sentais mal d'entrer dans cette nouvelle ère sans admettre la raison pour laquelle cela s'était produit, mais je suivis le mouvement et m'inclinai devant ma sœur, la nouvelle reine.

— Nous enverrons les tributs comme demandé et nous continuerons à accueillir votre délégation dans notre ville tous les neuf ans, comme le prévoit le traité, dit Lagina.

— Tu ne parles pas de… Tu veux parler des tributs qui ont été sélectionnés. Pas de Sophia.

— Le traité est clair, Ara. Et il est dans son droit de réclamer un membre de notre famille pour notre comportement déshonorant, répondit-elle.

— Mais il a pris notre père ; il a tué le roi, dis-je. C'est sûrement suffisant.

— J'ai lu le traité, dit Lagina. Il est clair qu'il doit s'agir de la progéniture du roi.

— J'ai tué le roi parce qu'il a essayé de te faire du mal, Ara, murmura Ryvin. Je t'ai dit que je te protégerais.

— Ara, c'est bon, dit Sophia en me prenant la main. Laisse-moi faire ça pour notre famille.

J'aspirai un souffle, réduite au silence par l'utilisation de mes propres paroles contre moi.

— Mes hommes vont se retirer dans leurs chambres pour se reposer, dit Ryvin. Vous avez jusqu'au matin pour vous préparer au voyage, Princesse. On partira au lever du soleil.

— Soph...

J'avais la gorge serrée et aucun autre mot ne parvint à sortir.

— Venez, les filles, dit Ophelia d'un ton plus doux que jamais.

Je n'avais même pas remarqué qu'elle s'était approchée, mais elle posa ses mains sur nos épaules et nous guida hors de la salle du trône.

— La nouvelle reine a beaucoup de travail à faire, et on doit aider Sophia à faire ses bagages pour son voyage.

Je ne savais pas trop comment je m'étais retrouvée dans la chambre de Sophia pendant qu'Ophelia commençait à se procurer des malles pour emballer les affaires de sa fille cadette. Cora était assise sur le lit, les yeux vitreux et dans le vague. Je comprenais ce qu'elle ressentait. Cela ne semblait pas réel.

Nous avions toutes perdu notre père, la plupart de nos gardes étaient morts et maintenant, nous devions dire au revoir à Sophia. Nous n'avions même pas eu le temps d'assimiler le fait que de la magie avait été utilisée ou que mon père avait été un vampire. Avait-il toujours été un monstre ? Ou avait-il été transformé plus tard dans sa vie ? Je n'étais même pas sûre de vouloir connaître les réponses à ces questions. Cela ne changeait rien au fait qu'il était mort. Ou la trahison à laquelle j'avais été confrontée.

Comment Lagina pouvait-elle entrer dans son nouveau rôle avec une telle facilité ? La seule chose à laquelle je pensais, c'était déverser ma colère sur tous les habitants de Konos. S'ils n'étaient jamais venus ici, ma plus grande préoccupation serait d'éviter de me marier ou de me préparer à servir au mur. Leur insistance à prendre des vies humaines plutôt que de nous laisser tranquilles était à blâmer.

Mais ce serait une mission suicide.

Mais comment pouvais-je prétendre que les choses allaient s'arranger ? Comment allais-je continuer à vivre en sachant ce que Konos nous avait coûté ? Je pleurerais ma famille chaque fois que je regarderais la mer et que je verrais cette île maudite. Je me demanderais si le cœur de Sophia battait toujours ou si elle avait été donnée en pâture aux vampires ou jetée dans leur labyrinthe pour divertir les faës et apaiser la bête qui se cachait dedans.

Sophia était de meilleure humeur que je ne l'avais prévu. Elle arborait un sourire radieux et nous aidait à choisir ses robes et ses bijoux préférés. Comme si elle partait en voyage plutôt que de naviguer vers sa perte.

Ma seule chance de faire des progrès pour inverser ce cauchemar était Ophelia. Elle aimait ses filles et elle m'aurait volontiers envoyée à la mort des années plus tôt. La chance de me voir partir pour épargner Sophia était un rêve pour elle. Je m'approchai de l'ancienne reine et m'assis à côté d'elle.

— Tu sais que c'est mal.

Ophelia lissa le tissu de la robe qui était drapée sur son bras.

— Tu connais la solution, Ara. Et tu es la seule à pouvoir faire en sorte que ça arrive.

— De quoi tu parles ? répondis-je. Ce n'est pas moi qui commande ici. Tu m'as entendue me faire rembarrer. Comment est-ce que je peux arranger ça ?

Elle posa délicatement la robe dans la malle ouverte.

— Sophia, et si tu demandais à ta servante de nous apporter de quoi déjeuner ?

Ophelia avait immédiatement renvoyé toutes les servantes lorsque nous étions arrivées dans la chambre, mais Sophia n'eut pas l'air de trouver anormal le changement d'avis soudain de sa mère. Elle hocha vivement la tête, puis quitta la pièce.

L'ancienne reine m'attira près d'elle.

— L'ambassadeur est toujours dans notre palais et les tributs sont déjà sur leurs bateaux. Si quelque chose lui arrivait, il est possible qu'ils repartent avec ce qu'ils ont. Il était le seul dans cette pièce. Aucun de ses hommes n'est resté. Ils ne savent pas que Sophia va les rejoindre.

— Tu veux que je le tue ?

Ma poitrine se serra.

— C'est possible ?

Mon père l'avait poignardé et il n'avait même pas bronché. Il avait éliminé des centaines de combattants avec sa magie. Était-il possible de le tuer ? Je ne savais pas ce qu'il était ni quelle était l'étendue de son pouvoir.

— Tu veux sauver ta sœur ? demanda Ophelia.

Je hochai la tête. S'il y avait une chance que Sophia soit épargnée, je devais essayer.

— Ils ne laisseront jamais personne s'approcher assez près.

— Ils te laisseront faire. Ils ne trouveront pas ça suspect si tu vas le voir ce soir pour lui dire au revoir.

Elle haussa les épaules.

— Tout le monde sait ce qui s'est passé dans les vergers.

Mes lèvres tressaillirent et un sentiment de culpabilité monta en moi. Je ne pouvais pas nier que j'avais eu envie de lui cette nuit-là, mais je détestais ce que les gens pensaient de moi à cause de ça.

— Et si c'est impossible de le tuer ? demandai-je.

— Tu trouveras un moyen, affirma-t-elle.

Je n'avais pas besoin de répondre. S'il y avait une chance d'épargner la vie de Sophia, nous savions toutes les deux que je la prendrais.

— Pour ce que ça vaut, je ne savais pas pour ton père. Je n'ai jamais su qu'il était un…

Elle secoua la tête ; elle ne voulait pas prononcer le mot à haute voix. Aucune d'entre nous n'avait dit un mot de ce que nous avions appris. Il n'y avait pas de témoins à part nous et l'ambassadeur. Nous nous demandions toutes ce que cela signifiait pour notre famille. S'il avait toujours été un vampire, qu'est-ce que cela signifiait pour ses filles ?

— J'ai besoin de temps pour me renseigner plus discrètement, dit Ophelia. Ça ne change rien à la lignée ni à ce que je ressens pour mes enfants. Mais si les gens l'apprennent, ils s'en prendront à nous. À nous tous.

Elle posa sa paume sur son ventre d'un geste protecteur.

Je tendis la main et recouvris la sienne de ma paume.

— Tu sais que je ne ferais jamais rien qui puisse mettre mes sœurs…

Mes yeux se posèrent sur nos mains, puis je me retournai vers elle.

— Ou mon frère en danger.

Elle hocha la tête, les yeux embués de larmes. Pendant toutes ces années, elle m'avait traitée de façon horrible et je l'avais détestée pour cela. La seule chose sur laquelle nous étions d'accord, c'était sur mes sœurs. J'avais toujours cru qu'elle me considérait comme une menace, mais je savais aussi que j'étais un rappel de l'infidélité de son mari. Chaque fois que cette idée me traversait l'esprit, je la vilipendais pour la façon dont elle me traitait. Ce n'était pas ma faute ; je n'avais pas demandé à naître. Mais je pouvais comprendre à quel point il pouvait être difficile de vivre avec ce rappel constant du peu qu'elle représentait pour l'homme qu'elle avait épousé.

— Je suis désolée, Ara, dit Ophelia.

— Moi aussi, répondis-je.

Elle me serra la main. C'était la chose la plus réconfortante et la plus maternelle qu'elle ait jamais faite. Une compréhension silencieuse passa entre nous, puis elle relâcha ma main.

— Tu peux le faire, Ara.

Mon cœur se serra à l'idée de mettre fin à la vie de Ryvin. J'étais revenue au point de départ, à me demander si le fait de le tuer changerait quoi que ce soit. Peu importait que je me sente plus en sécurité avec lui qu'avec mon propre peuple ; il ne pouvait rien y avoir entre nous. Ryvin était un tueur. Un ennemi. Je ne pouvais rien ressentir d'autre pour lui que de la haine, même si mon cœur s'y opposait.

J'avais appris très tôt à ne pas m'attacher. On m'avait prévenue que les émotions me causeraient des ennuis. Que tout ce que j'aimais était en danger. Les seules personnes avec lesquelles je m'étais autorisée à m'attacher étaient les membres de ma famille. Plus précisément, mes sœurs. L'ambassadeur n'était qu'une passade. Même si je n'y mettais pas fin moi-même, il serait parti au matin. Il ne penserait plus jamais à moi. Je ne pouvais rien ressentir pour lui.

Alors pourquoi avais-je si mal quand je pensais au fait de le perdre ?

— Sauve-la, Ara, chuchota Ophelia. Sauve Sophia.

Je jetai un coup d'œil à ma belle-mère, la femme que j'avais passé ma vie à détester. La seule chose que nous avions en commun était notre inquiétude et notre amour pour mes sœurs, ses filles. Je savais ce que je devais faire.

— Ils vont apporter le déjeuner dans quelques minutes, annonça Sophia en revenant dans la pièce. J'ai demandé des gâteaux au miel supplémentaires. Je ne sais pas quand je pourrai en manger à nouveau.

Ma gorge se serra lorsque je réalisai que ma sœur se

préparait à sa mort, mais qu'elle conservait son optimisme pour notre bien. Je ne pouvais pas la laisser aller à Konos. S'il y avait un moyen de l'empêcher, je devais essayer.

J'étais prête à tout sacrifier pour sauver la vie de ma sœur.

CHAPITRE 28

Je levai les yeux à travers mes cils et souris d'un air pudique en rougissant. Je savais à quoi cela ressemblait. Je savais que ma chemise de nuit et ma robe de chambre transparente ne laissaient pas grand-chose à l'imagination. Sans dire un mot, j'appuyai mon index sur mes lèvres et fis une moue avant de faire un sourire.

Intérieurement, mon estomac se retournait et ma poitrine se contractait sous l'effet de la peur. J'avais de la chance que l'ambassadeur et ses hommes séjournent encore au palais ce soir après ce qui s'était passé aujourd'hui. Je supposais qu'après leur démonstration de puissance, personne ne serait assez stupide pour leur chercher des noises.

C'était tout de même un risque. Ils pourraient me repousser ou me faire du mal pour avoir pénétré dans leur aile. Ou bien ils pourraient annoncer ma présence et me priver de ma seule chance de vaincre Ryvin. Sans l'élément de surprise, j'étais morte.

Mon seul espoir résidait dans les rumeurs qui circulaient sur moi et l'ambassadeur, ainsi que sur nos moments volés ensemble.

Je baissai le doigt, me mordis la lèvre inférieure et avançai d'un pas hésitant en faisant de mon mieux pour conserver mon personnage séducteur et coquet. C'était à Cora que je devais de savoir comment agir. Des années passées à observer ses mouvements impeccables et ses manœuvres de séduction m'avaient appris quelques petites choses. C'était elle l'experte en la matière, et pourtant, c'était à moi que l'on avait confié cette tâche. Tout ça parce que mon père avait prévu que je finisse comme paiement si son plan échouait. Je ne savais même pas si la guerre au mur était terminée ou si les dragons venaient discuter des conditions. Tout cela pouvait n'être qu'un stratagème pour me convaincre de l'aider.

Mon sourire s'effaça et je m'empressai de faire bonne figure. Je ne pouvais pas penser à ce genre de choses maintenant. Je devais me concentrer. Je battis des cils et attendis en silence que les gardes me renvoient ou me laissent passer.

Le garde fit un pas en arrière pour montrer silencieusement qu'il acceptait. Les autres hochèrent la tête ou sourirent à mon passage. Certains donnèrent un coup de coude à leurs compagnons ou haussèrent les sourcils d'un air entendu.

Ils s'étaient tous nettoyés depuis le combat, portaient leur armure noire et semblaient toujours aussi alertes et concentrés. Je me demandais si ces créatures avaient besoin de dormir. Si l'ambassadeur était réveillé, mon plan échouerait. Même si je n'étais pas sûre qu'il ait besoin de dormir, j'avais vu des signes d'épuisement après qu'il eut utilisé sa magie. J'espérais que cela jouerait en ma faveur.

Les gardes m'observaient attentivement. Que devaient-ils penser de moi ? La princesse qui allait séduire l'homme qui avait tué son père ? Toutes les rumeurs qu'ils avaient entendues se concrétisaient. La confirmation que j'étais aussi avilie qu'on le leur avait dit. Nos royaumes étaient en désaccord, même sans l'attaque d'aujourd'hui. Pourtant, j'étais venue réchauffer le lit de mon ennemi alors même qu'il prévoyait d'enlever ma sœur au matin.

Je savais que j'avais l'air déloyale. Une traîtresse envers mon royaume et mon peuple. Mais j'avais déjà franchi cette limite au moment où mon père m'avait demandé de divertir l'ambassadeur la nuit de son arrivée. Ce n'était pas comme si ma réputation pouvait être entachée davantage. Du moins, pas aux yeux de mon peuple.

Je pouvais sentir leurs yeux sur mon corps presque nu tandis que je marchais sur le sol de marbre froid. Être pieds nus était plus silencieux. Et j'aurais besoin de tous les avantages possibles.

Le garde à la porte se décala sans établir de contact visuel avec moi. C'était comme s'il me disait qu'il garderait mon secret.

J'adressai une prière silencieuse aux dieux et les suppliai d'aider mes sœurs à me pardonner avant de tourner la poignée. Je les suppliai d'épargner mes sœurs. De faire en sorte que mon sacrifice en vaille la peine. S'ils devaient écouter mon appel, j'espérais que ce serait ce soir.

La porte ne grinça pas, mais je retins mon souffle en entrant sur la pointe des pieds dans la pièce familière. Des braises mourantes brillaient dans la grande cheminée et fournissaient un éclairage minime à l'espace. Les rideaux blancs transparents flottaient dans la brise et laissaient entrevoir un clair de lune argenté. C'était une soirée fraîche, chargée d'un parfum de fleurs de pêcher et de sel. J'inhalai cet effluve apaisant et me tournai vers ma cible en incitant mon cœur à ralentir.

Je libérai avec précaution ma dague de son étui situé à l'intérieur de ma cuisse. L'emplacement était inhabituel, mais nécessaire en raison de la transparence de mes vêtements.

Aucun des gardes ne l'avait remarqué, ce qui m'avait permis d'arriver jusqu'ici.

Mes paumes étaient moites et ma poitrine tendue d'anticipation tandis que je me rapprochais du lit.

Ryvin dormait. Une couverture était emmêlée autour de ses hanches et ne couvrait qu'une seule de ses jambes nues. Il était sur le côté, face à moi. Sa peau nue brillait pratiquement dans la faible lumière du soir.

En m'approchant, je remarquai de longues cicatrices dans son dos. Mes sourcils se froncèrent et je marquai un temps d'arrêt pour observer ces étranges marques. Je ne les avais pas remarquées avant, mais je ne l'avais jamais regardé aussi longtemps. Les marques étaient estompées par le temps, mais je les reconnus pour ce qu'elles étaient. Il avait été fouetté. Plusieurs fois, apparemment.

Comment était-ce possible ? Je l'avais vu se prendre un couteau dans la poitrine sans broncher. Je pensais que les créatures qui rôdaient au-delà de nos frontières étaient impossibles à blesser et guérissaient trop vite. C'était en partie pour cela que nous ne pouvions pas les vaincre. Quel genre d'abus avait-il dû endurer pour avoir de telles marques ?

Une petite partie de moi semblait se délecter de ce signe de faiblesse. C'était la preuve visible qu'il n'était pas invulnérable. Il pouvait être blessé au point d'avoir des cicatrices. Mais le sentiment d'exaltation fut de courte durée, remplacé par de la sympathie et de la colère. Qui avait bien pu le blesser ainsi ? Et pourquoi ? Qui traitait quelqu'un de la sorte ? L'envie de le réconforter pour ses cicatrices longtemps guéries était si intense que je faillis ranger mon arme.

Je chassai ces pensées de ma tête. C'était un monstre. Quelqu'un envoyé pour voler des vies à mon peuple. Pour me voler ma sœur. Il avait tué mon père sans remords. Il ne ressentait pas de sympathie pour nous. Pourquoi devrais-je me permettre d'en ressentir pour lui ?

Je serrai la dague plus fort et continuai d'avancer jusqu'à ce que je sois juste à côté du lit. La mâchoire tendue, j'agis rapidement. Je grimpai sur Ryvin, me mis à califourchon sur ses hanches et me penchai vers l'avant, la dague à la main.

Je la pressai contre son cou, prête à mettre fin à sa vie.

Mais je ne bougeai pas l'arme. Je me figeai. Mon cœur tonnait contre mes côtes tandis que je fixais sa forme endormie. Ma main trembla légèrement et j'hésitai. Si je faisais ça, il n'y aurait pas de retour en arrière possible.

— Fais-le.

Sa voix était douce, avec une pointe de rudesse. Elle me prit au dépourvu et me fit resserrer ma prise sur le manche. Ses yeux étaient toujours fermés et il n'avait pas bougé. Tous ses muscles étaient détendus. Il ne faisait aucun effort pour m'éloigner de lui.

Pourtant, je restai immobile tandis que ma respiration s'accélérait. Pourquoi attendais-je ? C'était pour cela que j'étais venue ici, et je pouvais le faire. J'avais l'avantage, et il ne se battait pas contre moi. Il allait me laisser le tuer.

Il saisit mon poignet et me maintint en place avec la lame toujours appuyée sur sa gorge.

— Vas-y. Tue-moi. Les dieux savent que je le mérite.

— Est-ce que ça te tuerait au moins ?

J'observai la plaie déjà cicatrisée sur sa poitrine. La blessure n'était plus qu'une cicatrice rose qui ne saignait même pas. Il garderait une marque, mais elle guérissait incroyablement vite.

Il y avait des cicatrices dans son dos, mais je l'avais regardé tuer sans toucher son adversaire. Je l'avais vu envoyer ces ombres pour mettre fin à des vies sans effort. Je ne savais pas ce qu'il était ni ce qui se cachait sous ce bel extérieur. J'avais le sentiment qu'il n'y avait pas grand-chose que je puisse faire pour le blesser.

— Si je te tranche la gorge, tu mourras ?

Il ouvrit les yeux. Ils brillaient comme du métal en fusion dans la pénombre de la pièce.

— Il n'y a qu'une seule façon de le savoir, Astéri.

Je serrai les dents en me détestant de ne pas pouvoir faire glisser le couteau sur sa peau nue.

— Je n'ai pas envie de te tuer, avouai-je. Mais tu ne peux pas avoir ma sœur.

— Je ne veux pas de ta sœur.

— Qu'est-ce que tu veux ?

Il souleva mon poignet et saisit mon bras sous le bandage que j'avais enroulé autour de ma blessure. Contrairement à lui, le sang de la coupure avait traversé le bandage et laissé une tache sombre. Cela me rappela à quel point j'étais fragile par rapport à lui.

Ses yeux se portèrent sur la plaie, puis il ramena son regard sur moi. Il ouvrit mes doigts sans dire un mot et je le laissai me prendre la dague. Je ne le quittai pas des yeux lorsqu'il la jeta de côté et qu'elle atterrit sur le sol avec fracas.

— Je pense que tu sais exactement ce que je veux.

Ses mains glissèrent le long de mes cuisses et un sourire malicieux se dessina sur ses lèvres lorsqu'elles atteignirent mes fesses nues. Je n'avais pas pris la peine de porter de sous-vêtements.

— Vilaine fille.

Déjà mouillée, je luttais contre les désirs qui s'affrontaient dans mon esprit. Ryvin était mon ennemi. Il avait tué mon père et sacrifié mon peuple. Je l'avais vu éliminer des dizaines d'hommes sans hésiter. Il essayait de tout me prendre. Mais je n'étais pas sûre de pouvoir nier ce qu'il me faisait ressentir. C'était si mal. Je savais que c'était mal. Mais il provoquait quelque chose au fond de moi auquel je ne pouvais pas résister. Je détestais ça. Je le détestais. Je me détestais moi-même.

Mais j'avais quand même envie de lui.

— Dis-moi ce que tu veux, mon Astéri, dit-il.

— Je ne suis pas ton étoile, sifflai-je à travers mes dents serrées.

Il retira ses mains, puis se retourna pour se mettre à plat sur le dos et m'ajuster de façon à ce que je le chevauche. Les draps bougèrent et révélèrent toute sa longueur fière déjà luisante de désir. Un frisson me parcourut l'échine. J'avais envie de le goûter, de le toucher, de le sentir me remplir complètement.

Je me penchai en avant, ce qui eut pour effet de presser mon bassin contre lui. Il gémit et sa bite tressaillit.

— Tu vas causer ma perte, dit-il.

— J'aimerais bien, lâchai-je.

— Tu veux récupérer ta lame ? Je ne t'en empêcherai pas.

Ses mains parcoururent mon corps et glissèrent sur le tissu transparent de ma robe de chambre. Il toucha mon dos et mon ventre en se rapprochant de mes seins sensibles, mais me priva de la sensation que je désirais vraiment.

— Je croyais que t'avais dit que tu me ferais supplier ? murmurai-je.

C'était comme ça entre nous depuis que nous nous étions rencontrés. Chacun de nous deux prenait le pouvoir sur l'autre à tour de rôle.

— Donne-moi le temps, Princesse. J'ai l'intention de te mettre à genoux et de t'écouter me supplier de te détruire.

Il prononça ces mots comme s'il s'agissait d'un défi. Mon corps réagit au ton autoritaire et me donna l'impression d'être en surchauffe. C'était comme si ma fine chemise de nuit était un manteau de fourrure.

J'étais tellement attirée par lui que je n'avais pas réalisé que ce sentiment était réciproque. Même lorsque mon père avait insisté sur le fait que Ryvin avait des sentiments pour moi, je l'avais nié. Comment était-ce possible alors qu'il avait passé la moitié de son temps ici avec d'autres femmes ?

Ce n'était pas un simple jeu entre nous. C'était une faim comme je n'en avais jamais ressenti. Je ne pensais pas que c'était de l'amour ; je n'étais pas tiraillée par mes émotions. C'était de la luxure. Il fallait que ce soit ça. Je ne pouvais pas me permettre d'envisager une autre solution. Ce n'était que du sexe. De la chaleur, du désir et du besoin.

J'avais besoin de lui.

De la même façon que j'avais besoin de l'air que je respirais.

De la même façon que j'avais besoin que mon cœur batte dans ma poitrine.

Il était de l'eau et je mourais de soif.

Ses mains revinrent sur mes jambes, puis remontèrent pour glisser sous ma mince chemise de nuit jusqu'au creux de mon dos. Son contact laissa une traînée d'énergie dans son sillage, comme si ma peau elle-même lui répondait.

Je me sentais vivante grâce à lui.

— Dis-moi ce que tu veux, m'ordonna-t-il.

J'avais l'impression d'être en feu ; comme si des flammes remplissaient mes entrailles et me brûlaient vive.

— Dis-moi, Astéri, exigea-t-il. Dis-moi que tu n'as pas envie de moi et tu pourras t'en aller tout de suite.

— Je n'ai pas envie de toi.

Les mots sortirent par réflexe, mais c'était un mensonge.

Il sourit.

— Je déteste le fait que je trouve ça adorable quand tu me mens.

— Je te déteste.

— Je sais.

Sa main caressa ma joue. Ce contact si doux contrastait avec le côté virulent de nos paroles.

— Tu ne peux pas avoir ma sœur, dis-je.

— Je te l'ai dit, je ne veux pas d'elle.

— Tu ne m'as pas dit ce que tu voulais.

J'avais tellement besoin de lui que tout commençait à me faire mal. Il me fallait toute ma volonté pour résister.

— Tu sais ce que je veux.

Ses yeux brillèrent et il me saisit pour me faire rouler jusqu'à ce que je me retrouve sous lui. Il me regarda fixement en planant au-dessus de moi.

— Dis-le. Dis-moi que t'as envie de moi.

— Toi d'abord, murmurai-je.

— J'ai envie de toi, Ara.

Des frissons dansèrent sur ma peau au son de mon nom sur ses lèvres. J'enfouis mes doigts dans ses cheveux noirs et rapprochai son visage du mien. Il hésita alors que nos bouches étaient suffisamment proches pour que nos lèvres se frôlent. Je levai la tête pour l'embrasser, mais il recula.

— Dis-moi que t'as envie de moi, insista-t-il.

Je lui aurais dit à peu près n'importe quoi à ce moment-là si cela avait mis fin à mes souffrances. J'étais certaine que je mourrais si je ne le sentais pas bientôt en moi.

— J'ai envie de toi.

Les mots étaient à peine sortis qu'il revendiqua ma bouche avec la sienne.

Ses lèvres étaient comme du feu contre les miennes, brûlantes et mortelles. J'accueillis avec plaisir la chaleur. Une tension s'était déjà installée dans mon ventre et réclamait d'être libérée. Mes jambes s'accrochèrent à sa taille et je sentis sa bite à mon entrée. Je levai les hanches pour l'encourager.

— T'es tellement impatiente, putain, murmura-t-il.

— Arrête de me narguer.

Ma chemise de nuit était un enchevêtrement de tissus. Elle était si froissée qu'elle ne couvrait rien, mais me semblait tout de même de trop. Je tirai dessus et Ryvin se décala pour que je puisse mieux l'attraper. Une fois libérée du vêtement, je jetai le délicat tissu sur le côté et me retrouvai complètement exposée devant lui.

Il grogna, puis m'observa. Ses yeux parcoururent chaque centimètre de ma peau, comme s'il me voyait pour la première fois.

— T'es incroyable.

Dans le jardin, je m'étais sentie un peu mal à l'aise, mais je pouvais voir que son appréciation était sincère. Il aimait mon apparence. Cela fit chauffer mes joues.

Sa grande main caressa chaque sein avant de se diriger vers mes fesses, puis de remonter sur ma joue.

— T'es faite pour être vénérée.

Mon souffle se bloqua et je voulus penser à quelque chose de sarcastique à dire, mais il ne m'en laissa pas l'occasion. Il abaissa son visage vers le mien et attrapa ma lèvre inférieure entre ses dents. Je gémis, mon dos se cambra légèrement et mon corps fut envahi de désir. Sa bouche se déplaça jusqu'à mon cou, où ses dents frôlèrent la peau sensible avant de laisser une traînée de baisers jusqu'à mes seins.

Je passai mes doigts dans ses cheveux, puis glissai mes mains jusqu'à ses épaules avant de les faire descendre le long de son dos musclé. Sa langue effleura chaque mamelon avant de se poser sur un seul à la fois pour le sucer et le taquiner.

Haletante et en manque, je saisis ses fesses pour l'inciter à me pénétrer.

Il leva les yeux vers moi avec un sourire amusé sur les lèvres.

— Vilaine fille impatiente.

Je gémis, agacée qu'il me fasse attendre. J'étais désespérée. J'avais besoin d'être libérée de mon désir grandissant.

— Presque prête à me supplier.

Il embrassa ma mâchoire, ma tempe, mon menton.

— T'es vraiment un allumeur, répondis-je.

Il gloussa. Le son vibra contre ma joue tandis que sa langue effleurait le lobe de mon oreille.

— Je peux attendre toute la nuit s'il le faut.

Haletante et frustrée, j'attirai son visage vers le mien, de sorte que nous nous fixions l'un l'autre. Son sourire en coin disparut, remplacé par un regard si intense qu'il me coupa le souffle. Ma frustration laissa place à quelque chose d'autre. Quelque chose que je n'arrivais pas à identifier. Une sensation à la fois d'avidité et de satisfaction, de tumulte et de sérénité. Toutes ces émotions se disputaient en moi. C'était un mélange déroutant provoqué par le regard de Ryvin. Il était si beau, si mortel, si tout…

J'étais dans un putain de pétrin.

— Ara…

Mes yeux s'écarquillèrent. Il y avait trop de puissance derrière mon nom sur ses lèvres. Trop de familiarité. Je l'attirai à moi, puis pressai mes lèvres contre les siennes pour nous distraire tous les deux et nous arracher à ce moment qui faisait accélérer mon pouls et qui menaçait mon cœur d'explosion.

Ryvin rompit le baiser et son regard intense revint. Celui-ci était hanté de désir et d'envie, plein de questions auxquelles je ne pouvais pas répondre. Il allait me briser avec ce regard. Il n'y avait qu'une seule chose que je pouvais faire.

Je saisis à nouveau ses fesses et l'attirai plus près de moi.

— S'il te plaît. J'ai besoin de t'avoir en moi, le suppliai-je.

Son expression devint féroce et l'une de ses mains se glissa derrière ma tête pour rapprocher mon visage et m'embrasser avec avidité pendant qu'il s'enfonçait en moi. Je haletai. Je ressentis à la fois du soulagement et du plaisir face à la plénitude qu'il m'offrait.

Nos corps se déplacèrent ensemble tandis que mes hanches s'adaptaient à son rythme. Nos bouches se dévorèrent l'une l'autre dans un choc de lèvres, de dents et de langues. Je n'étais pas sûre de savoir où mon corps se terminait et où le sien commençait. Nous étions de pures sensations qui nous rapprochaient à chaque mouvement vers la libération.

Il leva mes jambes pour faire planer mes hanches au-dessus du lit, et j'aspirai une bouffée d'air. Il était encore plus profond dans cette position. Chacun de ses mouvements frappait quelque chose en moi qui me faisait crier de plaisir. J'attrapai ses bras. J'avais besoin de m'accrocher pendant qu'il continuait et que la tension augmentait au point que j'aie du mal à respirer. La libération arriva rapidement et férocement. J'enfonçai mes ongles dans ses bras et cambrai le dos en criant. Mon corps tout entier trembla, et je me retrouvai à haleter alors qu'une autre vague déferlait en moi.

Ryvin abaissa mes jambes sur le lit et je restai allongée, complètement molle et satisfaite. Il écarta quelques mèches de cheveux de mes yeux.

— Je n'en ai pas encore fini avec toi.

— Il y a plus ? réussis-je à dire entre deux halètements.

Soudain, je me retrouvai sur le ventre et il tira mes hanches en arrière pour que mon cul soit en l'air et ma poitrine sur le lit. Il saisit brutalement mes hanches et me pénétra d'un seul coup de reins. Je grognai et haletai en empoignant les draps pour me soutenir tandis qu'il s'enfonçait en moi. Ses mouvements étaient rapides et profonds, et mes gémissements devinrent rapidement plus forts à mesure que mon orgasme montait. J'enfouis mon visage dans la literie pour étouffer mes cris tandis qu'il me rapprochait d'un autre orgasme. Bientôt, je tremblai et haletai tandis que des vagues de plaisir explosaient en moi.

Ryvin se pencha sur moi, puis me tira pour que je sois à genoux tandis qu'il était derrière moi. Ses mouvements ralentirent et ses bras s'enroulèrent autour de ma taille de façon protectrice. Je m'appuyai contre lui pour reprendre mon souffle tout en profitant de sa chaleur.

Ses doigts se promenèrent paresseusement sur mon ventre, et nous respirâmes simplement tous les deux ensemble pendant un moment. Je m'éloignai finalement de son étreinte, puis me tournai vers lui.

— À mon tour.

— Ton tour ?

Je poussai doucement sur sa poitrine. Il comprit le message et s'assit. Je le poussai à nouveau, et il obtempéra silencieusement en s'allongeant sur le lit. Je grimpai sur lui, puis guidai sa bite en moi. Il gémit tandis que ses yeux se fermaient et que sa tête se renversait en arrière. Un petit frisson me parcourut la poitrine. Je me réjouissais du pouvoir que je détenais sur cet homme dangereux.

Je me penchai en avant et m'appuyai contre ses épaules avant de commencer à bouger les hanches. Ryvin me regarda dans les yeux, puis ses mains recommencèrent à explorer mon corps avant de m'attirer vers lui. Mes seins se pressèrent contre sa poitrine et ses bras me serrèrent fermement. Je continuai à bouger les hanches, à onduler et à me frotter alors que ma propre respiration devenait saccadée à mesure que la tension montait.

Nos lèvres se rencontrèrent à nouveau, mais le baiser fut différent. Plus lent, plus familier, plus facile. L'une de ses mains se déplaça vers mes hanches et ses doigts glissèrent doucement sur mes fesses et le bas de mon dos. Son autre main était sur mon visage et son pouce effleura ma peau avant que ses doigts ne s'enfouissent dans mes cheveux pour me rapprocher, comme s'il n'arrivait pas à avoir assez de moi. Cette pensée fit monter la chaleur dans mon ventre et me poussa à bout. Je gémis dans sa bouche tandis que mon corps se contractait sous l'effet d'un nouvel orgasme. Notre baiser s'intensifia et ses doigts s'enfoncèrent en moi si fort que je savais que j'aurais des bleus le lendemain matin. Je ressentais encore les vibrations de mon propre orgasme lorsqu'il gémit et trouva sa propre libération.

Je reposai ma tête sur son torse pendant que je reprenais mon souffle. Ryvin passa ses doigts dans mes cheveux pour m'apaiser tandis que son propre cœur galopant ralentissait pour retrouver un rythme normal.

— Dis-moi, Astéri, tu regrettes de ne pas m'avoir tué ? demanda-t-il.

Je levai la tête pour pouvoir le regarder.

— Je n'ai pas encore décidé.

CHAPITRE 29

La fine chemise de nuit me semblait trop révélatrice maintenant que je redescendais de l'euphorie que je ressentais lorsque j'étais avec Ryvin. Je détestais à quel point j'avais envie de lui. Après tout ce que je l'avais vu faire, je devrais le fuir. Au lieu de cela, c'était comme si je ne pouvais pas contrôler mes impulsions. Il était capable de désarmer mes murs et de me faire craquer sans effort.

Plus vite je m'éloignais de lui, mieux c'était. Pourtant, je savais qu'il n'y avait probablement qu'un seul moyen d'obtenir ce que je voulais. Je nouai la ceinture autour de ma robe de chambre transparente.

— Tu n'emmènes toujours pas ma sœur.

— Il me faut quelque chose pour montrer qu'Athos essaie d'expier ce qu'ils ont fait. Si je reviens sans elle, le roi s'en prendra à vous tous, dit-il. Et pas seulement à la famille royale, à toute la ville.

— Pourquoi tu fais ça ? C'est toi qui as le pouvoir ici. Il ne saura même pas ce qui s'est passé.

— Il le saura.

— Tes hommes ne sont pas aussi loyaux que tu le dis, alors.

— Il a d'autres moyens de trouver des informations.

— Tu ne peux pas avoir Sophia, répétai-je en me demandant comment j'avais pu le laisser me baiser au lieu de le tuer.

Il y avait quelque chose de tellement mauvais en moi. J'étais tordue et sombre, tout comme Ryvin l'avait dit. Je méritais n'importe quelle punition. J'étais la traîtresse qu'ils pensaient tous que j'étais.

Tout cela n'avait plus d'importance. Je devais me concentrer sur la raison pour laquelle j'étais là.

— Tu ne peux avoir aucune de mes sœurs.

— Ara, on sait tous les deux que tu ne me tueras pas.

Son sourire était dangereux, audacieux.

Je détestais qu'il ait raison.

— Alors prends-moi. Je me suis déjà proposée et la reine avait raison, j'étais…

Ma voix se brisa tandis que l'émotion s'insinuait dans ma gorge.

— J'étais la préférée de mon père.

C'était du moins ce que je croyais, jusqu'à ce soir. Jusqu'à quel point cela avait-il été un acte ? Une façon de m'apaiser jusqu'à ce qu'il puisse me jeter comme si je n'avais jamais compté.

— Non.

— Je sais que je ne suis pas en lice pour le trône, mais je dirai que je suis Sophia. Le roi ne l'a jamais vue. Je serai ma sœur.

— Tu ne viendras pas à Konos. Ce n'est pas du tout comme Athos. Tu ne survivras pas.

— Ce n'est pas le but ? bredouillai-je. Je sais ce que je demande, mais je donnerai volontiers ma vie en échange de la sienne.

— Je ne te prendrai pas à sa place, affirma-t-il.

— Ne t'avise pas de prétendre qu'il y a autre chose que du sexe entre nous.

Il leva un sourcil.

— On refait ça ? Ce truc où tu prétends que l'attirance qu'on ressent n'est rien d'autre que du désir ?

— Je ne prétends rien du tout. Je suis venue ici pour te tuer. Ce n'est pas parce que mon corps a envie de te baiser que j'ai des sentiments pour toi, crachai-je. C'est un moyen de soulager le stress. De rompre la tension. Ou peut-être que c'est parce que tu sais comment satisfaire une femme et que j'ai aimé ça. Ou peut-être que je suis endommagée et brisée. Quoi qu'il en soit, ça ne veut rien dire.

— C'est tout ?

Il se pinça les lèvres.

— C'est tout. Tu sais qu'il n'y a rien d'autre entre nous. Je te l'ai dit une centaine de fois. Je te déteste. Comment est-ce que je pourrais faire autrement que te détester ? T'as tué mon peuple. T'as tué mon père. J'ai vu ce dont t'es capable. J'ai vu ta noirceur.

Je prononçai ces mots avec une telle détermination que j'y croyais presque moi-même.

— Je pourrais dire la même chose de toi, Princesse.

Il se rapprocha de moi. Les ombres projetées par le feu mourant accentuaient toutes les courbes de ses muscles.

— Je t'ai regardée accueillir la colère quand t'as enfoncé ton épée dans de la chair. J'ai vu comment t'as tué un homme désarmé sans remords. C'est de cette noirceur que tu parles ? C'est peut-être ma noirceur qui t'attire. Qui se ressemble s'assemble, Astéri.

— Je ne suis pas du tout comme toi, dis-je à travers mes dents serrées.

Mais il avait touché quelque chose de profond en moi. Quelque chose que je ne voulais pas libérer. Je repoussai cette idée, car je ne voulais pas examiner les sentiments qui tourbillonnaient dans les profondeurs.

— J'ai fait ce que j'avais à faire et je continuerai à faire ce que j'ai à faire.

Je ramassai ma dague abandonnée et la pointai vers lui. Il s'avança jusqu'à ce que la lame touche sa poitrine nue, juste à côté de la plaie déjà cicatrisée. J'aspirai une bouffée d'air, mais tins bon.

Ryvin sourit en se rapprochant. La lame perfora sa peau et un filet de sang coula le long de son magnifique torse.

— C'est ça que tu veux ? demanda-t-il. Me voir mort ?

— Je veux protéger ma sœur.

— Et rien d'autre ?

— Il ne peut rien y avoir de plus.

Mon cœur déjà brisé se battait contre mes mots, comme si quelque chose au fond de moi essayait de se libérer. Je le repoussai.

— Si t'insistes pour la jouer de cette façon, je m'y plierai. Mais n'attends rien d'autre de moi.

— Tout ce que j'attends de toi, c'est que ma sœur soit épargnée, dis-je d'un ton glacial alors même que mon cœur menaçait de voler en éclats.

Mes paroles devraient être vraies. Je ne devrais rien ressentir pour lui. Pourquoi avais-je l'impression de trahir tout le monde en même temps ? Être avec lui était une trahison ; pourtant, nier mes sentiments pour lui me semblait presque pire.

Ce que je voulais ou ce que je ressentais ne signifiait rien. Si je restais derrière pendant que Sophia allait rejoindre les monstres, je ne me le pardonnerais jamais. Je pouvais au moins essayer de me battre.

— Prends-moi à sa place, ordonnai-je.

— Tu ne sais pas ce que tu demandes.

— J'ai très bien réussi à te gérer. Je pense que je peux gérer le roi.

— C'est ce qui me fait peur.

Mes sourcils se froncèrent.

— Qu'est-ce que ça veut dire ?

— T'es une séductrice hors pair. Le roi n'est qu'un autre mâle que tu peux aguicher et tourmenter. Et tu me traites de monstre.

— T'es un monstre.

— Oui, je le suis.

— Quand est-ce qu'on part ? demandai-je.

Il jeta un coup d'œil vers la fenêtre. Le ciel était déjà d'un bleu profond, la couleur d'un lever de soleil imminent.

— Tu devrais aller faire tes valises tout de suite. J'enverrai Vanth te chercher. Il a l'air de t'apprécier pour je ne sais quelle raison bizarre.

Je partis avant de pouvoir changer d'avis ou de dire quelque chose que je regretterais.

Je retins mes larmes en marchant jusqu'à ma chambre. C'était ce que j'avais demandé. Ce que je voulais. Pourquoi est-ce que je me sentais si mal ?

Iris dormait dans le fauteuil près de ma fenêtre tandis qu'une lampe à huile brillait sur le bureau. Elle se réveilla en sursaut lorsque la porte se referma derrière moi.

— Votre Altesse. Vous allez bien ? J'ai craint le pire quand vous n'êtes pas revenue. J'ai cru que Konos avait peut-être gagné d'une manière ou d'une autre.

— Ils l'ont fait, dis-je avec amertume.

— Quoi ?

Son ton était haletant, surpris. Elle n'avait vraiment aucune idée de ce qui s'était passé la nuit dernière.

— Ils ont massacré presque tous nos gardes.

J'avais envie de lui dire pour mon père, mais comment pouvais-je prononcer les mots alors que je venais de sortir du lit de son assassin ? Mon estomac se retourna et de la bile s'insinua dans ma gorge.

Ryvin avait raison, il y avait quelque chose de sombre et de dangereux en moi. Je méritais d'aller à Konos pour mes crimes. La réalité se faisait lourde dans la faible lumière bleue de l'aube naissante. Il n'y avait pas de pardon pour une fille qui trahissait la mémoire de son père. Surtout avant que son corps ne soit froid.

Non pas que Ryvin nous ait laissé un corps à pleurer.

Je couvris mon visage avec mes mains alors que le poids de tout ce qui s'était passé s'écrasait sur moi. Je n'arrivais pas à me contrôler quand j'étais près de Ryvin. Je devenais quelqu'un que je ne reconnaissais pas.

Notre aventure m'avait laissé l'impression d'être une coquille vide, une ombre de mon ancien moi. Je craignais que Konos ne brise Sophia, mais cet endroit ne pourrait pas me revendiquer ; j'étais déjà brisée.

Je méritais la punition qu'ils avaient en tête pour moi. Peut-être que je ne me battrais pas contre eux le moment venu. Je pourrais affronter ma mort avec courage. Peut-être qu'alors les dieux pourraient me pardonner mes crimes. En supposant qu'ils nous aient remarqués.

— Vous pouvez me parler, dit Iris timidement. Si vous le souhaitez, bien sûr. Je ne le répéterai pas. Je ne jugerai pas.

Je me retournai pour la regarder. Elle avait l'air sincère, mais j'avais perdu Mila, et ensuite ma servante suivante avait essayé de me tuer. De plus, je partais de toute façon. Ça ne servait à rien.

— Je pars bientôt. Je ne reviendrai pas.

Ses sourcils se froncèrent.

— Qu'est-ce qui s'est passé ?

— Mon père est mort, réussis-je à dire. Lagina sera une bonne reine. Elle veillera à ce qu'on s'occupe de vous.

Elle secoua la tête.

— Je me suis portée volontaire pour ce poste. Personne n'en voulait après le décès de Mila. Je sais qu'on est censés dire qu'elle est partie, mais il y a des rumeurs… et je ne veux pas finir comme elle.

Je me crispai. Mon père était responsable de sa mort. Combien d'autres âmes avait-il revendiquées tout en nous disant à quel point Konos était horrible pour leurs quatorze sacrifices tous les neuf ans ? J'avais été élevée dans un royaume de mensonges.

— Le meurtrier a été tué. Vous n'avez pas à avoir peur de subir le même sort que Mila.

— Je n'ai personne. Je faisais la vaisselle dans la cuisine. Je ne retournerai pas à ça. Emmenez-moi avec vous, insista Iris.

— Vous ne savez pas ce que vous demandez, répondis-je.

— Vous allez à Konos, n'est-ce pas ?

Je hochai la tête.

— En tant que tribut. Ma vie est déjà terminée.

— Vous êtes une princesse.

— Je suis la fille d'un roi mort. Je n'ai aucun pouvoir.

Je repoussai mes larmes. Mon père était mort, même si cela ne semblait pas réel. Sans lui, je n'étais que la demi-sœur de la reine. J'allais devoir accepter ce qu'il avait fait et ce qu'il m'avait caché, mais il restait mon père. La colère et la honte de ce qui s'était passé se mêlaient à du chagrin. Je l'avais aimé. J'aurais fait n'importe quoi pour lui, mais il n'était pas ce qu'il semblait être. Rien n'était ce qu'il semblait être.

Quelqu'un frappa doucement à la porte et Iris se précipita pour y répondre. Vanth attendait sur le seuil et je me crispai. C'était déjà l'heure ?

Le métamorphe entra dans la pièce et afficha un sourire triste. Son visage était couvert d'égratignures et son œil gauche était entouré d'ecchymoses violettes, vestiges de la bagarre survenue quelques heures à peine auparavant.

— Vous avez l'air d'aller bien, réussis-je à dire.

— Grâce à vous. Je serais mort sans vous.

Je déglutis difficilement. Un autre rappel de la raison pour laquelle je devais accepter mon destin. Je n'avais fait que trahir mon peuple depuis l'arrivée de la délégation.

— Vous voulez dire au revoir à vos sœurs ? me proposa-t-il.

Je secouai la tête. Ce serait trop difficile de les voir. Et je savais qu'il y avait un risque que Sophia insiste pour prendre ma place.

— C'est ce que je pensais.

Il regarda autour de lui.

— Vous avez des bagages ?

— Est-ce que j'en ai besoin ? demandai-je, sachant déjà que les tributs avaient pour consigne de ne rien emporter.

— Non, répondit-il. Vous n'en aurez pas besoin.

— Qu'est-ce qui va se passer quand j'arriverai là-bas ?

Je voulais savoir combien de temps il me restait, mais je ne pouvais pas me résoudre à prononcer les mots.

— Je ne sais pas trop, admit-il. C'est la première fois que je suis impliqué dans un Choix.

— Je l'accompagne, annonça courageusement Iris.

— Non. S'il vous plaît, restez ici, répétai-je.

— Je suis désolé, on m'a seulement demandé d'amener la princesse, dit Vanth.

Je serrai Iris dans mes bras, reconnaissante de sa loyauté, même si je ne l'avais pas méritée. J'aurais aimé apprendre à mieux la connaître.

— S'il vous plaît, dites à mes sœurs que je suis désolée et que je les aime.

— Laissez-moi au moins vous habiller pour le voyage, proposa Iris.

Je jetai un coup d'œil à Vanth. Il acquiesça, puis traversa ma chambre et prit place sur la chaise près de mon bureau.

— On a quelques minutes, si vous pouvez vous changer rapidement.

Nous réussîmes à effacer rapidement la plupart des éclaboussures de sang sur ma peau et j'enfilai un péplos jaune safran. Si je devais passer mes derniers jours dans la couverture nuageuse constante de Konos, je pouvais au moins porter sur moi la couleur du soleil.

Iris tressa rapidement mes cheveux après les avoir brossés grossièrement. Elle passa un collier autour de mon cou. Un serpent en or pendait à la chaîne.

— Un rappel. Le serpent peut se fondre dans la masse et frapper au bon moment.

Je touchai le métal du bout des doigts. C'était le rappel que je devais continuer à me battre. Même si une partie de moi avait déjà envie d'abandonner.

— Il est temps, Princesse, dit Vanth.

— Je ne pense plus être une princesse, répondis-je.

— Vous serez toujours une princesse pour moi.

Il me tendit son coude.

— Bonne chance, Votre Altesse, dit Iris.

Je laissai Vanth m'entraîner loin de ma chambre, dans les couloirs vides du palais endormi, juste au moment où les premiers rayons du soleil atteignaient les étoiles et peignaient le ciel de rose et d'orange.

La mer scintillait comme des diamants éparpillés sur l'étendue bleue. Je jetai un coup d'œil en arrière tandis que le carrosse se mettait en route dans un sursaut.

Je savais que c'était la dernière fois que je voyais mon foyer. Je laissai des larmes silencieuses couler sur mes joues jusqu'à ce que le palais disparaisse de mon champ de vision. J'essuyai ensuite mes yeux et regardai devant moi en me promettant de ne plus jamais pleurer.

À suivre…

PROCHAIN LIVRE DE LA SÉRIE

Cour de Vice et de Mort,
Sang et de Sel, Livre 2

Obtenez le vôtre aujourd'hui!
https://www.amazon.com/stores/Alexis-Calder/author/
B07TP5VCGZ

À PROPOS DE L'AUTEUR

Alexis Calder écrit des héroïnes impertinentes et des héros sexy avec une touche de sarcasme. Elle vit dans les Rocheuses et boit beaucoup trop de café et juste ce qu'il faut de vin.

Pour plus de choses géniales, consultez mon site Web Et n'oubliez pas de me suivre!
http://www.alexiscalder.com

N'oubliez pas de me suivre !

Facebook: https://www.facebook.com/AuthorAlexisCalder
Instagram: https://www.instagram.com/alexxiscalder/
Amazon: https://www.amazon.com/stores/Alexis-Calder/author/B07TP5VCGZ
Bookbub: https://www.bookbub.com/authors/alexis-calder
Goodreads: https://www.goodreads.com/author/show/19382078.Alexis_Calder

Newsletter Signup Link (Free Bonus Scene): https://landing.mailerlite.com/webforms/landing/a4p6k3

Newsletter Signup Link (Free Bonus Scene): https://landing.mailerlite.com/webforms/landing/a4p6k3

www.ingramcontent.com/pod-product-compliance
Lightning Source LLC
Chambersburg PA
CBHW030745310726
48969CB00005B/1330